乡土

中国记忆

骆经济 著

月光蝉声油菜花

山西出版传媒集团

北岳文艺出版社
BEIYUE LITERATURE & ART PUBLISHING HOUSE

图书在版编目（CIP）数据

月光蝉声油菜花 / 骆经济著 . – 太原：北岳文艺出版社 , 2017.4（2025.4重印）
ISBN 978-7-5378-5028-5

Ⅰ . ①月… Ⅱ . ①骆… Ⅲ . ①散文集 – 中国 – 当代 Ⅳ . ① I267

中国版本图书馆 CIP 数据核字（2016）第 305125 号

书名：月光蝉声油菜花	策　　划：商爱欣	责任编辑：张　丽
著者：骆经济	书籍设计：赵廷宏	印装监制：巩　璠

出版发行：山西出版传媒集团 • 北岳文艺出版社
地址：山西省太原市并州南路 57 号　邮编：030012
电话：0351-5628696（发行部）　0351-5628688（总编室）
0351-5628695（编辑室）　传真：0351-5628680
网址：http://www.bywy.com　E-mail：bywycbs@163.com
经销商：新华书店
印刷装订：三河市天润建兴印务有限公司

开本：660 毫米 ×960 毫米　1/16
字数：221 千字　印张：20.5
版次：2017 年 4 月第 1 版
印次：2025 年 4 月河北第 4 次印刷
书号：ISBN 978-7-5378-5028-5
定价：49.80 元

目　录

第一部分　荒山野沟

花杏园

　　花杏，学名叫林檎，味道像苹果，大小似鸽蛋，树身低矮而树冠极大，粗壮的树干从树身离地三四尺处向四周横伸，枝叶浓密繁茂，低压着地面，因此人走过树下时，必须低头弯腰、小心翼翼而行。蹲在树下，可透过枝叶的缝隙，看见红中透白地花杏在绿叶间摇晃。这圆溜溜的果子半藏半露，惬意地微笑着，而它甜香的气息雾一样弥漫，透过枝丫的浓荫散往四方，向大小孩童发出诱惑。于是，花杏园便成为孩童们最最向往的圣地之一。

　　园内约有五六十颗花杏树，全都低矮易于攀爬。枝干上绿叶如掌，密密簇簇，适合隐蔽潜藏，一棵树上藏几个偷吃花杏的毛孩子，若他们不故意发声咳嗽，老态龙钟、驼背花眼的看园人是绝对难以发现的。不过，要神不知鬼不觉进入园子也不容易，因为看园人养的有狗，就拴在进园必经的桥边。

　　花杏园不知有多大，或许有二三十亩吧，但它的三面都被溪流包围着，只有南面是一陡坡，陡坡遍生白杨树，叫白杨坡，坡向上绵延百十丈后，被悬崖壁立封住去路。进入园子只有一座两根树身做成的所谓小桥，而看园人的狗，就虎视眈眈在桥边蹲着。

　　不过这难不倒孩童们，因为花杏成熟时节正是盛夏，孩童们不怕衣湿鞋湿，大摇大摆、满脸兴奋就蹚水而过进了园子。溪流的水太小了，水宽不到一丈，水深不过盖住脚面。看园人的职责是守住那道桥，只要孩子们不公然过桥以行不轨，他就认为自己看住了园子。孩子们蹚水进园后，一般是先窃窃私语一番，偷偷抿嘴笑着，然后再散了开来，猫腰穿行园内各处，寻找中意的果树。地下的落叶积得厚厚一层，踩上去簌簌地响，但孩童们的脚步久经历练轻如猫爪，绝对踩不出大的声响。他们上树的动作也快得像猴子，一群十多个小家伙，一眨眼间就消失在绿叶如海的果园中了。

白杨坡

　　白杨坡上的杨树记不清是什么品种的杨树了，但好像绝不是钻天杨,也不是新疆杨,只记得它们长得并不直,密度也不大,东一株西一棵，散乱无序地长满坡上，有的地方三五棵、七八棵挤在一起，前仰后合、弯腰弓背，有的地方却稀稀拉拉，只有遥遥相望的两三株。但白杨的叶子全是绿亮亮鲜活碧翠的，有风时就啪啦啦相互拍打发出响声，阳光照在叶上时，叶子轻轻晃动，把阳光反射在人的眼睛里。

　　花杏采摘过后，白杨坡就是孩童们割草放羊的地方了，羊儿满坡乱跑找草吃，孩童们就在树下的草地里寻欢作乐。先挖红棒槌吃，再找鱼奶头吃，然后就一齐爬到坡的最上端，对着壁立的悬崖遐想，思量怎样爬上崖去。崖上面有五人合抱不拢的皂荚树，皂荚核儿又红又滑溜，是孩童之间的通用货币。不过上面就是另一个村子了，那村中的孩子是绝不允许外人捡拾皂荚的，从悬崖上去可以避开他们的视线，但这悬崖太高了，当在十多丈以上，直立如壁，要从这儿上去难比登天，从来也没见有人上去过。

　　既然无法上崖偷拾皂荚，那就在坡上玩别的游戏。各种游戏里，骑羊打仗的游戏是最精彩的。大家先上树折许多杨树条子编成战帽，然后挑几只成年的大羊骑上去，手中挥舞着杨树枝乱打一通，永远也打不出个胜败，并且大羊往往不听话，不驮着战斗者冲锋陷阵，却乱颠乱闹使劲地要将孩童从它背上摔下来。

春天的白杨坡嫩叶新吐，野花满地，雀鸟飞翔鸣叫，风景美得迷人。嫩杨叶绿中带着浅浅的红，枝条疏朗，给满坡的野花将阳光筛下。野花密如繁星挤成一片一片，细小的白花，纤巧的黄花，还有极单薄的紫色花朵，似乎就两三瓣花萼紧凑地环围在一起，看起来很是秀雅端庄，而红色的花则显得艳丽、热烈，仰天笑眯眯地开着。这些不同颜色的花或大如豌豆，或小如米粒，都开在不知名的野草旁，那些野草的叶子也都短小纤细，紧贴着地面生长，因此那些绚烂的小花也就一律紧贴着地面，将白杨坡装饰得既清新多彩，又素雅恬静。不过开花时节孩童们要上学，来不了这儿，还未上学的小孩子又不懂得欣赏风景，只知在坡下溪边的水洼里捉小鱼抓蝌蚪。

深秋的白杨坡黄叶凋零、蚂蚱声声、野兔出没，孩童们却仍因为上学而无法享受，好像他们对看风景也毫无兴趣。不过听着早辍了学的坏小子们讲在坡上抓野兔、灌黄鼠的刺激与兴奋，他们却个个激动不已、悠然神往，对坏小子们又是羡慕又是妒忌。

小　河

　　小河是沟内的主景，虽然河水很小，但清澈透亮，流动时发出潺潺的细小声音，十分柔和悦耳。早年间河里没有鱼，只有青蛙、螺蛳、水蛭、蚂蟥一类东西，河两边各有二三丈宽的沙滩，沙滩上堆卧着大小不一的石头，大的如卧倒的牛马，小的不过径尺左右，而沙子则一律是细碎柔和的白色绵沙，赤脚踩在上面，赤身躺在上面，那种绵软微痒的感觉真是舒服呀，舒服得人忍不住就要打滚。

　　小河是从西边流过来的，谁也不知道它的源头在哪儿，只知道顺河而东，河两边的沟道里石榴树越来越多，其中又间杂着杏树、红果树和柳树，这些树木高低错落、疏密不等，从河两边一直铺展向沟的半腰。春天时候杏树、红果树遍开白花，而石榴则吐出淡红色的叶子，风景优美无比。但孩子们并不怎么留意这风景，他们将这儿统称东沟，甚是鄙视不满，因为东沟的荒草很少，孩子们下沟一般都有割草的任务，他们可没有半点看风景的心思。不过，夏初夏末杏子与石榴成熟的季节，东沟内杏子黄过了，石榴就红鲜似拳，引诱得孩子们馋涎欲滴，只是东沟属于另一个公社，那儿的人对果木看得好紧，孩子们难有得手的机会，每每东向而叹，真是遗憾呀！

河水从东沟弯弯曲曲流过来，流过白杨坡侧，绕过花杏园，再向东从老虎沟前面一弯，从杏林北面的罐罐窑下面淌过，流入西沟。

西沟内果树很少，满沟净长些歪斜的老柳、衰朽的疙瘩杨，以及满身疤痕的老榆树。不过，西沟的沟腰有许多废弃不用的窑洞，夏天若有迅猛的暴雨，割草放羊的孩子很方便地就可以去那儿避雨。

东沟西沟好歹也是个名字，但将它们连接起来的小河却没有名字，另外，东沟西沟之间两里多长的沟道也没有名字，沟北的村子名叫读书村，沟北的人就讲这段沟道叫读书沟，但沟南的村子叫雾庄，沟南的人便叫这段沟为雾沟，各叫各的，但相互都明白对方的意思。

小河是沟的灵魂，第一次下沟的孩童，不管年龄大小，首先干的事情便是亲近小河，抓蝌蚪也罢，寻螺蛳也罢，赤脚在河里戏水也罢，只要身体和河水接触了，那清凉的感觉，那波纹涟漪的自然美妙，那水草水虫的倒影以及水中石块的圆润光滑，就都难以忘怀了，连同河边烂漫的野草野花，河上明净朗然的晴天白云，永远地留存心间。

孩童们来到小河，最爱干的事情是"修水库"，搞些石头烂泥将河水堵起来，就叫"水库"，待水位升高后，就修一条水渠，将河水引到沙地上，说是浇灌良田，每个孩童都给自己圈一块所谓良田，插些枯树枝一类东西当作庄稼，然后争着引水灌溉它们，弄得满身满手都是泥巴。

后来上游真的修了几个水库，库内放了鱼苗，于是河里也就有了小鱼的游动，这给河水增加了许多动感。在河水稍宽的地方，水草密密麻麻地疯长，都是些水蒿、水芹菜一类的，水草里往往藏着水蛇，当然，更多的是蚂蟥等水虫。蚂蟥是黑色的，瘦得只有几条长而细的腿，它在水面赤脚而行，忽东忽西，快捷无比。抓蚂蟥的孩子一般也是赤脚下水，低头弯腰急急地追逐，两手轮番出击，但蚂蟥跑得太快了，逍遥于水面如驭风而行的精灵，孩子们即使不怕水蛭，不怕水蛇，若只凭两只空手，就是累得满头挂汗也捉不住一只蚂蟥。

几年之后来杏林下面修了一个大水库，淹没了花杏园，淹没了菜园，水面一直升到白杨坡的中腰，碧波倒影，宛如一个小湖。

于是孩童们不久全都成了游泳的高手，放暑假后，一群一群的男孩子簇拥着下沟，大呼小叫、兴高采烈地奔往水库，找个隐僻处脱光衣服，如企鹅一样排队跳向水中，先是嘻嘻哈哈、在水中乱打乱闹一通，然后是游泳技巧的炫耀与比赛，最后一齐爬上岸，周身抹满泥巴，赤条条在岸边的草地上昂头挺胸正步行走，或者列队胡行乱走，同时嘴里高唱着自己认为最雄壮威武的歌，唱得十分地投入，激昂至极。

老虎沟

老虎沟在白杨坡之西约半里路远，是大沟南沿凹进去的一个小沟，地方很小，沟底大概不到半亩地大，然后是斜坡，紧接着是悬崖，沟口有两株柿子树，直直地站立着，好像是老虎沟的门户。

老虎沟平日是阴暗、潮湿的，沟底野草青青，斜坡上一个挨一个地长着老虎花和猫儿眼。老虎花是一种野草，肥厚的叶子上红黄相间，仿佛是老虎身上的斑纹。不过老虎花猪不吃、羊不吃，孩子们对它一点也不感兴趣。猫儿眼也是一种野草，但据说根茎有毒，所以孩子们也不敢动他。

老虎沟平时没有人去，水库修好后，水面一直淹到老虎沟口，堵住了通往里面的小路，那里面就更无人光顾了。仲秋时候的一个礼拜天，一群孩子横游过水库，到老虎沟口的柿树上采摘蛋柿，忽然发现老虎沟内的斜坡上白花花一片，众孩子大为惊奇，一齐入内去看，却发现过去的老虎花没有了，斜坡上密麻麻全是胖乎乎的蘑菇，当然，是可以食用的、汤香肉嫩的野生蘑菇。

孩子们如得珍宝，兴奋极了，光着屁股爬上斜坡，就疯狂地就采了起来，他们后来用柿树枝做了一个木排，将蘑菇小山一样堆在上面，两脚拨水，手推木排，将蘑菇运送到对岸，然后大家一个个满载而归。

后来孩子们又发现老虎沟大量生长地软，那是一种类似木耳但比木耳薄得多、也美味得多的菌类，生长于潮湿的坡地上，是农家过年必备的美味。老虎沟从此名声大噪，游泳的孩子下水的第一目标便是它，初学游泳的孩子无力横渡水面到达老虎沟，往往一脸沮丧，对能轻松来去的人佩服且羡慕，自认没有出师。

大涝池

　　沟北面半里多处就是所谓的读书村，据说本来的名字是屠夫村，在当地方言里"屠夫"与"读书"是一个读音，但"读书"二字要雅得多，因此村里人就渐渐不用屠夫二字，将村名逐步换成"读书村"了。

　　大涝池在村东，长七八丈，宽两三丈，下雨的时候，各家各户的水流入村道，村道上的水流入大涝池，涝池汇聚全村的雨水，本身又深，因此它一般情况下都有水在，很少有枯干见底的时候。

　　涝池东西两面有四五棵老柳树，老得简直不能再老了，虽然极粗极大，但全都歪歪斜斜，大部分枝干也死掉了，只留下一两个粗枝还活着，好在柳条仍旧细长柔软，柳叶也绿翠可爱，盛夏时可以编遮阴的柳条帽子，蓬蓬松松的，枝条伸展向外，颤颤地动，戴起来很是威武潇洒，因此孩子们对老柳树依旧喜爱，毫无厌弃之心。

　　涝池的南面有三棵树，两颗是杨树，粗如车轮，树干笔直，高耸直上云天，似乎不经意就可以挂住天上飘浮的云朵。或许出于这个原因，云朵很少到大涝池上面来，这儿好像总是阳光灿烂。在杨树旁边是一棵桑树，也极粗极高，但它一点也不直，弯弯曲曲，绕来绕去的，但就这样它竟然也能与杨树并肩比高，并且，它的上面还有一个老鸦窝，黑黑的圆圆的，充满了神秘感，这一点让杨树黯然失色。

孩子们常常来大涝池玩，他们不怎么爱杨树，水库刚修起来时，大家对柳树的兴趣最大，因为许多不会游泳的孩子要先在涝池里学习游泳，恰好老柳树驼背弯腰地俯首在涝池上面，孩子们就手拉着垂于水面的柳条，两脚乱蹬模仿游泳的动作，在这儿掌握了基本要领，这才敢去水库边的水里溜达扑腾。

不过大桑树对大家的吸引力也是极大。春末夏初桑葚成熟的时候，树下往往孩子成群，翘首等待着因风下落的桑葚。黑乎乎的桑葚甜得让人咧嘴，不忍下咽，红灿灿的桑葚是酸的，酸得人切齿歙歈，嘴也合不到一起。但往往等风的时候就没有风，半空中黑红相间的桑葚密如繁星，可是它们那么高，树身又那么粗，怎么办呢？

能一点也不怕、手脚并用爬上大桑树的孩子只有一个，就是"萝卜头"。他家离大涝池也不远，孩子们于是派出几个善于甜言蜜语的人，飞一样跑向"萝卜头"家，邀请他上树采摘桑葚。"萝卜头"拿一拿架子，不一会就来了，手中提一个大竹笼。

小孩子们颇感奇怪，就问："提笼干什么？"

"萝卜头"愁眉苦脸地说："我家又没柴烧了，我必须上树把那个老鸦窝拆了。"

众孩子要央求他上树，就齐声答应在地下帮他捡柴。"萝卜头"点点头，也不说什么，就走到桑树下，脱了鞋，开始爬树。渐渐地，"萝卜头"越升越高，人也几乎变成了一个小黑点，顺着盘曲的树身，蠕动着缓缓而上。越来越接近树冠了，当"萝卜头"终于攀上树冠时，树下群童喜上眉梢，齐声大叫，手舞足蹈，要他快快猛摇枝干，将桑葚如雨一样摇下来。

可是"萝卜头"并不摇桑葚，他要先拆老鸦窝。老鸦窝在树下看不怎么大，在树上却是个庞然大物。"萝卜头"折断一条树枝，一下一下挑着，将搭建鸦巢的小树枝、小木棍跳得满天乱飞，如雨落下，树下的孩子就四处跑着，将这些东西捡拾到笼里。这时候，惶急无奈的两只乌鸦绕树急飞，哑哑地哀鸣着，扑闪着翅膀，它们好像几次都要冲上去阻止"萝卜头"的暴行，但往往未飞到"萝卜头"身前就胆怯不敢再进，又折个弯子绕开。

我的记忆中，桑树下还有个大碾盘，夏夜孩子们往往或躺或坐于碾盘之上，大讲鬼怪的故事，但不知从何时起，这个碾盘就被拆掉了，桑树下变成了平整光洁的一块平地。

高窑（一）

窑的意思是洞窟。

民国年间土匪多，乡间人便在沟中悬崖之上打洞，有匪警时就带了家人以及吃食细软等物藏入洞窟。因为这样的洞窟都在悬崖的高处，所以叫作高窑。想来当时一定有羊肠小道通向高窑，不然它的主人是无法进入的，但时日既久之后，或是因为滑坡，或是因为修大寨田，过去的小道全不见了，只留下孤零零上不着天下不着地的洞口在极高极高的峭壁之上，给人无限的遐想和向往。

老虎沟与白杨坡间的峭壁上便有这样一个高窑。不知道是哪一年，这个高窑的洞口处长出了一颗枸树，越长越大，斜向外伸展着的树身已经粗逾手臂，常有一两只鹰在枸树上歇脚。峭壁下割草放羊的顽童这时就扔石块打那头鹰，可是那里打得着，这峭壁的确太高了。

忽一日，小大人一样的王连举发言了，他说："我听大人们说了，这高窑非常深，进洞之后有两三里长，里边堆放着麻钱、元宝、金锞子、银镯子，还有许多家用器具，大床和凳子。"

众童听得心痒难搔，急忙问："听谁说的，真的假的？"

王连举说："我爷爷亲口说的，他说当时的有钱人将金银财宝全搬到高窑里藏起来，不然土匪来了怎么办？金银财宝太多，若搬不完那就亏了。"

众童郑重地点头，表示信服。因为王连举的爷爷是村子里年龄最大的，至今他的头上还留着清朝的辫子，虽然他的头发快掉光了，那辫子又细又短，平日是孩子们取笑嘲弄的对象，但老古年间的事，他说的话应该是有点权威的。众童于是仰望高窑，心驰神往，眼中闪烁着贪恋的光芒，嚷叫道："得想办法上去探一探，或许那儿还有遗留的金银财宝。"

这时候"萝卜头"慢腾腾地说话了，说："要上去不难，能想到办法。"

众童忙问："什么办法，快说快说。"

"萝卜头"说："把拴羊的绳子解下接起来，从峭壁上面系块石头朝下扔，羊绳如果挂住了枸树，我们就可以攀着羊绳上去了。"

众童一听，感觉有理，遂七手八脚跑去解自己家的羊绳，然后细心地接好，拴上石头，交给准头最好的小板。小板绕路上了沟，来到悬崖顶部，朝枸树扔下羊绳，不知道他扔了几次，反正最后羊绳被枸树牢牢地挂住了，两个绳头垂下来，刚好挨着地面。但众童望着高高在上的洞口，心里七上八下，腿肚子乱打哆嗦，就只好公推"萝卜头"与小龙先上去，这两人是众童中最胆大的，经验也最多。

"萝卜头"与小龙也不推辞，攀着绳子就上去了。下面的众童胆战心惊，仰着头一个劲提醒他俩小心。

"萝卜头"、小龙终于攀上了洞口，洞内一股霉气扑面而来，两人不禁地就一齐打了个喷嚏。然后两人小心翼翼地迈步向洞内走去。越过洞口不知何时掉下来的大石头，里面一下子光线暗淡起来，影影绰绰看见地下积满了尘土，还有许多凌乱的羽毛和骨头，此外就什么东西也没有了。继续向里走，慢慢地眼睛就什么也看不见了，两人只好用手摸着洞壁缓缓前行，但此时洞的深处忽然传来一声怪异的叫声，两人一惊，汗毛直竖起来，那怪叫声嘎嘎又起，似乎恐慌峻急，又似乎欢然心喜，十分的怪异恐怖。两人惊慌莫名，紧张得心口突突急跳，哪敢再向前走，急忙转身向外退却，高一脚低一脚的，狼狈异常，哪知刚转过洞口边的大石头来到光亮处，忽然眼前一黑，劲风起处，两头大鹰疯一样地飞身扑进洞来，伸嘴便向他二人猛啄。

"萝卜头"与小龙一手护住眼睛，另一只手挥舞着乱打，两鹰稍退，但并不飞远，只在洞口附近盘旋，伺机便欲再扑进来。"萝卜头"、小龙满头是汗，捡拾洞中的土块等物向大鹰猛掷，鹰却左躲右闪，难以掷中，两人急奈无策，此时哪敢垂绳下崖，只得大声向崖下呼叫，要崖下的人快快设法。

崖下众童急得颠头跌足，惶恐害怕，却是束手无策。他们紧急商量后，派了"飞毛腿"宽厚上了沟，去找素称胆大办法多的锁子。比起崖下众童，锁子就算是大孩子了，至少比众童年长四五岁以上，平日间是大家高不可攀的存在，如今事情紧迫，也只能去求他了。

不一会儿锁子就来了，手中拿了一个粗铁丝做的弹弓。众童兴奋起来，忙围住他，请他立刻用弹弓打鹰。锁子却说："老鹰太大，一弹弓不一定打死，打急了它，鹰就会飞下来啄人，你们每人去折一根树枝，鹰若下来就舞枝乱打。"

众童应一声，撒腿到坡上等处折了些拇指粗细、三四尺长的树枝，握在手中，严阵以待。

锁子捡了些弹球大小的石块作子弹，拽起弹弓，对着洞口盘旋的鹰，瞄准良久，猛然一放，一只鹰中弹了，惨然大叫一声，双翅一展，疾飞冲天，另一只鹰也随着飞了上去，鸣叫着，似乎探问病情。

崖下众童欢呼一声，手执树枝狂舞，大赞锁子哥准头高，技艺好。但两只鹰很快又飞了回来，俯冲而下，向众童头上扑来，众童吓呆了，竟忘了拿树枝抽打，鹰翅刮起的风已触脸生寒，弯曲的鹰嘴圆而发黄的鹰眼几乎就在眼前了，众童惊叫声中，一齐狼狈地卧倒在地，双手抱头。鹰嘴就啄了下去。

一旁的锁子慌乱下跑过来舞着弹弓打鹰，同时大喊："快爬起来拿树枝抽，快，快。"

老沾首先爬了起来，舞着树枝朝上胡乱抽打，接着老黄、小板、宽厚都爬了起来，树枝急舞乱打，两只鹰身上中了几下，又引翅斜上，在洞口附近来回旋绕，鹰目灼灼，锐利无比，看得众童心中大生怯意。

锁子说："高窑里一定有鹰雏，不然鹰不会这么死守着洞口不走。"

众童问："那'萝卜头'与小龙可怎么下来呢，他俩若到了半空，鹰飞下来乱啄，那不麻烦了？"

锁子想了想，说："只能先打跑鹰，才能让他俩下来。"又瞪眼说："这次你们不许做胆小鬼，鹰若下来，就赶紧抽。"

众童脸一红，但马上就勇敢了起来，说："这次不害怕了，一定狠打！"然后摆个姿势，做出凛然不惧的样子。

锁子待众童做好了准备，就又拉开弹弓打鹰。一连十多弹打了出去，两只鹰中了几弹，再俯冲袭击时，众童们吆喝着，一齐舞动树枝、狠抽狂打，可怜两只鹰占不到半点便宜，锁子的弹弓又猛，两只鹰颇为忌惮，便哀鸣声声，振翅高飞，在洞口上方极高处的天宇上徘徊。

锁子见状，急忙召"萝卜头"与小龙下洞。"萝卜头"、小龙垂绳下来，恨意不平，又说了洞中种种神秘恐怖之状，乞求锁子改日再设法进洞一探。锁子说："待我约齐了黑子、大龙他们，多带几个弹弓，再借了"仙女"家的手电筒，那时就进洞，把金银财宝都挖出来，大家人人有份。"

黑子、大龙与锁子同龄，都是众童眼中的大人物，有他们相助，高窑探宝应该不难。众童于是大声欢呼，雀跃不已。

第二次上高窑是一个半月之后，锁子叫来了大龙、黑子，搞了一条粗而长的麻绳，借了"仙女"家的手电筒，当然弹弓、树条子等物也一应准备齐全，在一大群小孩子的簇拥下来到峭壁底部。锁子、大龙先吩咐众孩子不许喧哗，然后挂好绳子，与大龙攀绳上了高窑，留黑子持弹弓在下面招呼，因为黑子玩弹弓的技术是最高的。

锁子、大龙绕过洞口的大石块，用手电筒前后左右仔细探照一番，然后缓缓向前。洞壁洞底都十分干燥，有些地方裂开尺许长的裂口，前行十多丈，赫然一个大窝巢，由乱草羽毛干树叶等组成，圆圆的、毛茸茸的，中间也是一个圆圆的凹形，但里边空空如也，既没有老鹰，也没有小鹰。锁子、大龙走近细看，见窝巢边羽毛、骨头散乱地弃置着，上面已经蒙上了或薄或厚的尘土，窝巢上面似乎也尘迹隐隐。

锁子自言自语说："难道老鹰搬家走了？"

大龙哼一声，朝前又走几步，打手势示意锁子与他一起前行。

两人又向前走了两丈许的距离，便到了洞的最深处，主洞在这儿就完了，但在右侧还有一个小洞，用手电照进去，这小洞约有一间房子大小，小洞的地下，整整齐齐地放着五六个瓦罐，瓦罐有大有小，上面灰尘累累，看来它们在这儿堆积的时间相当长了。

锁子、大龙低声惊呼一声，迅速冲进了小洞。大龙首先抱住一个大罐子，锁子却抱起一个小罐子。大罐子没有盖，大龙伸手进去乱摸，里面空空如也，什么也没有。大龙忙问："小罐子里有什么？"

锁子说："不知道，我还没打开盖子。"

大龙急道："快点打开，有盖子的里面一定有宝贝。"

锁子却不急，将小罐子用右手抱子怀里，左手拿着手电筒将另外几个罐子一一照着细看，那几个罐子都没有盖，里面空荡荡的，除了厚厚一层尘土外，什么也没有。锁子就蹲了下来，放下怀里的小罐子仔细打量，慢慢琢磨。

小罐子的盖儿和罐体的质地一样，颜色也是淡蓝色的，盖子紧扣在上面。大龙弯腰眼睛紧盯着瓦罐，问："罐子重不重？"

锁子不说话，低头用嘴吹去罐子上的尘土，将手电筒交给大龙，腾出手来在罐盖与罐体的结合部摸来摸去，最后他坐了下来，用两脚夹住罐子，两只手将罐盖一掀一掀，掀了五六下，罐盖轻响一声，打了开来。

大龙忙凑过头来看，手电光下，罐子里有多半罐的液体，那液体说黄不黄，说白不白，似乎呈半透明状，黏黏的。锁子皱眉说："奇怪，这是什么东西？"

大龙也蹲了下来，端起罐子细看，又用鼻子闻里面的气味，好半天后才说："金子银子会不会变成水？"

锁子摇摇头。

这时洞外忽传来一片喊声，传到洞里嗡嗡一片，也听不见在喊什么。锁子忙抱了罐子起身，与大龙一起走向洞口，这才听清了，却是崖下的黑子与众小孩见他俩进洞后半天没有消息，怕出意外，这才同时发声大叫。

大龙从洞口探头出去，喊道："别叫了，别叫了，我们俩在洞里发现了一个瓦罐。"

崖下众童一愣，随即一个个喜得手脚齐舞。黑子仰起头瞪大了眼急问："还找到了什么，瓦罐里有什么东西？"

大龙说："瓦罐里的东西像水不是水，黄黄的，白白的，有点黏稠，不知道是什么东西。"

崖下众童一时全皱眉细想，搜肠索肚、苦思冥想那东西和金、银等物的联系。

黑子若有所悟，忽然问："会不会是水银？"

这时洞中的锁子也从洞口探出了头，向下喊道："别乱猜了，赶快找一根细绳子拿上来，这才能把瓦罐吊下去。谁有绳子，快拿上来！"

众童一呆，今天是专门来探洞的，没有赶羊下沟，哪儿会有细绳子呢。但众童还是在身上掏摸一番。这时站在最后的"仙女"大声说："我有绳子，我有绳子。"说着从口袋里掏出了一团细细的黑绳子，却是女孩子跳绳用的皮筋。

小板忙抢过来，说："你不会爬绳，让我爬绳把它送上去。"

"仙女"就把皮筋交给小板。小板揣了皮筋，连蹦带跳跑到洞下，抓住粗麻绳就朝上攀，双手互换着不一会就上了洞，喜滋滋地取出皮筋交给大龙。

锁子说："这是皮筋，恐怕吊不动瓦罐。"

大龙说："先试试。"于是蹲下身子用皮筋拴住瓦罐，然后站直身子一提，皮筋拉长了不少，但瓦罐还是被提了起来。大龙就说："这皮筋韧性好，够结实的。"

锁子也站了起来，从大龙手中接过皮筋抖动了两下，瓦罐晃荡着，向下略沉了沉，又弹了上来。锁子说："这皮筋的弹性不错，就用它吊。"

锁子、大龙两人就从洞口探出半身，小心翼翼将瓦罐一点一点地朝下吊，皮筋晃晃悠悠的，两人怕罐子碰到崖壁，只好伸出胳膊，使罐子离崖壁尽量远一点。罐子一尺一尺地缓缓落下，离地面越来越近了。

崖下众童聚精会神看着越来越近的罐子，目不转睛，大气也不出一口，注意力都在晃晃悠悠的罐子上，却没留神到那条皮筋越拉越细，在罐子离地面还有丈许之处，皮筋终于不堪重负，砰的一声断了。崖下崖上一齐惊呼。那个瓦罐转了个身，头上脚下地跌了下来，在地上摔得粉碎，里面的液体洒在周围的地上，迅速渗入土里。

崖下众童围拢过去，满脸凄惨惶急，说："怎么办？怎么办？"

崖上洞口处的大龙流出了眼泪，伤心欲绝，说："我们的宝贝没有了，呜呜。"

黄草坡

  黄草坡在老虎沟的对面，是大沟北侧一块突出的地方，那地方从沟的上沿斜斜向沟底延伸，形成了一面斜坡。坡很陡，无法种庄稼，上面长满了荒草，间或也有一两颗臭椿树或洋槐树，但都歪歪扭扭长得不大。这儿的草多是些毛儿草、牛肋子、马苜蓿之类，羊可以吃但并不喜欢吃，这些草不鲜不嫩，含水分少，估计羊吃起来口感极差，羊与猪最喜欢吃的裤子蔓、蒲公英、凉草等等，这儿却是不多，所以割草的孩子虽来这儿，却不全是为了割草。

  春天夏天吸引孩子来黄草坡的是这儿的蛇蜕。

  黄草坡的蛇不少，这种动物很是奇怪，每长大一次，就必须蜕一次皮，从头部渐渐蜕起，将一个完整的皮膜丢弃在草间，其上斑纹宛然，不仔细看很容易就将它认作一条活蛇。这东西有两个用处，一是可以吓唬人，特别是吓唬女孩子，那是百试百准的，女孩子见了蛇没有不尖叫着仓皇而逃的，就是明明白白告诉她们那是蛇蜕，她们也是战战兢兢，退避三舍，不敢正眼视之。所以蛇蜕是男孩子的秘密武器，在特殊场合出其不意的忽然拿出来，那足可引起一阵骚乱，听着惊叫声、嗔骂声、责怪声,持蛇蜕者洋洋自得的感觉奇妙无比。蛇蜕的另一个用处是可以卖钱,它是一味中药,据说可以养血祛风、追风解痉,因此镇子上的药铺大量收购,当然,必须积攒多了才能拿去卖。

秋天里黄草坡吸引孩子的是那儿的酸枣或其他不上大雅之堂的野果。酸枣树是种多刺的灌木,极耐干旱,常长于土崖荒坡。黄草坡上这东西就不少。它结的果实就叫酸枣,味道酸中带甜,是穷孩子们的美味佳肴。除过酸枣,黄草坡还有鲜红如玉的糯米豆,俊俏好看的鱼奶头以及叶子细小翠绿的酸酸草,这些东西的味道别致有趣,是割草放羊的孩子们的至爱。

在黄草坡上割够了草,尝遍了野味,大家就扒了节节草来斗输赢。有段时间孩子们中流行用洋槐树叶子算命,女孩子们对之深信不疑,如痴如醉,不过她们不敢到黄草坡来采树叶,坡太陡,不适合女孩子上下,虽然也有舒缓的地方,但舒缓之处野草茂密,往往就有蛇类出没,所以她们一般在坡上的田头地边找些蒲公英、地丁草或者荠荠菜一类东西,等草笼满了,她们就坐在坡沿上央求男孩子折了洋槐树叶拿上去,男孩子口中答应着,却磨磨蹭蹭只顾自己玩,但女孩子并不着急,坐在那儿双脚互拍,口中念念有词,将"王贵与李香香"从头到尾念诵,念叨得抑扬顿挫、朗朗上口。

打酸枣·马蜂

　　夏末秋初的时候，沟里崖畔荒坡上的酸枣就红了，点染得沟上沟下红影处处，煞是好看。这时候，孩子们对酸枣的兴趣浓烈，中午放学后，常常三三两两结伴去沟里打酸枣。

　　黄草坡上的酸枣最多，酸枣与野草混长在一起，满坡散布，很容易采摘，不需要长竹竿之类的工具，因此成为孩子们打酸枣的首选之地。此时的酸枣多呈艳丽的红色，间或也有粉红色，再往后他们的颜色就越来越重，变成深红色、黑红色了。这东西圆溜溜的，大如弹丸，味道酸甜相间，既适合装在兜里无事时啃嚼，又适合聚众品鲜。一家的孩子采了大量的酸枣后，往往招呼隔壁对门的人一起来吃，多人绕着盛放酸枣的竹笼围坐成一个圆圈，一边吃一边高声谈笑，酸枣核则吐在旁边的瓦盆里，这核是一种药材，晒干了也是可以卖钱的。

　　不过酸枣本身比较小，又核大肉少，吃起来实在不怎么爽美，只不过当时只要有东西吃就很开心了，吃得爽不爽倒不如何重要，况且围坐一团边吃边谈笑的气氛也相当有趣，因此，打酸枣的活动不但小孩子们踊跃一赴，大人们对之也是赞许有加。

一日斜阳衔山，红霞满天，小板、小龙、王连举、宽厚等跨竹笼从黄草坡满载而归，竹笼内均是沉甸甸的，看来收获不小，因此这几个家伙大是得意，兴高采烈地闯入村道，忽遇见"萝卜头"空手在村道游走，低头皱眉作深思状，大家颇为诧异，就忙问："'萝卜头'，你没有去打酸枣？"

　　"萝卜头"摇摇头，一副不屑的表情，说："酸枣太小了，又不好吃，打它们有啥意思。"

　　众孩子哈哈大笑起来，说："你没去打，就说酸枣不好，难道你在哪儿找到了又大又甜的马枣了？哈哈，你的马枣在哪儿，让我们开开眼界可好？"

　　"萝卜头"冷眼将他们看了看，然后认真地说："马枣我当然找到了，不过你们恐怕没有本事去打。"

　　小龙怒了起来，说："马枣在哪儿，只要你说出地方，我们就能把它打下来，再高的崖我们也不怕！说，马枣在哪儿？"

　　"萝卜头"说："老虎沟半崖上就有株马枣树，马枣又大又多，但那树上有马蜂窝，要不我早将满树马枣全打下来了，你们几个有本事就去打。"

　　小板手舞足蹈笑了起来，说："好啊，好啊，马枣和马蜂一起打，这可有多好玩呀，我们明天就去哪儿。'萝卜头'，你去不去？"

　　"萝卜头"摇头不去。小龙、宽厚等却振臂挥拳、情绪激昂，要去和马蜂斗一场，将满树马枣打下来，以为炫耀。

　　第二天下午他们就雄赳赳气昂昂地出发了，当时水库还没有修，下沟过了小河，朝南走一小会就进了老虎沟，大家抬头仰望沟内的悬崖，果然见东面崖上有一株胳膊粗细的马枣树，距地面约有两丈高低。那树斜仰而出，俯视着地面，满树的枣儿果真又多又大，半红半青，极是诱人。在枣树主干的正中，一个锅盖般大小的蜂巢凌空高悬，威势十足，许多壮健的马蜂在巢上出出进进，忙忙碌碌。

王连举、宽厚看见蜂巢竟如此巨大，不禁倒吸一口冷气。小板、小龙两个仰望半空，也有点胆怯害怕。这马蜂是种野蜂，体型比一般蜜蜂大许多，又凶恶异常，可以蜇人致死，按这巢的大小看，里面的马蜂恐怕成千上万，若毁巢惹怒了它们，必有一场惊心动魄的场面。

宽厚怯怯地问小龙："怎么办？"

小龙抓着头，说："我倒不怕，你们说怎么办就怎么办。"

王连举说："还是不要惹它们，这个蜂巢太大了，除非一把火烧了它，但它又太高，够不着。"

小板说："我也有点怕怕的，不过就这么走了，我心里总是不甘心。这样好不好，我们扔石块砸蜂巢，只要砸住一下，我们扭头就跑，要不'萝卜头'一定会笑我们胆怯害怕。"

其他几个人想了想，都同意这个办法，为防意外，他们每人又各折了一根三尺长的杨树条，然后便一手持树条，一手握石块，向高空中的蜂巢奋力投掷。

乱石破空而上，或打在土崖上，或打在枣树上，第一轮攻击对蜂巢没造成任何实质性的伤害，反倒打下来了十多颗马枣。小板、宽厚跑到崖下捡拾枣子，每个人喜滋滋地先吃了几个，顿感甜意透颊，齿舌生香。举头看见巢上的马蜂一阵混乱之后，又开始进进出出地忙碌，似乎并不很在意刚才枣树受击后的振动。小龙喜道："就这样打，打下了枣子赶快就捡了装口袋，打中了蜂巢我们就撒腿逃跑。"

小板几个大笑起来，说："对，对，就这样。"

于是他们又开始了第二轮投石攻击，这次准确性提高了不少，有两块石头打中了枣树，一块打偏碰上了土崖，最后一块石头，端端正正地打在蜂巢之上，蜂巢一晃，巢面上的几十只马蜂嗡的一声飞了起来，在空中绕行一圈，然后俯冲而下，向小龙、小板他们头上扑来。小龙大叫："快跑快跑，马蜂发怒了。"

四个人挥舞着杨树条子护住头部，飞一样就冲出了老虎沟，有三五只马蜂嗡嗡叫着追出沟口，但很快就被杨树条子打退。小板、王连举等见再无马蜂追来，于是停了下来，一边调匀呼吸，一边相视而笑。

小板还没待呼吸平稳下来，便指手画脚说："马蜂也不怎么厉害呀，有两三只向我的头上扑，我拿树条子就是一通狠抽，一只蜂被抽得掉到地下了，另外几只就吓跑了。"

其他人也兴奋地叙说自己抽打马蜂的经过。既然这马蜂不经打，大家的怯惧心也就大减，想起了马枣味道的香甜，四个人又手痒起来，跃跃欲试。小龙就号召再进老虎沟攻打蜂巢，王连举提议说："每个人再折几根杨树条子，先捡拾完下面掉落的马枣，再用石块攻击蜂巢。"

其他三人觉得这话有道理，遂一致同意。于是他们又折了许多树条子握在手中，探头探脑地张望着，又进了老虎沟。

崖上枣树中的蜂巢此刻似乎已恢复了平静，巢面上忙碌地马蜂对他们重新进来毫不理睬。小龙小板等见事态平息，并无危险，放下了心来，于是大模大样地到崖下将刚才掉落的马枣全部捡拾装进口袋，然后抖擞精神，朝蜂巢猛烈地投起石块来。

两轮投掷下来，蜂巢又中了一弹，几十只蜂又旋飞了下来，但这次小龙他们胆子大多了，手中杨树条子乱舞一通，待众蜂稍稍退却，他们又是一轮攻击，这次攻击大有成效，有两弹同时打中了蜂巢，蜂巢一阵摇晃，左半边耷拉了下来，摇摇欲坠的样子。小龙、小板大声欢呼起来，但王连举、宽厚随即大声惊叫，喊道："不得了啦，快跑吧。"

　　小龙、小板一看也傻眼了，只见摇摇欲坠的蜂巢内呼啦啦飞出了成千上万的马蜂，嗡嗡叫着如一片黑云，由高而低，向他们头顶压下来了。

　　四个人大叫一声便向沟口跑去，但蜂群好快，未到沟口就追上了他们，一个回旋扑下，四个人慌得双手各持树条子急舞，可是蜂群铺天盖地，打跑了前边的，后边的又扑了上来，打跑了左边的，右边的又扑了上来，四个人跌跌撞撞好不容易跑出沟口，小龙的头上就被蜇中了一下，小龙痛得大声叫妈，但接着小板、王连举都被蜇中了，四个人哇哇叫着，只恨少生了两条腿，没命地落荒乱逃，可蜂群怒冲冲气汹汹紧追不舍，好像对杨树条子一点也不害怕。

　　小板与王连举已经逃过小河了，头顶的马蜂数量稍减，宽厚被蜂群赶得掉到了河里，惊怕之下他干脆躺倒在水里，只露出头部的眼睛和鼻子，蜂群从他的上方掠过，然后拐个弯，扑向跑在最后边的小龙。

　　此刻的小龙已被蜇了无数下了，疼得眼泪汪汪，树条子也挥舞得越来越无章法了，耳边听得嗡嗡之声大作，看见一大群马蜂又从前边扑了过来，小龙只吓得慌不择路，无奈下扭头朝东便跑，没跑几步被地上的什么东西绊了一下，一个嘴啃泥就直挺挺倒在了地下。此时两腿酸软急切间爬不起来，又怕蜂群趁机扑下来猛蜇，只好双手抱头，拼命地两腿乱蹬。奇怪的是蜂群在他的上方盘旋着，并不下扑，越旋圈子越大，似乎失去了目标、逐步扩大搜寻范围的样子，这样飞了一会，蜂群渐渐开始撤退，马蜂的数目越来越少，最后终于走完了。

但小龙还是趴在地下不起来。小板、王连举跑过来了，湿淋淋的宽厚也跑过来了，大声地喊小龙，告诉他蜂群全走了，叫他快快起来。

小龙惊魂未定，颤着声问："蜂全跑完了？"

王连举说："全走了，快起来吧，快回村找锁子、黑子，看他们有什么办法对付马蜂。"

小龙却还是不起来，竟趴在地上嘤嘤哭开了，哭道："疼死我了，我起不来了，不知蜇了我多少下，全蜇在头上了。"

小板、宽厚束手无策，王连举说："闯祸了，还是回村叫大人吧，我去叫。"说着急急忙忙就越过小河朝沟上跑去。

小龙的妈妈很快来了，接着"萝卜头"、黑子、锁子、"嫦娥""仙女"、老沾等都来了。小龙妈妈蹲在地上，分开儿子的头发看他被蜂蜇的地方，她手动一下，小龙就呻吟一声。"萝卜头"采了些野蒜捣碎给小龙抹在被蜇处，但小龙仍趴在地下不起来，她妈妈又是心疼又是着急，束手无策，央告儿子起身，好带他去看医生。小龙用微弱的声音说："我头晕腿软，起不来。"

小龙妈妈害怕起来，忙请锁子、黑子帮忙，抬了儿子上沟。

黑子却喝道："起来，赖在地上哪像个男孩子。"

锁子也喝道："你若想报仇，就乖乖爬起来，不然我们可不帮忙。"

小龙一骨碌从地上爬了起来，拉住锁子的衣服叫哥，又拉住黑子的衣服也叫哥，问："你俩真有办法烧了马蜂窝给我报仇？"

黑子说："只要你别蜇几下就躺倒耍赖，我们自然有办法整治马蜂。"

小龙红着脸看了他妈一眼，扭捏着说："我不是耍赖，我是怕我妈又要唠叨训斥我。"

众孩子们全大笑起来。

第三天，在小龙的催促下，锁子、黑子设计了一套灭蜂方案，小板、王连举、宽厚等积极协助备妥了所用的物品，他们几个就出发了。锁子与黑子抬着一架长梯子，王连举拿一个大口的蛇皮袋子，小板手持白纱布做成的头罩，宽厚带一双厚厚的棉手套，头和脸都肿得胖乎乎的小龙则端一盏煤油灯，还扛了四个用烂布条缠绕小木棍做成的火把，当然，火把上已经浇上了煤油。一行六个人下沟过了河，朝老虎沟进发。小龙走在最前边，昂头挺胸，怒目喷火、气势如虎。黑子、锁子、王连举等却是脸色郑重，如临大敌的样子。

进了沟内，锁子将梯子架在马枣树凌空长出的那面土崖上，梯子的顶端刚好就在蜂巢之下，黑子直直地站着，仰头仔细地向上看，看见树上的蜂巢虽大，但斜斜地耷拉了半边，晃晃荡荡似乎随时都会坠落的样子，黑子就笑了，神情轻松自信起来，高声叫小板。

小板连忙过来将纱布头罩递给他，黑子将它罩在了头上，又高声喊宽厚，宽厚忙将手套递上来，黑子带好，王连举就将蛇皮袋子递了上来。

锁子将梯子双手扶好，示意黑子可以上了。王连举、小板凳一齐说："黑子哥小心，马蜂厉害得很。"

黑子微笑摇头，说："小菜一碟，你们等着点火就是。"

黑子很快就沿梯子上到了马蜂窝下，双腿夹持着坐在梯子上，举起了双手。蜂巢表面的马蜂们明显地感到了危险，嗡嗡叫着向黑子发动攻击。不过黑子穿的是长袖衣，衣袖又塞在手套内，穿的是长裤子，裤腿也塞在鞋子里，他的头上又罩着孔洞很小的纱布，马蜂只能在他的周围乱撞乱叫。黑子此刻毫不理睬这十多只马蜂的骚扰，迅速地将蜂巢套进了蛇皮袋子，然后用力一扯，蜂巢就从树干上脱落了，掉进了袋子。黑子攥紧袋口，大声向下面喊："成功了——"

小板、王连举等一声欢呼，立刻点起了火把。黑子提着蛇皮袋威风凛凛下了梯子，只听见袋内群蜂的嗡嗡声大作，很显然大量的马蜂已从巢内钻了出来，在袋子内挤成了一团，闹嚷嚷怒冲冲，可惜找不到出口。

胖头胖脑的小龙冲了上来，从黑子手中接过袋子。刚才攻击黑子的那几十只蜂飞了下来，试图攻击小龙他们，小板、王连举等立刻用火把上举烧燎它们，马蜂怕火，立刻向上飞走，不敢下来了。小龙用一条细绳子扎紧蛇皮袋子的袋口，然后将煤油灯内的煤油全浇在袋子上，小板、王连举同时将火把伸向袋子。

蛇皮袋子呼啦一声烧了起来，熊熊火光中，只听得袋中噼噼啪啪之声不绝，那自然是马蜂被烧时的爆裂声。小龙绕着火焰转圈奔跑，手舞足蹈、大笑呵呵，高举双手互拍，叫道："报仇了，报仇了，马蜂窝被我们烧光了。"

冬夜的故事

　　冬天的夜晚，寒冷异常，大人们很少出屋。孩子们却不肯回屋，他们不怕冷，聚在一起热火朝天地游戏。

　　一般大家都聚在"萝卜头"家的门前，他家穷，没有盖门房，所以门前的地方最大。孩子们聚多了，乱哄哄商量一阵，就开始兴高采烈地挤暖和。挤暖和是种十分低档次的游戏，也没什么规则，就是一群人在墙角乱挤，争先恐后，边挤边闹，不一会儿就挤得人人头上冒汗，脸蛋发红，身上也热烘烘的，半点寒意也感觉不到了。

　　不过，开始的时候挤的一般多是男孩子，女孩子不肯参加这种游戏，但她们在一旁看一会儿，那热闹热烈地场景就使她们羡慕不已，也便跃跃欲试，男孩子此时趁机相招，邀请她们加入，或用激将法嘲笑她们胆小力气也小，女孩子终于经不起撩拨，就抱着试一试的想法挤了进来，可她们很快便会被挤了出来，因为她们不懂挤的技巧，男孩子稍一转身，她们就贴不住墙了。

　　"嫦娥"与"仙女"两个却每次都不加入游戏，这两人年龄比挤暖和的孩子稍大，又自恃美貌，所以很矜持，只在边上并肩而立相看。男孩子对她们的美貌似乎也有点感觉了，常常热情地齐声邀请她俩，这种热情弄得她俩很无奈，她们就想一想，低声商量几句，然后建议男孩子们斗鸡。

稍大些的男孩子一听斗鸡，马上就同意了，立刻出了挤暖和的墙角，呼啦啦来到宽阔去处，按强弱搭配的原则分成两帮，屈起左腿，用手上提至腰部，右腿纵跃如飞，趋避进退地就斗了起来。"嫦娥""仙女"两人个儿虽高，腿脚却不灵活，每每被男孩子轻而易举地斗倒。这时候男孩子们就兴奋得大笑，乐不可支。

"仙女"败了就自动退出，静静地看男孩子们斗，"嫦娥"却气得不行，极不服气，瞪着眼要和斗倒了自己的男孩子单挑。男孩子当然乐意，在伙伴的掌声里，精神抖擞，大呈武勇，几番猛拼猛冲，"嫦娥"便频频后退，招架不住。但男孩子们似乎心中都有默契，大家更愿意看到将"嫦娥"斗得跌倒在地、狼狈万状的样子，看着美貌且骄傲的"嫦娥"跌得咧嘴哼哼，屁股上后背上都沾上土，男孩子就开心至极，满脸幸灾乐祸地嬉笑。

但斗鸡的游戏往往持续不久，月亮就升起来了。月光下的村道恍惚如水，秃树残枝的影子便如水中的涟漪。这时候大孩子就出动了，往往是三四个一伙，抬着梯子，吆吆喝喝的，要去白日观察好的屋檐下掏麻雀。

农家的屋檐，椽与椽之间的空隙都用茅草等物填塞，麻雀们稍事修饰，很容易就将这地方做成自己的窝巢。所以在屋檐下掏麻雀也就是孩子们的一大乐趣。最善于观察判断麻雀窝的所在，又最热衷掏麻雀的人是锁子，他当时几乎是成人了，大概有十四五岁了吧，但孩子脾气依旧不改，晚上一有空闲就带人掏麻雀。

歪老婆家的门房屋檐下麻雀窝最多，一般孩子不敢去那儿捣乱，歪老婆太厉害了，骂起人来凶得像头老虎，孩子们都有点怕她。锁子却不怕她，她一般情况下也不骂锁子。小孩童们看见锁子，轰一声都围上去，七嘴八舌问："锁子哥，今晚去谁家掏？"

锁子笑嘻嘻说："当然是去歪老婆家，那儿有四五窝麻雀呢？"

小孩子立刻就停止了斗鸡游戏，随了锁子蜂拥到歪老婆门前，梯子搭好，锁子就上去了。小男孩在下面兢兢业业扶着梯子，翘首上看。"嫦娥""仙女"等女孩子站在稍远处看，都是一脸的关切。

掏麻雀只在冬夜进行。锁子曾经不信邪，在夏夜领着一群孩子扛着梯子去掏麻雀，惹出了乱子。当时锁子一声惊叫，右手半悬在空中，吓得两腿发抖。明晃晃的月光下，只见一条短小的毒蛇缠在锁子的手腕上，蛇头有力地昂起，似乎正准备奋力下咬。

众孩童齐声惊呼："七寸子，七寸子！"

七寸子是大家公认的最毒的蛇，只有七寸长，据说毒性猛恶，咬人就死，不过这种蛇非常罕见，关于它咬人的记忆也就渺茫得很。如今缠在锁子腕上的蛇这么短小，那定是七寸子无疑。

几个小孩子飞跑着去找锁子的父母去了，不一会锁子的父母惊慌失措地就来了，但此时锁子已用左手捏住了蛇头，急喊："谁有刀子，快来割断蛇身。"

锁子的父母吓得声音都变调了，挥手大叫，说："不能用刀子，七寸子的血也有毒。"

一众孩童吓坏了，瞪大了眼睛，满脸恐惧。"嫦娥""仙女"以手掩面，轻声惊叫一声，忍不住心跳突突。锁子却大叫："都闪开，我要摔死这条蛇。"

孩童一惊全都闪往一边，锁子咬牙切齿，狠叫一声，左手猛一用力，将七寸子从右腕上扯了下来，但蛇尾蜿蜒上弯，又欲缠上他的左腕。锁子抡圆左臂，使劲朝下一甩，七寸子"吧嗒"一声就被摔在地下，众孩童立刻土块砖头猛一阵乱砸，那条蛇眨眼间血肉模糊，一命归阴。

这时梯子上的锁子手脚发软，余悸未尽，好半天才缓过一口气来，在父母的搀扶下，眼瞅着死蛇，一步一颤地下了地。此事虽有惊无险地结束，可从此夏天不能掏麻雀的规矩就流传下来了。

炸 鱼

　　水库建成的那一年，大队买了许多鱼苗放进水中，开始小孩子们并没怎么留神这件事，只不过感觉水中有鱼了，如此而已。但有一年大队给上面送礼，在水库里撒了一网，孩子们没有见过撒网捞鱼，都跑去看，这一看眼馋得不得了，那些鱼白花花的，竟有一二尺长，跳动着、唛翕着，可它们很快就被装进了麻袋，运走了。

　　村子里大人小孩祖祖辈辈从来没有吃过鱼肉的，大人们倒不想这个，但小孩子们馋虫涌动，就想：鱼肉是什么滋味呢，吃到嘴里感觉如何，是不是吃一口那味道鲜得人就醉了？小孩子心驰神往，涎水长流，但他们没有网，只好偷了妈妈的缝衣针敲做鱼钩，用竹竿杨树枝等作了钓竿，三五结伴去水库边钓鱼，但总也钓不上来，因为大家的耐性太差了。

　　初冬的时候，村上要盖猪舍，派人打土坯，同时买来了许多白灰，就堆放在村头，那白灰一见水，就热烘烘地冒着蒸气。

　　锁子、大龙、黑子几个大孩子见了石灰，蠢蠢欲动，商量说可以用它去炸鱼。有一天，锁子黑子行动起来了，每人手中各拿了两三个玻璃瓶，在石灰堆前仔细地给里面装石灰。小孩子见了忙问他们要干什么，回答说要去炸鱼。小孩子很是纳闷，就说："石灰又不是炸药，怎么能用来炸鱼？"

锁子、黑子一齐诡笑，说："这是生石灰，和炸药差不多。"

小孩子摇摇头，仍是不解，两眼迷茫地睁着，絮絮叨叨地追问原因。锁子黑子他们不耐烦解释，只说："以后你们学了化学，就知道了。"

不一会锁子他们就给每个玻璃瓶内都装入了小半瓶石灰，然后带了瓶子，兴高采烈地向沟里走。"萝卜头"、小板等小孩子一大群尾随着他俩，闹嚷嚷一路同行。从油坊东侧下了沟后，绕过松鼠梁到了水边。这儿是一片土崖凹进少许形成的一个的所在，岸边是半亩地大小的一片荒草地，平日鲜有人迹，比较隐蔽安全。

锁子、黑子两人各拿了一个瓶子，蹲在岸边，小心翼翼地给瓶内灌满清水，然后拧紧瓶盖，又用劲摇晃一番，便迅速地将瓶子扔进水中。

小孩子们瞪大了眼睛紧张地看着水面，过了一会，果然水下传来了两声砰砰的爆裂声，小孩子雀跃起来，乱蹦乱跳，拍手叫道："响了，响了，鱼儿就要漂上来了。"

片刻间瓶子入水处泛上来了一小片混浊的黄泥水，泥水渐渐散开，有两三条寸把长的小鱼翻转了肚子，漂了上来。

锁子、黑子满脸的不高兴，嘟囔着，每人又各拿了一只瓶子，重复完前次的操作后，再次扔进水里。但这次更惨，除过炸起些黄泥水外，竟连一条寸把长的小鱼也没有炸死。小孩子们瞪大眼睛、伸长脖子，极力在水面上搜寻，但除过黄泥水外，什么也看不到。大家失望至极，一个个愁眉苦脸，嘟着嘴问锁子黑子为什么炸不到鱼。锁子、黑子虎着脸，气哼哼地说："少吵吵，闭上嘴，都不许说话。"

小孩子们不敢说话了，但满脸的不服气，噘起的嘴咕嘟嘟乱动。

锁子、黑子坐在一块大石头上，眼望着水面，皱着眉头发呆。忽然黑子一拍脑袋，说："这儿水太浅了，鱼儿不过来，若到水库前边去炸，一定能有收获。"

锁子乱摇头，说："那儿水太深了，炸上来了鱼又能怎么样，水冷得都快结冰了，谁敢下去捞鱼？"

黑子叹了口气。小孩子群中的"萝卜头"、小板赶紧跑了出来，说："我俩敢下水，只要你们能把鱼炸上来，我俩就能捞上来。"

锁子、黑子互看一眼，又一齐用眼审慎地上下打量"萝卜头"和小板。"萝卜头"、小板马上双手划动，做出游泳的动作，又自夸自赞，说他俩的水性是最高的。其他小孩子立刻随声附和，极言这两人水中功夫的高明。

锁子想了想，就说："那好，那就去黄草坡下面炸。"

黄草坡正对着老虎沟，大概应算是水库的中段，水深约有两丈，岸边只有两三尺许的地方容人驻足。大家踏着水边的枯草曲曲折折前行，不一会儿就到了黄草坡下。锁子、黑子以前法操作，将剩余的两只瓶子扔下了水，入水之处距岸有五六丈远近。

一小会儿之后，水下隐隐有两声沉闷的爆炸声传了出来，接着水面涌起两处涟漪，倏忽间涟漪处水如沸腾了一般，不断向上泛起，接着两三条尺许长的草鱼漂了上来，众小孩狂喜下齐声大叫，用手乱指水中，喊道："一条，两条，三条，哎呀，又冒上来了一条，好大呀，有两尺多长呀！"

果然又漂上来了一条大鱼，比另外那几条鱼大上一倍有余。这几条鱼都侧躺水面，随着水波一上一下地浮荡着。

锁子、黑子欢喜得直搓手，伸长了脖子看鱼，口中一个劲叫："'萝卜头'，快脱衣服，小板，快下水。"

"萝卜头"、小板不待人催已开始解扣子了，片刻工夫就脱得赤条条的，两人一跳老高，站在水边撒尿，却用手接了尿液朝肚子上乱抹，喊道："水龙王，水龙王，见了我们快躲藏。"然后咕咚一声跳入水中，手脚并用，向漂浮的鱼儿游去。

"萝卜头"水性好，游得快，首先靠上了那条大鱼，胳膊一拢，就将大鱼拢到了胸前，他随即双脚踩水而行，要将大鱼运往岸边。但那大鱼满身滑溜，稍一用力就滑开了。另一处的小板也是这样，他一手抓住一条小鱼，但一用力，鱼就从手中滑脱。两人同时大声叫了起来。

初冬的寒水冰冷刺骨，不一会就将"萝卜头"、小板冻得哆嗦起来。"萝卜头"情急下两手合抱，将大鱼紧搂怀中，侧身向岸边急游，哪知游到离岸丈许之处，那条大鱼忽一翻身，尾巴猛摆，泼剌一声打在"萝卜头"的左颊上，这一击力量好大，"萝卜头"叫了一声，头一晕，就向水下沉去。与此同时，小板也被鱼尾打得乱叫，却是他见鱼身滑溜难以抓住，就试图将手指插入鱼嘴鱼鳃，不料两条鱼摆尾乱打，可怜小板没有一点捉鱼的经验，无奈下赶紧放了鱼。

锁子、黑子见"萝卜头"向水下沉去，吓得脸色也变了，忙脱衣下水抢救，幸好"萝卜头"只晕了片刻，沉下后呛了两口水，他又清醒了过来，蹬脚刨手重新浮出水面，但脸色苍白，咳嗽连连。锁子、黑子急游过来，一人拉住他一条胳膊，迅速将他拉到水边，拖了上岸。

岸上微微有风，四个下水的人冻得乱叫，虽胡乱穿上了衣服，可仍全身哆嗦，牙齿上下颤动着互碰，咯咯作响，完整的话也说不出来了。其他的小孩子吓坏了，忙爬上黄草坡采来枯草，幸亏锁子衣袋里装有火柴，忙点着了火烘烤身子。枯草的火势极猛，四个人烤了一会，方感觉好些了，能够说出话来。

"萝卜头"此刻嘴唇还有些发紫，他气狠狠地跺脚说："大鱼根本就没有炸死，只炸晕了，晕得还不太厉害，一捉，它就摆尾打人。"

小板也大声叫嚷着，说小鱼也未炸死。锁子、黑子神情尴尬，苦着脸、皱着眉，说："可能瓶子太小了，生石灰的威力毕竟还是不大。"

小孩子们齐声叹息。锁子、黑子就安慰大家，说容他俩再想想办法，一定要在过年之前让大家吃上鱼肉。

学校放寒假的时候，大龙不知从哪儿搞到了几个雷管，忙告诉了锁子和黑子。黑子就别出心裁要自己制造炸药。锁子的哥哥是村上的保管，锁子就央他从库房里拿了些肥料硝酸铵，黑子又从亲戚家要了些木炭。这三个人就忙活开了，几天之后，宣布说他们已制出了好几斤炸药，这可将盼着吃回鱼肉的小孩子们喜坏了，就催促他们快快行动，在水库结冰前将鱼炸了上来。

一个晴朗温暖的中午，阳光很好。锁子、黑子、大龙他们出发去炸鱼，拿着装好了炸药雷管的瓶子、装鱼的蛇皮袋子、毛巾、绳子，还拿了一瓶烧酒，供下水捞鱼的人饮用。几乎全村的男孩子都跟了他们一起走，大家到了黄草坡下，三个大孩子忙碌地操作，将点燃了导火索的炸药瓶子扔下了水。一众小孩子岸边站着，满脸欢喜，眼巴巴瞅着水面，耳朵微侧，等待着水下的巨响。

似乎等待了好长时间，小孩子们耐性不好，就窃窃私语说："导火索进了水，点着的火是不是灭了，要不怎么半天没有动静？"

大龙、锁子他们也心中发毛，怀疑雷管质量不好，又说是不是炸药受潮。正在胡乱猜测，只听水中闷沉沉的一声震响，不一会水面就翻起了浪花，接着一片白花花的东西耀眼生光，却是炸死了的鱼全都肚皮朝天泛了上来。小孩子们兴奋得要死，刚要纵声大叫，锁子忙挥手制止，说："不要喊，悄悄的，不要让别村的人知道了。"

"萝卜头"、小板、小龙等此刻已麻利地脱了衣服，抱起烧酒瓶子一人喝一口，就跳下了水。这次他们有经验了，见了鱼不管死活，先抡胳膊对着鱼头狠打一拳，然后才将手指插进鱼口鱼鳃里，用劲向岸上抛扔，这样干效率高多了，不一会水面的浮鱼就被打扫一空。

岸上已燃起了一堆大火，"萝卜头"等上岸后，就着火堆擦干身子，穿上衣服后又各喝了一口烧酒。黑子等率领着其他小孩子将鱼已装满了一个蛇皮袋子，大龙用绳子扎了袋口，扛上了肩膀，锁子在一旁扶着。一众小孩子簇拥着他们，浩浩荡荡上沟回村，一路上自是欢声笑语，喜气洋洋。

抓　鬼

　　冬天，小龙的爸爸一夜有事外出，朝回赶时夜色已深，行过了枣儿庄，向南直走一里路远近就是读书村了，遥遥望见村中还有零落的灯火，遂循灯火而行，走了一会，觉脚下的路似乎怪怪的，有些发软，土坷垃也多，但想着早些回家，也无心理会这些了，急急而行，走啊走啊，也不知走了多久，走得两腿又困又乏，村中的灯火依然在前边闪闪烁烁，在不远不近的去处明灭。小龙爸爸大是疑惑，心想："遇到鬼了？鬼打墙挡住我了？"忙蹲下身去摸地下，触手处麦苗，恰才盈握。小龙爸爸吃了一惊，知道自己走了这半天，根本就是在麦子地里乱转，但是路在哪里呢？恐惧感一阵阵袭来，他吓得也不敢出声，没头苍蝇一样又是一阵急走，希望能尽快找见回村的那条小路。

　　小龙的妈妈在家半睡半醒，听鸡叫两遍了，看丈夫还未回来，放心不下，于是穿衣出门，敲开对门邻居的屋门，约了小板的爸爸、王连举的爸爸一同出村去寻，到了村北不远处，只见路东的麦田里，一个黑黑的人影急走如风，在那儿不住地转着圆圈，三个人忙高声叫喊。

正心慌意乱急走的小龙爸爸听到喊声停了下来,倏忽间脑中打个激灵,霍然犹如梦中醒来,忙循声越过麦田走上小路。回头看时,自己刚才就在离路二三十丈的地方一个劲胡行乱走。

这件事很快便全村皆知了,说是小龙爸爸被鬼迷了,在过去曾是乱葬岗的地方稀里糊涂转圆圈,多亏被人营救才逃了出来。

小龙心中气愤不已,暗暗约了小板、王连举要去乱葬岗上抓鬼。王连举听了小龙抓鬼的话,脸上的表情怪怪的,说:"用什么抓鬼,鬼要是能抓住,人也就不用怕他了。"

小龙曾听过不少鬼故事,就说:"鬼最怕桃树条子,看见鬼火,我们就上去用桃树枝乱打,打得他招架不住时,我们便动手抓它。"

小板抓耳挠腮,眼睛骨碌碌转着,问:"抓了它怎么办,鬼会不会叫,鬼肉能不能吃?"

小龙也不知道,答不上来。王连举在一旁大加反对,说鬼飘忽无踪,极难抓住,况且它会迷人,若抓它反惹祸上身,那可真不划算。小板却说:"真想看看鬼是什么样子呀,抓住抓不住不要紧,咱们就抓它一回吧?"

王连举说:"抓住了鬼,放在那儿,它一眨眼就不见了,你能用绳子捆吗?"

小龙本是天不怕地不怕的,但鬼这东西实在神秘,谁对他也弄不明白,因此听了王连举的话,有些犹豫起来。小板却认真地说:"我们可以搞个玻璃瓶子装鬼,盖紧了盖子,鬼是绝对跑不了的。"

王连举一下子想不出来理由反对小板的话,但他胆小谨慎,就皱眉说："真要抓，就必须多约人，只咱们三个，我是坚决不干的。"

于是三个人商定广约人手，小龙又狗上沟下跑了几次，给每个人都折了一根桃树条子，小板借来了"仙女"家的手电。"萝卜头"、小平、老沾、红光等得到了消息，好奇之下，踊跃要求骏骏参与抓鬼。"仙女"虽慷慨地将手电借给大家，但她与"嫦娥"俩却死活也不肯参与行动。

一个黑魆魆的夜晚，抓鬼队在小龙小板的带领下悄悄掩至乱葬岗附近。那地方虽叫乱葬岗，其实坟茔早平了，此刻只有平展展的麦田。冬天的麦苗仅仅两三寸高，也不怕踩踏，大家一天线般伏身地上，等待着鬼火出现。

连等了几个晚上，乱葬岗上却了无异状。到了第四天，许多小孩子便不愿意再去了，小龙小板无奈下只好放弃了捉鬼，与大家聚于"萝卜头"家门前斗鸡，斗了一会，上弦月弯弯如眉，由东山之上移到了树梢，村道上微微有了些许空蒙的月色。

这时宽厚急得喘着气从家里跑来了，说："乱葬岗出现鬼火了，去不去抓鬼？"

斗鸡的孩子们一听立刻放弃了斗鸡，围住宽厚七嘴八舌地发问，问他见没见到鬼火。宽厚说："我爸刚从外面回来，说看见那儿有团鬼火飘飘荡荡的动，我一个人哪敢去看呀。"

小龙就吆喝说："好机会来了，咱们快去抓鬼吧，我打头，谁跟我去，谁跟我去？"

小板、"萝卜头"、老沾、宽厚都称愿去。小龙问王连举："你去不去？"

王连举说："手电都还了，这么黑的天。"

旁边的"仙女"忙说："我马上回家去给你们拿手电。"

小龙说："那我赶紧回家去拿捉鬼的瓶子。"

小板等想起了打鬼的工具，急忙回家去取桃树条子。一时各样东西俱都拿全了，王连举无可推托，硬着头皮随了小龙他们出村。"嫦娥""仙女"及一些较小的男孩子胆怯不敢去，但又确实心中牵挂着捉鬼的精彩与刺激，就主动提出在村口接应他们，让他们遇到大危险时就出声喊叫，小龙他们答应了。然后缩头缩脑、轻手轻脚地出了村，心中既害怕鬼倏忽来去比较难斗，又害怕自己的脚步声太大，让鬼听见了鬼会早早溜走。一路悄行无声，虽然每个人心中都扑通扑通乱跳，紧张得要命，但他们还算走得挺快。

沿通往枣儿庄的小路走不多远，便看见路东麦地里的鬼火了。那火呈淡淡的蓝色，在离地约两三尺高的地方闪闪烁烁，悠然地飘浮着，很是轻松写意。小龙、小板他们停了下来，围成一堆，小板压低声音怯生生地说："这鬼好像一点也不怕我们，我们怎么办呢，冲上去捉它吗？"

王连举、宽厚、老沾等都心中突突跳个不停，宽厚结结巴巴说："这怎么行，鬼要真缠住了我们可怎么办？"

发起者小龙这时也有些害怕，不敢贸然接近那神秘莫测的鬼火，但又不甘心中途而废，就说："不要怕，咱们在这儿先扔土块打那鬼，离得远，他缠不住我们的。"大家想了想，同意了，遂一齐弯腰在地下找土块。路上没什么土坷垃，麦地里的土块却是不少，幸好地里还没有上冻，小龙他们很容易就摸到了不少土块，然后小板小声喊道："一、二、三，投！"

六个人一齐抡起胳膊，将土块向鬼火投了过去，一阵杂乱不齐的土块落地声响过，鬼火扑闪着似乎跳动了几下，又飘飘荡荡地在那儿悠荡，对小龙他们的攻击毫不理睬。

小龙他们见那鬼火无动于衷，微微有些气恼，胆子也稍大了一些，就用土块发动了第二轮攻击。但那鬼火好像一点损失也没有，跳动几下后，很快就恢复了常态。

小板想了想，说："一定是我们离它太远了，土块根本就没有打着它，它因此才一点也不怕。"

其他人想了想，对小板的话都表示赞成，于是一致同意向鬼火逼近。六个人遂同时迈步进入麦田，约莫走了丈许的距离，大家心中又有点害怕起来，只好停了下来，又投掷土块发动攻击。这样走一走，用土块打一打，不知不觉间离路已经十多丈远了，但那鬼火似乎和他们的距离并没有拉近，仍在不远不近处闪烁跳动、优哉游哉。

王连举说："鬼是不是在诱骗我们，一步步将我们引得远离小路？"

宽厚也有点警觉，说："对啊，我们离路越来越远了，鬼在耍什么花招？"

小龙、小板这时却完全不害怕了，说："鬼要耍咱们，咱们就给它来阵猛的。咱们这次不用土块打了，直接冲上去，用桃树条子打它。"

老沾问："它会不会真的缠人，人家说让恶鬼缠上了，那就没命了。"

小龙说："我们手上有桃树条子，它怎敢来缠我们。你们谁要怕就别动，我带头冲了，小板你冲不冲？"

小板一扬手中的桃树条子，说："我不怕，我和你冲。"

两人发一声喊，舞摆着树条子向鬼火冲了过去，王连举稍一犹豫，也随后冲出，跟上了小龙小板两个人。三个人嘴里打打杀杀胡乱喊着威胁鬼的话，桃树条子舞摆如风，瞬息间已冲出了十多丈远，但鬼火却不见了，四个人团团乱转了一阵，鬼火却又在更远的地方悠悠然地出现了，一晃一跳的。

小龙惊疑不定，说："鬼老是这样逃跑可怎么办，你俩有什么好办法？"

王连举说："我们打跑了鬼，已经很了不起了，要想捉住它，那是不行的。"

小板说："再冲杀一次，若还捉不到鬼，我们便回家算了。"

这时老沾与宽厚也跑来了，原来他们感觉站在那儿更不安全，于是跑了过来入伙。五个人于是喊杀着又冲了一次，但这次更是奇怪，鬼火竟然完全消失了，任他们转着圈子寻来找去，麦地里却只是一片漆黑，除了高空残庹的月牙和零散的星星之外，眼中所见的一切都是黑魆魆的。

此刻万籁俱寂，他们几个隐隐又害怕起来，忽然小路那边许多声音齐声喊了起来："小龙、小板，王连举，你们快回来，听见了没有？"

他们几个立刻高声应答。那边的人却一迭声地又叫。王连举说："奇怪，那些在村口接应我们的人全来了，'嫦娥''仙女'这些女孩子也来了。"

小板说："咱们快到路上去，夜深了，也该回家了。"

五个人快步向小路跑去，这一跑他们不禁暗暗吃惊，因为不知不觉间他们已离路很远了，跑了小半会才到了原来在路上停留的地方。

"嫦娥""仙女"以及一众小孩子果然都在小路上，见了他们便关切地齐声问："你们让鬼缠到麦地中间去了？它有没有咬你们一口？"

　　小龙小板大怒，喊道："胡说。鬼哪敢缠我们，是我们追过去抓它去了。"

　　众孩子问："那么抓的鬼呢，在哪儿？"

　　王连举丧气地说："哪能抓到呀，鬼早跑得不见了。"

油菜花与苜蓿

春天来了。

几乎整个春天油菜花都在开，黄灿灿的，铺天盖地，围绕着村庄，夹护着小路。沿阡陌行走，放眼都是鲜亮活泼的黄色，鼻子里花香浓浓，耳朵边蜜蜂嗡嗡。沟里面还有桃花杏花点缀一下春天，沟上面的平地却几乎是菜花一枝独艳，它就这样无拘无束、舒展大方地开着，一直开到杏熟了，麦子也快黄了，它才恋恋不舍地收了灿烂无比的笑脸，化作细小卑微的菜籽，等待下一个轮回。

油菜花开的时候，似乎还没有蝴蝶，好像只有蜜蜂吧。但我的印象中却是有蝴蝶的。蝴蝶扑闪着翅膀，在看不到尽头的花海中飞逐嬉闹，那情景翩然如梦，又倏忽如在眼前，扑蝶的孩子男女都有，跑得脸上带汗，红扑扑的，两手倒持脱下的外衣，向蝴蝶停脚的花上猛盖过去，往往蝴蝶没扑到几只，衣服上早染满了绿色与黄色。绿色是油菜茎折断时流出的汁液，黄色是泥土的颜色。

其实油菜花虽然看起来美丽，在其中扑蝶却不适宜，最好的扑蝶去处是苜蓿地。但那要等到夏末才行，夏末苜蓿就开出了紫色的花朵，蝴蝶成群结队在其上蹁跹，苜蓿又不怕踩踏，因此，扑蝶的孩子成群结队在地里疯跑着、滚爬着，嚷叫着，男孩子舞着背心抽打，女孩子则小心翼翼用手去捏，而蝴蝶是如此之多，怎么扑也扑不完，仍旧满地乱飞，五彩斑斓且轻灵柔美，翅膀闪动着，悠悠然在满眼绿色里不紧不慢地上下飘飞。

　　苜蓿地另一吸引人的地方是黄鼠。黄鼠喜欢在苜蓿地里打洞居住，但它怕水，大些的孩子不喜欢扑蝴蝶，爱逮黄鼠。他们就手中拿了水瓢，肩上抬着大水桶，从家里运水到苜蓿地，要灌黄鼠。水桶好重，压得孩子们走路也趔趔趄趄的，他们就走一程歇一会，终于走到苜蓿地时，他们便急急忙忙放下水桶，欢天喜地四处寻找黄鼠洞。苜蓿地里拳头大小的洞口不少，孩子们在感觉最有可能是黄鼠居住的洞口停下，大家用瓢舀了水，小心翼翼地灌入洞中，一大桶水将完的时候，洞内也就基本被水灌满了，洞口处水汪汪的。孩子们围成一圈，弯着腰目不转睛地看着洞口。不一会儿，洞口就会浮出几只癞蛤蟆，孩子们立刻大喜，抓而绕腮，说："黄鼠就要出来了，蛤蟆来探路了。"

　　用小树棍将蛤蟆挑起来扔到一边，约莫再等一盏茶的时候，被水浸得晕头转向、肚子也因喝水太多而圆鼓鼓的黄鼠就浮出了洞口，于是被孩子们顺利的俘获。

　　不过，灌过水的黄鼠洞往往被蛇占领，有时没有选好鼠洞，正灌水的时候蛇就出来了，弄得孩子们大为扫兴。

柳哨与桐哨

春天刚到，地里残留的雪恰好消完，此时扑面风软，放眼云白，柳叶将吐未吐，柳哨的声音就到处响起来了。随便哪个孩子也能快捷利索地做个柳哨，只要折根柳条，环剥下一段柳皮，捏扁一头，便是一个能呜呜吹响的哨子了，不过柳枝一般很细，所以柳哨之声尖厉有余而浑厚不够，村南村北柳哨起伏着虽然热闹，声音却未免单调。

这时候家住打麦场南边的黑子发明了桐哨，吹起来浑厚低沉，空洞而带些悲凉，别的孩子马上就被别致的桐哨吸引住了，纷纷前来央求黑子传授制作艺术。

黑子和锁子、大龙的年龄一般大，但因为有父无娘，家境艰难，所以早早地他就不上学了，随了大人们春种秋收，早出晚归。心里苦闷时，他常常踏着月色，低着头在屋后的地里屋侧的场院游走，头低着，背弯着，颇为落寞无聊。一晚走到队里砍掉的泡桐树的树桩处，见树桩四周又发出许多新枝，蓊蓊郁郁的一大丛，顺手折掉一些小的，想把最高的留下来。这一折，树皮与木质部分豁然分开。黑子灵机一动，就仿做柳哨的办法做了一个桐哨，含在嘴里就吹起来。这一吹,呜呜咽咽、低沉哀伤、如泣如诉。桐哨之声一下子引动了黑子心中的情绪，他便坐在树桩上忘情地吹了起来，不多时就沉浸在伤感无奈的情绪里，不觉间已经泪流满面。

桐哨声吸引了路过的"嫦娥"，她也不知谁在吹，但月光下这种呜咽之声缓缓徘徊飘飞着，自有一种感动人的魅力。"嫦娥"听了一会，循声往寻吹奏的人，走到树桩处，哨声却停了，只见黑子痴痴呆呆坐在那儿，手捏桐哨，眼望着月亮叹气。

"嫦娥"忙问："黑子哥，这声音真好听，你拿什么吹的？"

黑子就把桐哨递给"嫦娥"，"嫦娥"憋气用劲猛吹了几下，声音浑厚无比，还有一种极其好听的颤音，"嫦娥"高兴得满脸是笑，就央求黑子给自己做一个。黑子不说话，拾起刚才扔在地上的泡桐枝，做了大、中、小三个桐哨，全部送给"嫦娥"。

"嫦娥"后来将一个桐哨送给了"仙女"，另一个送给了月月。男孩子见了羡慕得厉害，问清制作者是黑子，就一齐来求黑子传授制作技术。从此以后，春天的柳哨声里总是夹杂着桐哨声，在油菜花的金黄里，在蒲公英地丁草的绿叶上，柳哨桐哨悠扬飘飞，如一缕缕悠远甜美的迷梦。

秋 千

　　清明前后，柳树条儿早是绿莹莹的了，桃花红得如火，杏花白得似雪，点缀在黄澄澄的油菜花的海洋里。但村里的孩子却无心去看风景，大家此刻最热衷的事儿是聚众荡秋千。

　　一般是"仙女"最先在自家后院系上秋千索，邀请"嫦娥"、月月、小云等女孩子来玩，年龄稍小的男孩子如小龙小板之辈，只要热闹，他们是不请自至的。"仙女"家后院拐角处有棵大核桃树，极粗极大，三个小孩合抱不拢，据说有上百年的树龄了，树身老皮嶙峋、疙疙瘩瘩，踩踏着那些疙瘩，很容易就能上树。而这树有趣得紧，在丈许的高处长出一个碗口粗的枝干，横伸过院子，刚好可作系秋千的横梁。

　　女孩子们打秋千实在没什么看头，慢悠悠晃来荡去，送的人稍一用力，她们就一惊一乍地尖叫，慢慢地送着，任她们这样慢悠悠荡来荡去，她们却嫌送得不用力，娇声娇气笑吟吟地埋怨，若秋千上同时坐两个女的，她们就咯咯地乱笑，有时就笑软在上面，手也没劲抓不牢绳子了，只得哀求送的人赶快让秋千停下来。当然，如果此刻送的人是男孩子，那无论如何是不会让秋千停的，反而会狠狠地用力，让秋千越摆越厉害，不捉弄够她们是不肯善罢甘休的。

不过"仙女"家的秋千不能打得太高，因为她家后院全让核桃树笼罩着，稍一打高人就碰到上面的树枝树叶了。所以这儿只是女孩子和一些稍小的男孩子来玩，如锁子、大龙、黑子这些人，是绝不来这儿玩的。但纵使如此，"仙女"家也常常人满为患，闹闹嚷嚷、嘻嘻哈哈，吵得"仙女"的嫂子很不高兴，因为她刚生了孩子，就口出怨言，责怪大家的叫声太高，聒噪异常，弄得她和孩子睡不着觉。

"仙女"的嫂子发过几次脾气后，众孩子终于怏怏而散，此后也不大敢去她家玩了。但没得玩的，孩子们就寂寞得难受，于是没过几天，小板在自家后院绑了一架秋千，兴高采烈邀请众童徉他家一乐。

男孩子女孩子都去了，却见小板的秋千架是一根粗粗的槐木，被绑在相距五六尺远近的两棵大椿树上，麻绳系着坐板吊在槐木架下，倒也似模似样。男孩子遂一叠声地叫好，说："这架秋千好，椿树又高又直，上面没有遮挡，打得多高也没事。"

小龙第一个抢上去荡了起来，王连举、宽厚在下面嘻嘻哈哈推着后背送他。小龙大叫："用劲推，让我荡一个鹞子翻身，让你们开开眼界！"

王连举、宽厚果真使劲推了起来，小龙越荡越高，飞起来时已高过围墙了，众孩子一齐笑问："够不够高？怕不怕？"

小龙哈哈大笑，说："还不够高，我还会害怕么，再用劲，再用劲！"

观看的老沾大不服气，跑上去一把推开宽厚，对王连举说："用劲，把这家伙送到天上去。"

老沾虽和宽厚一般大，却个大力猛，几下子狠送，小龙就如腾云驾雾一般，几乎就要横过椿树，但糟糕的是老沾送人的力气不平衡，小龙被送得只管向一边斜，落下来时几次都差点碰上椿树。小龙吓得哇哇怪叫，不住口地骂老沾整他。老沾得意至极，就停止了送人，双手叉腰笑呵呵问："怕了吧？"

小龙在空中发狠说："怕了你我就不是小龙，看我下来了收拾你。"

小龙很快下了秋千，与老沾撕扯在一起，嘻嘻哈哈乱闹。

王连举接着上了秋千，他却不坐，就那么站在上面，宽厚与小板将他送了起来，王连举飘然而起，在空中忽然来个金鸡独立，"嫦娥""仙女"等立刻喝起彩来，大声赞叹。王连举格外卖弄，嚷道："再看看我的技术，开开眼界。"秋千再次飞起来时，他忽然两腿一曲，脚从坐板上滑了下来，屁股恰恰滑上坐板，改站为坐。这一表演又惹来一阵彩声，王连举十分高兴，带秋千停住，就笑嘻嘻地跳了下来。

待宽厚、老沾都上去玩过了，"嫦娥""仙女"就跑了过来，喊道："该我们了，谁来送我们？"

小龙、小板几个一齐说："我们送。"

"嫦娥""仙女"两人就同时站在了秋千上，笑道："慢慢送，不能耍野蛮。"

小龙小板线缓缓送了几次，待秋千荡了起来，他们就一次比一次加大力度，"嫦娥""仙女"惊叫起来："啊，好害怕，不敢再用劲了。"但同时她们又兴奋地笑着喊："我们看见墙外了，锁子、黑子在哪儿折柳条子呢。"

小龙小板说"好，这次再送高一些，看你们还能看见什么。"

两个女孩子在小龙小板卖力地推送下，连脚下的坐板也比墙高了，身体斜得几乎与地面平行，风声呼呼从耳畔吹过，两人不觉真的害怕起来，大叫道："不要，快拉住秋千。"

"嫦娥""仙女"下秋千的时候，锁子、黑子一人嘴里含一个柳哨，胡乱吹着，优哉游哉地推开小板家的后门，走了进来，瞪着眼凶狠狠问："在这儿乱吵吵做什么？"。

小龙、小板、王连举等立刻一脸谄媚地笑，说："请锁子哥黑子哥来表演，让我们开开眼界。""嫦娥""仙女"、月月等女孩子也齐声喊了起来："快快表演，让我们看看。"

黑子就笑了起来，说："那让我先表演一个，锁子是高手，他的绝技放到最后。"

众孩子一阵鼓掌。黑子就取出嘴里的柳笛，装进口袋，然后走向秋千，拉过坐板向后一直曳过去，拉到坐板已经高过头部，不能再拉之时，黑子就双手攀绳，双脚猛蹬腾空而起，秋千立刻带着他向前冲去，冲到两棵椿树之间时，黑子已经扒在坐板上了，两腿平直后伸出去，两条胳膊也平直前伸，只用肚子压着坐板。众孩子齐声惊呼，黑子哈哈大笑，说："我这叫凤凰展翅。"

黑子来回荡了一会，又做了几个怪动作，就下来了，以手示意锁子上场。锁子此刻早已将柳哨从口中取了出来，笑眯眯的，伸胳膊展腿，正技痒得难受，当下毫不推辞，走过去双手就拉住了秋千坐板，他也是向后拉，拉到坐板齐胸高时，就用手分别抓住两边的绳子，然后喊一声"起"，双脚离地蹬向坐板，与此同时秋千快速向前荡去，当越过椿树，升高到不能再升的时候，锁子却猛然挺腹耸肩，又向上攀升了数寸，这样几个来回下来，锁子越荡越高，已经远远高过墙头。小龙、小板、"嫦娥""仙女"等目不转睛地看着，满脸羡慕、满脸关切，但到了这时，不管锁子怎样努力，也无法荡得再高了，所以他高声叫喊："黑子送我！"

黑子依言站到了椿树下，待黑子刚荡到椿树间时，便出手猛然用力送他，这样送了几次，秋千的高度一个劲攀升，到最高点时，锁子几乎完全头上脚下和两颗椿树平行了，但是就差那么一点点力量，他未能在高处越过椿树，完成一个三百六十度的轮回，树下的一众女孩子紧张得大气也不敢出，眼睛瞪得越来越大，男孩子却欢呼雀跃，大声为锁子鼓劲，请他无论如何越过椿树，完成一个最最惊险的大周天动作。锁子就大叫："再加把劲，再加把劲我就过去了。"

小龙挽袖舒臂跑了过去，站在黑子的另一边，也学着黑子的动作，待锁子前荡过来时，发力猛然前推。锁子带着风声呼啸而过，在众孩子的惊呼声里，荡上了最高点，然后越过椿树，从上面又飞了下来。

树下的众孩子掌声如潮，兴奋得大呼小叫。锁子大笑道："成功了——"

叫声尾音未绝，锁子风一样就从空中飘下，在最低点越过椿树。黑子、小龙还欲再出手推他，却听哧哧声响，秋千的绳子猛然拉长了一些。两人一惊，齐向上看，却是拴在横梁上的绳结松了。锁子正自得意，猛觉身体向下一沉，大惊下叫道："绳子掉了，快拉住我！"

但秋千的速度实在太快了，黑子、小龙未能拉住他。当锁子飞过墙头时，横梁上的绳结完全松开，锁子与秋千一起笔直地飞过墙头，继续向外飞落。

墙外是条小路，小路过去就是麦苗青青的庄稼地了，这是当时所谓的自留田，归各家耕种，因此在地头路边堆放着不少麦秸堆柴草，是各家收集自家地中的柴草等物、以备烧火等用途。锁子飞过墙后，越过小路，重重跌在一堆麦草上，被麦草弹起来后又跌向前面的麦田，直直地躺在那儿不动。

黑子、小龙、小板、王连举、老沾以及"嫦娥""仙女"等大惊下个个脸上变色，一窝蜂从后门抢了出去，奔向麦田。黑子、小龙、"嫦娥"等扒到锁子头部，声带哭腔，大声叫："锁子，锁子。"

锁子两眼睁得大大的，一声不吭。大家一起叫："锁子，锁子！"

"仙女"与月月惊吓得厉害，眼泪都流出来了。这时锁子说话了，他问："我的腿在不在？"

众人忙说："在，在。"

小板正好蹲在他左腿处，就用手抬起他的左腿，活动了几下让他看。锁子又问："我的右腿呢？"

老沾、王连举连忙抬起他的右腿，也活动了几下让他看。

锁子就说："两条腿都在，那你们快扶我起来，让我走走看。"

大家就把他扶了起来，搀着他向前走了几步，锁子又将两条胳膊伸了出来，弯曲了几次，看看一切正常，就笑了起来，说："锁子到底结实，再怎么摔也没事。"

众孩子见状如释重负，长长出了一口气。锁子却瞪着小板怒问："为什么不拴牢绳子，故意整我？"

燕　子

　　春天来了，燕子也由南方飞回来了。宽厚家的堂屋被一对燕子相中，衔泥挟草就在屋梁上做起窝来，不久窝成，它们就定居下来了，晴天里结伴旋飞而出，轻盈地在天空穿梭往来，雨天就站在屋梁上，相依相偎着呢喃细语。

　　燕子的颜色基本算是紫色或紫红色，体型极其优美，飞翔的姿势潇洒飘逸，似乎毫不用力就可在空中自如地翻飞，俯冲而下、斜仰而上时，燕子便如一道紫色的闪电，速度惊人，掠过天空时的曲线那么滑溜完美，便如最高明的画家饱含深情在画布上勾出的一道弧线。

　　燕子在孩子们心中的地位要比麻雀高得多，虽然都是鸟，但麻雀是粗俗可鄙的、燕子是高贵雅致的，麻雀可以随便抓，见了就可喊打，抓住也可用泥包了烤来吃，但燕子不行，不能抓它，更不可有吃它的念头，并且，燕子在谁家做窝，那是谁家的幸运，家家都是欢迎并善待它的。

　　宽厚对燕子竟来他家定居是既惊又喜，连忙将喜讯告诉了小板、老沾，并领着他俩来参观了一次，这两人啧啧称慕，回家之后，小板就给自己家的屋檐下钉了两个钉子，又用麻线细铁丝在两个钉子间网了几个来回，以吸引燕子来此做窝，但北归的燕子可能全都找到了地方，并没来光顾他家的屋檐。

夏天到来时，宽厚家的燕子窝里多出了两只小燕子，长得十分漂亮，羽毛也是紫红色的，不过它们还不会飞，老燕子时时从外面衔了虫子来喂它们，每当老燕子飞进屋门，小燕子就从窝里探出头来，张大了嘴喳喳地叫，老燕子飞临窝边，将虫子像小燕子口中一丢，马上又展翅飞出，十分地忙碌。

宽厚喜滋滋地又出门去叫了小龙、小板、王连举来他家看小燕子，大家仰头看了一会，小板眼中放光，憧憬无限，就说："要是能将小燕子弄下来，我们每个人都在手中抱一抱，摸一摸它的羽毛，捏一捏它的嘴，那可多好啊！"

这一提议立刻得到了其他人的赞同，宽厚听得也眼中放光，但不无担心地问："要是惹恼了老燕子，它不在我家住了，要搬走，那怎么办？"

小龙立刻说："不会的，我们悄悄地摸一摸，马上又上去将它放好，老燕子不会恼的。"

王连举说："最好关了门，老燕子在外面看不见，我们就可以放心地看小燕子了。"

宽厚想了想，同意了这个提案。几个小家伙马上动手抬来了梯子，待老燕子喂完食刚刚飞走，它们就前门后门一齐关闭，然后小板抢着上了梯子，上到燕子窝边，又惊又喜地将燕窝细细地看了一回，然后伸出手，小心翼翼地从窝内捧出了一只小燕子，捧到自己的面前，满脸笑容十分和蔼地看它，说："小宝宝，不要害怕，大家看看你就再放你回来。"

小龙、王连举不耐烦地连声催促他下来，小板答应一声，急忙下了梯子，如捧珍宝般将燕子拿给宽厚与王连举看。小龙此刻又爬上梯子，如法炮制，将另一只小燕子捧了下来。

两只小燕子在孩子的手中一点也不惊慌害怕，还伸嘴将宽厚的手指轻轻地啄了一下，喜得宽厚合不拢嘴。小板、王连举也忙伸出指头请燕子啄。它们轮流将两只小燕子抱过，又分别将燕子的羽毛摸来摸去，怜爱横溢，不忍离手的样子，但这时两只老燕子都回来了，呢喃的叫声中似乎焦虑异常，从窗子里就能看见它们飞来飞去回旋的身影。宽厚这时急了，说："都不要摸了，快将小燕子放回去。"

王连举恋恋不舍地放了手，小龙、小板也不敢怠慢，怕真惹恼了老燕子，两人飞快地爬上梯子，轻轻将小燕子放回原处。宽厚、王连举一个劲在下边喊，要他俩小心，不要碰坏了燕子窝。

此事过后不长时间，一个晴朗的早晨，宽厚家的院内忽然飞来了大群的燕子，或许有几百只吧！先在他家前后院的上空穿梭交织着飞来飞起，如飞行表演一般，各种高难度动作，各种优雅美观的姿势一一表演完毕，它们就一齐落在前院的晾衣绳上、树枝上、屋檐的瓦边上，呢喃不止，一个劲儿鸣叫。

宽厚惊奇不已，连忙出了屋，站在门外细看。这时候从晾衣绳上飞起两只燕子，先飞到树梢那么高，接着一个漂亮无比的旋身就飞了下来，轻快自如地掠过宽厚头顶，飞往屋内的燕子窝。宽厚忙跟了进去，仰起头朝上使劲地看。

两只燕子落在窝边，窝内的小燕子立刻就探出了头，与飞来的燕子用嘴互擦，呢喃一番，然后四只燕子忽然同时飞起，箭一样就斜掠而下，飞出一道优美滑溜的弧线，从门口掠到了院内的空中，在那儿旋转着飞，向下俯冲，向上斜插。这样飞了一会，院内晾衣绳上燕子，树枝上的燕子、屋瓦上的燕子突然全部振翅飞了起来，和那四只燕子汇合在一起，飞出了院子，在晴朗碧蓝的天空下横飞斜掠、逍遥上下，渐渐地它们越飞越远，消失在白云处的远方。

养 蚕

　　某一年的冬天，"嫦娥"从亲戚家带回来一张蚕种，那是一小片巴掌般大小褐色的纸，上面星星点点粘着米粒大小的蚕子，呈淡黄色。"嫦娥"拿着蚕种向众小孩夸耀，但众小孩没有一个感兴趣的，说："那东西有什么好玩的！""嫦娥"很是不忿，气呼呼用一团棉花将蚕种包了，装入自己的口袋，从此再也不拿出来示人。

　　很快春天就来了，有一天"嫦娥"打开包蚕纸的棉花团，惊喜地发现蚕纸上有两三个极细极小黑色的幼蚕在上面蠕蠕而动，同时几个蚕子变空了，颜色也由淡黄变成了白色。"嫦娥"喜不自胜，说："蚕宝宝出世了，我得赶快给它们找东西吃。"于是跑到自家后院，从一棵小桑树上采下一张又大又嫩的叶子，又找了一个带盖的小纸盒子，将桑叶撕成小片放进去，然后小心翼翼用针尖将幼蚕挑起来，放到纸盒子内的桑叶上。

　　时间不知不觉地过去，很快夏天就到了，有一天"嫦娥"忽然宣布，说她养的蚕结了许多茧，有黄的，有红的，鲜艳夺目，好看极了。孩子们都没有见过蚕茧，"仙女"、月月几个女孩子首先兴趣盎然，抢着要去看蚕茧，小板、王连举也就随着去看。只见"嫦娥"屋内窗子旁边的箱盖上，一束乱树枝扎成的树状东西上，缀满了五颜六色的蚕茧，以红、黄、白三色最多，也有零星几个紫色和粉红色的，的确鲜艳无比、美不胜收。那上面还有几只茧刚刚成形，透过薄薄的外皮，可以看到寸许长的蚕虫正在内不断地吐丝织茧，看得"仙女"、月月欣喜不已、羡慕不已，不住口地称赞，小板、王连举几个也看得眼直口呆。啧啧称羡之余，大家就一齐恳请"嫦娥"下来分给大家些蚕种。"嫦娥"满脸笑容，大方得很，答应下来每人都给一张蚕种。

秋天来了，蚕虫在茧内变成了蛾子，咬破蚕茧后钻了出来。"嫦娥"搞了一大张褐色的麻纸，将所有的蛾子都放在纸上，过了几天，蛾子就开始在纸上排子，很快一张纸就密密麻麻地被蚕子沾满了，"嫦娥"就再换一张新纸给它们。

到了第二年，村里几乎每个小孩都养起蚕来了，男孩子用纸盒子盛蚕，女孩子却一律用径寸的铁盒子放，那铁盒子小巧玲珑，上面印有花花绿绿的图案，被她们随身带着，以为时髦新潮。有空了她们就打开盖子欣赏蚕吃桑叶的情景，往往咂着嘴说："我的蚕又长大一些了，由黑变白了。"然后她们就相互比较谁的蚕长得快、长得漂亮。

不过蚕养得多了，桑叶却不够吃了，"仙女"家后院的小桑树很快就被摘光了叶子，大涝池边上的桑树太高了，上去一次不容易，况且只有"萝卜头"一个能上去。无奈下，大家各显神通，四处寻找，东沟的点将台边缘斜挂着一棵桑树，但上这棵树采桑叶太危险了，小板曾大着胆子上去采了一次，虽然收获颇丰，但第二次也有些怯怯地害怕上去了。桑叶难找，许多孩子只好用榆树叶做代用品，不过，蚕对榆树叶的兴趣远没有对桑叶大，吃得很不带劲，孩子们为此大是苦恼。

忽有一天，王连举带来了好消息，说村东的乱葬岗上有一棵桑树，叶子又大又嫩，树也不怎么高，很容易就可爬上去。众孩子听了，蓦然想起来了，那儿的确有一棵桑树，当年歪老婆的病丈夫过世时，大家都去乱葬岗看怎么下葬，那棵桑树似乎就在附近不远处，不过，乱葬岗不是个好玩的去处，很少有人去哪儿，一来二去大家就把那棵桑树忘了。

"嫦娥""仙女"，月月等女孩子听了这个消息先是兴奋欣喜，然后却又忧愁起来。原来她们对去乱葬岗有点害怕，三个人商量了一番，就去王连举家，请王连举领她们去，王连举倒也没有推辞，先将自己养蚕的纸盒子打开让她们三个欣赏观摩了一番，然后盖上盒子，领了她们便走，还满口答应说自己可以上树帮她们将桑叶摘下来。

翻过村东杂树乱长的东梁，就能看见乱葬岗了，哪儿有树、有草、也有花，过了一道叫作土壤的低凹之处，再前行不远，就到了乱葬岗了。几十棵老树或斜或歪地长在乱坟之间，而其中就有一棵是桑树。那桑树也就碗口粗细，分叉之处甚低，王连举一蹦就翻上了树杈，向上攀缘着去采树梢的嫩叶。树下的"仙女"几个却又惊又喜得叫了起来："哎呀，这儿好大的一片玫瑰花。"

王连举向下一看，不由笑了，顺口说："那是野玫瑰。"他来这儿时，只是对满树的桑叶欣喜不已，对这片野玫瑰根本就没怎么多看。但这几个女孩子却兴高采烈，绕着那三五丛野玫瑰跑来跑去，又小心翼翼地每人折了几枝，说要拿回家插在瓶子里养了起来。

野玫瑰的旁边还有大片的酒醉花，一些坟头上还长着迎春花。此刻迎春花只有藤蔓没有花了，酒醉花却还在热烈地开放，暗红色的小花朵挤在一起，密密簇簇的，发出浓香如酒的味道。不过女孩子们对酒醉花并不感兴趣，只是将野玫瑰不住口地夸赞。

知道了乱葬岗长着玫瑰花之后，女孩子对乱葬岗的恐惧大减，两三个女伴就敢单独来这儿了，好在那棵桑树很矮，不用男孩子们帮忙，她们就能轻易上去采摘桑叶。

拾柿子

　　沟的南面是岭，叫南岭。南岭像山而不是山，由愈来愈高的梯田与纵横交错的沟壑组成，岭上村子稀少，各种果树奇多，但最多的是柿子树。梯田的边缘，沟道的坡地，村子四周，到处都有树冠极大的柿子树，秋风起处，满岭柿子树都红了叶子，红叶落完，满树的柿子圆溜溜的也全是红色，鲜艳之极。

　　沟北的村子虽然也有柿子树，但比起岭上的柿子树林、柿子树海，那真是大巫见小巫了。春天里柿子树开出密簇簇黄色的小花，不久花落柿子诞生，由小到大，长到大于拇指时，许多柿子就纷纷离枝落地。因为柿子的密度太大了，必须自然淘汰。

　　这时候，孩子们频繁到村东村西的柿子树下捡拾掉落在地的柿子，它们放软之后可以食用，还可以放在缸里做成芳香可口的柿子醋。但村东村西只有十多棵柿子树，可供捡拾的柿子十分有限，于是孩子们相约了，要去岭上捡拾柿子。

　　黎明时分大家就出发了，提着笼，过了沟，越走越高，在梯田边一排一排的柿子树下低头寻觅。岭上的月亮又圆又大，月光明晃晃的，照在小路上的草叶上。但柿子树下月光就朦胧多了，掉落在地的柿子看起来只是个黑黑的圆球。好在岭上土地太多，柿树周围的地一般什么庄稼也不种，能看见圆球就可以方便地捡到柿子了。

小板贪玩捡得慢，到半早晨的时候，因赶一只野鸡和其他人失散了。他倒也不急，因为所在之处离自己的村子并不远，道路都很熟悉，不存在迷路的问题。一个人挎着笼顺梯田的边缘向另一处柿树密集之处小跑过去，这时候，他发现了一条小蛇。

那条小蛇不足两尺长，奇怪的是它全身火红，没有一点杂色。小板好奇不已，忙放下笼子近前细看。那蛇慌了，细尾急摆，飞一样向前游动，眼看着就要游到前方一片草丛边了。蛇进了草里，那是再难寻找的。小板情急之下，就捡了块土坷垃猛向小蛇打去，蛇尾受伤，忽然全身用力奋然跃起，跌入草中，草叶一阵簌簌乱响，蛇很快就不见了。

小板折了根两三尺长的树枝在草丛中拨拉了一阵，不见蛇的影子，叹了口气，就扔掉树枝，怏怏回来提了笼，沿原路向看好的那片柿树林走去，可是没走多远，就听见草丛中簌簌之声大作。小板一惊回头，吓得腿肚子直打哆嗦。

只见草丛中游出了一只大蛇，头高高地昂起尺把高，吐着蛇芯，向小板径直游来，那蛇青黄相间，粗如小孩胳膊，身长竟有五六尺的样子。更为可怕的是它的身后还有十多条小蛇随行，似乎气势汹汹，要找小板为那条红蛇报仇。

小板吓坏了，提笼便跑，好在蛇在无草的平地上游动速度并不快，无法追上小板。小板见状又停了下来，将笼放下，捡起土坷垃就朝大蛇打去，打了几次没有打中，蛇离他更近了。

小板提笼就跑，边跑边喊：""萝卜头"，小龙，快来救我，这儿有蛇。"

但"萝卜头"他们杳无踪影，小板跑了一程，累得气喘吁吁，只好站在路边歇气。

直到半晌午时候，"萝卜头"几个方提着满笼的柿子，从岭上下来了。小板忙告诉他们关于蛇的情况，央他们同去打蛇。这几人一听瞪大了眼，如临大敌，忙放下笼，折了长长的树枝，随着小板，警惕万分地左右看着，小心翼翼地向大蛇出现的地方搜索过去。

那儿却全无蛇的踪迹，用土块狂打草地也不见大蛇出现。最后小龙在那块地的中央找见了一个可疑的洞口，那洞口有茶杯大小，深不见底，大家仔细将洞口研究了一会，认定这洞就是蛇窟，遂拿树枝朝洞内乱捅，不见效果，众人就一齐向洞里撒尿，可洞中仍然没有一点动静。搞了半天，大家都饿了，此时也早过了早饭时间，众人明显地对找大蛇失去了兴趣。

小龙"萝卜头"就扔了树枝，说："算了，回家吧，不找了。"

其他人也气馁了，遂一齐扔了树枝，提笼回家。

拾麦与打麦场

　　小麦成熟后用镰割下来，需要一块大地方堆放、摊晒、碾打，这便是打麦场。打麦场一般在村西，紧靠队上的仓库，这块地方有几十亩大小，北边是队上的磨面房，南边是歪老婆家的柿子树，向西则一直到了大龙家的柿子树下。打麦场上春天的庄稼一般只是大麦或者油菜，他们成熟早，收割之后，将土地砸碾平整，小麦就黄了。

　　小麦成熟后的收割碾打，是农人最为紧张忙碌地一段时间，所以此时学校都放了农忙假，村上就将学生们组织起来，到收割过后的地里捡拾遗落的麦穗，叫作拾麦。一般是大人们在前边割，小学生在后边拾，开头大家都是很认真地，在村上一个老师的带领下，整整齐齐横排地中，弯腰低头一个麦穗一个麦穗地捡。可这种秩序维持不了多久，很快就有野兔或刺猬出现，引逗得孩子们哗然大乱，满地疯跑。

　　野兔与刺猬的出现是因为越来越多的麦子被割倒，动物们失去了藏身之地。刺猬出现时，虽也惹起一阵骚乱，但很快骚乱就会停止。因为刺猬跑得太慢，孩子们轻而易举将可将它逮住，可野兔出现时地里就热闹了，野兔如一阵风，快捷无比，沿麦垄或地中的水渠急窜。这时候孩子们疾声大呼中，立身而起，四处围追堵截，追得兔子慌不择路，一会东跑，一会西窜，四面八方都是抓兔子的喊声，虽然多数情况下兔子都跑掉了，但那种激昂热烈地场面却是激动人心的。割麦的时候老鹰也往往在麦地上空盘旋，有时会出现孩子与老鹰同时追赶兔子的情况。这时候老鹰、兔子与小孩子都焦急异常，小孩子一边追兔，一边还要拾土块打鹰，累得气喘吁吁。

潮湿低洼的麦地里有很多蛇隐藏着，割麦的时候这些蛇就被镰刀带出来了，当然，他们的命运很惨，很快就被男孩子们打死了。捣蛋的男孩子比如小龙、小板等，此刻得意非常，先手提死蛇旋舞一通，然后便将死蛇挂在脖子上，两手叉腰耀武扬威地四处乱走，所到之处女孩子吓得尖声叫着逃走，带队的女老师也吓得躲避不迭，捣蛋鬼于是眉开眼笑，他们要的正是这个效果。

割倒的麦子、拾来的麦穗最后都被运到打麦场上，在烈日下曝晒后开始碾打，一般是用牛拉了碌碡在上面反复碾压，有时也用脱粒机，碾打脱粒之后是扬场，因此白天的忙碌一般要持续到后半夜才能结束。但此时打麦场堆放着大量的麦粒、麦草，所以必须留人睡在场上，以策安全。

喜欢热闹的孩子们此时都不愿回家去睡，他们秉过父母后，天刚黑下来就抱了被子窜到打麦场上，摊平麦秸将被子铺在上面，然后三五个、七八个围坐其上，商量晚上的事，偷杏子？偷西瓜？偷菜园内的黄瓜西红柿？许多劣行都是在打麦场上策划商量的。

那个时候孩子们整天肚子都是饿的，偷窃在孩子们心中已经不是可耻可鄙的事，相反是一种壮举，一种英雄行为，这似乎有点像战乱年代杀人不算犯罪一样，不过，孩子们的偷窃风险仍然极大，菜园西瓜园多数养起狗来了，要成功地骗过狗的耳朵鼻子，还非得好好下一番功夫不可。打麦场上的孩子们研究的就是如何对付狗的学问。

研究一番之后，想法趋向一致，于是孩子们就行动起来了，跑回家取来馒头或者其他对付狗的物事，乘着夜幕悄悄地就出发了。

岭上头

　　岭上头是指翻过南岭后更南的地方，那儿是岭与山的过渡地带，山梁更高，山谷更深，林木更繁茂青翠，飞禽四处鸣叫，野兽结伴出没。而人烟稀少，一个村子，往往就三五户人家，在梨花飘雪、红杏高挂的山坳里相邻而居。

　　在孩子的心里，岭上头是处极为神秘遥远的所在，所以每年麦收之后，孩子们就相约结伴去岭上头给自家拾麦。那儿地广人稀，拾麦的收获要比岭下面大得多，趁拾麦之机，也可一遂寻幽探奇的心思。

　　黑子有亲戚在岭上头，因此每年麦收之后，黑子就成了孩子们约伴拾麦的首选人物，与他同行，喝水住宿很方便就解决了，真要有什么事也容易找人帮忙。

　　有一年王连举、小龙、"嫦娥"约了黑子去岭上头拾麦，四个人禀过家人，带了竹笼布袋及干粮，黎明时候起身便行，所经之处都是一层层的梯田，高高下下，叠垒出梁峁和深沟，沟内一望青翠，树木参天，梁上却没有几棵树，放眼处尽是割过麦子的庄稼地，遗落的麦穗极多，几个人边走边拾，不大工夫，每个人的竹笼就装得满满的了。这时太阳也有几杆高了，他们忽然发现未留神下,已来到了一直以为是最高之处的破洪台下。

王连举、小龙、"嫦娥"三人平时在村子里南望岭上,能看见的最高处就是破洪台了,对这个高高耸立岭上的高台感觉十分神秘,如今到了它的下面,却发现它毫无神奇之处,只是由层层梯田叠垒而起的一个隆起之处。不过,或许它的上面有许多不同他处的秘密吧,既然来了,还是上去看一看,以了心愿。他们便要求黑子领他们上去。

黑子笑了,说:"上面还是这个样子,不过比这儿更高一点罢了。"

但小龙、"嫦娥"一副悠然神往的样子,一定要去,黑子便不再说什么,领他们顺一条弯弯曲曲的小路,三盘两绕地就登上了所谓的破洪台。那上面广及数亩,长满荒草,散乱得长了些杂树,但台子的边缘似乎曾经有过围墙,现在还能看见几处没有完全坍塌的半截墙体。

小龙一上来便欢天喜地地大叫起来,说:"真高呀,白云就在我的头上面,我伸手就能撕下几块来。"说着将胳膊向天空使劲地伸,但怎么能够得到天上的云呢,小龙就跳了起来,做出撕抓白云的样子。王连举、"嫦娥"哈哈大笑,也使劲地又蹦又跳,纵声向天空大喊大叫。

黑子坐在台子南侧的边缘,一声不吭地向岭下的平川瞭望。小龙、王连举、"嫦娥"他们乱喊乱叫闹了一通,就都跑来坐在黑子身侧,放眼望去,岭下茫茫一片,绿色千里,散乱的村落都隐藏在绿色之中,隐隐约约看不清楚,大家就手指岭下问黑子:"我们的村子在哪里?"

黑子大概指了一个方位,说:"就在那里。"

大家一起惊呼起来："我的妈呀；这么远呀，这有多少路呢？"

黑子说："十里。"

众孩子不禁感叹，说十里路竟然就这么远，远得看不清楚。大家感叹一番，游目四顾，看见脚下的岭绵延不断向东方延伸，渐变为山，一直伸向天边，向西则山岭扭缠，高高下下起伏一段后，渐渐低矮，终于消失。王连举就指着山岭消失之处问黑子："那儿山断了、岭完了，那是什么地方？"

黑子说："那儿是县城，离我们四十里路。"

众孩子顿时来了兴趣，眼望西方心驰神往，一齐问县城是个什么样子。但黑子摇摇头，说自己从来没有去过，只听大人说那儿极是繁华，人人都穿不打补丁的衣服，卖糖果玩意的店铺一家挨着一家，至少也有几十家之多。

小龙等目瞪口呆、抓耳挠腮，极力想象着县城的繁华富足，但总是想不出那种繁华的具体样子。过了一会，"嫦娥"问："县城过去之后又是什么地方呢？"

黑子说："在向西就是省城了。省城比县城还要大，也比县城繁华得多，那儿人人都穿新衣服，出门不用走路全坐汽车，住的也全是高楼大厦。"

小龙忙问："那他们吃什么？整天吃肉喝油，也不用拾麦种玉米？"

黑子摇摇头，说他也不知道，但想来那儿的人一定比他们吃得好。小龙就大怒起来，说："待我们长大了，就进城去抢了他们的油和肉，把牛粪猪屎抹在他们的衣服上，然后把他们的高楼大厦统统砸烂！"

王连举、"嫦娥"大笑起来，感觉若真能这样，那可真是痛快呀。不过吹牛归吹牛，此刻大家可都饿了，便各人拿出自带的馒头啃了起来。一个馒头吃完，"嫦娥"嚷叫口渴，小龙、王连举也说该寻一处泉水，美美地喝上几口。黑子当下领他们下了台，向一条罩满绿色的山谷走去。

一走进绿色里，顿感清凉扑面，眼前万树成海、遮天罩地，树叶子绿得鲜活明快，盈盈的如要滴下水来，路边的草叶也嫩得在浅绿色里带些微黄。

黑子指点着介绍，说这是白桦树，这是橡树，那是鹅耳栖树，小龙、王连举摸一摸树皮，仰头望向树顶，说："这些树真高呀，比我们村子里的树高多了。"

正自感叹，忽听一串酷似笑声的鸟叫声飘飞过来，接着四五只鸟同时笑着和鸣，把小龙、王连举和"嫦娥"吓了一跳。那笑声又大又响亮，毫无忌惮的样子，"咯咯咯咯"，犹如女人欢畅至极后那种一点也不掩饰的大笑。

黑子说："这是呱拉鸡在叫。"说着探测林内搜寻叫声的来源。但很快树林的远远近近又响起了其他鸟叫声，有的悠扬，有的婉转，此起彼伏间，呱拉鸡的叫声却又听不见了。

黑子四人沐浴在鸟鸣声里，心情愉悦欢快无比。这时呼的一声，一只托着长尾、五彩斑斓的大鸟从路边飞起，窜入密林之内。王连举急得大叫："野鸡，野鸡。"纵身赶了过去，踩踏着满地腐败的树叶，头胡乱转动四处寻找野鸡的踪影，但满眼尽是绿叶，却哪有野鸡的踪影。王连举叹口气正要返身，忽听见林内深处传来微弱的叫声，"哇，哇"，不像鸟叫，也不像他所熟悉的动物叫声，王连举大感诧异，忙又跑到路上，向黑子描述他听到的声音。

黑子说："那是娃娃鱼，我们再向前走一段就是水潭了，据说那儿有几条娃娃鱼，不过我却没有看到过。"

果然顺路没走多远，拐过一个弯子之后，就能听见淙淙的水声。小龙与王连举欢天喜地循着水声跑向前去，只见从林木深处流出极细的一股清泉，在小路侧畔积成一个小潭，潭水清澈见底。小龙、王连举忙扒下大口喝水，接着黑子与"嫦娥"也到了，黑子也是扒下喝，"嫦娥"却是用手掬着喝。

四个人喝过水，娃娃鱼的"哇、哇"声又叫了起来，却是在水潭的上游。黑子等四个人忙提了麦笼，沿那股细流向树林内扑去，入林约半里路远近，眼前忽然疏朗，空阔之处显出一个涝池般大小的水洼，被乱石沙粒包围着，水面上七八只红绿间色的鸟儿飞鸣上下，水边两只小动物相依相偎安详地低头喝水。

小龙大叫一声："鹿，快抓鹿。"说着带头跑了过去。

两只小鹿一惊回头，随即迅速窜入林内，水面上的鸟儿也迅即飞走。王连举、"嫦娥"噘着嘴一个劲埋怨小龙赶跑了小鹿，小龙也不置辩，先绕着水洼跑了一圈，两眼骨碌碌乱转寻找娃娃鱼。黑子说："娃娃鱼听见声音就溜下水了，它们是很胆小的。"

那洼池水十分清亮却看不见底，估计水有相当的深度，小龙、小板便要脱衣下水去抓娃娃鱼，"嫦娥"大嗔，跺脚不许。小龙小板却笑嘻嘻请她先去林子里躲避一会，这时黑子忽然喊道："快过来，到我这儿来。"

小龙、小板一惊跑了过去，黑子脸显凝重胆怯之意，说：

"不许吭声，野猪来了。"

小龙、小板、"嫦娥"一下子紧张起来，顺着黑子的眼光看过去，果然见池水那边的林子里摇摇晃晃走出一头大猪，全身黑色，鬃毛又密又硬，长嘴里伸出两三寸长的獠牙，那家伙很随和的样子，悠闲适意地摇着尾巴，径直走到水洼边吧唧吧唧喝起水来，喝了一会，抬起头来看他们四人一眼，然后低下头又猛喝一通。

小龙、王连举、"嫦娥"都听大人讲过野猪的凶恶，但谁也没见过真正的野猪，此刻这么近的距离面对这头獠牙数寸的大野猪，不由满身觳觫，便欲扔了麦笼转身狂逃。但黑子小声说："不要动，一动野猪就要发凶。"

这句话刚出口，野猪忽然不喝水了，长嘴离开水面，若有所思地仔细向他们这边打量，接着嘴里轻声哼哼，向他们走了过来。

"嫦娥"紧紧挤靠着黑子，心跳如擂鼓，小龙、王连举大气也不敢出，只感一颗心直提上来，似要破胸而出。黑子一个劲小声说："千万别跑，也别害怕。"但他们三个怎能不怕，只不过此时腿脚发软，要跑也没办法跑了。

野猪哼哼着，摇着尾晃着头慢悠悠地走了过来，在四个人的腿脚处嗅来嗅去，又用嘴衔住黑子的裤腿扯了扯，黑子忙弯腰伸出手在野猪头上轻轻抚摸，又五指弯曲帮它搔痒，搔了几下，野猪好像很不高兴地猛一摆头，尖叫一声，就离开了他，走到四个人放麦笼的地方，一声怒哼，将麦笼一个个顶翻，伸出长嘴在倒出的麦穗里拱来拱去，拱了一会，似乎对麦穗毫无兴趣，回头又将他四人看了一眼，颇为不满地哼哼了几声，就慢慢腾腾绕过水池，从池子的另一边又进林子去了。

待感觉野猪却走远之后，黑子才长长了出了一口气，脸上余悸尚在，说："好了，没有危险了。"

小龙几个跳了过去便提麦笼，说："快走快走，快出树林！"

本来他们几个打算在岭上头至少拾一天麦，将拾到的麦穗在黑子的亲戚家弄成麦粒后，晚上时分才满载而归，但野猪的出现让"嫦娥"惊怕不已，出了林子后她就一个劲央告黑子提前回家，王连举也担心不已，怕野猪突然出了林子，在麦地里袭击他们，黑子无奈下，只好早早带了他们下岭。未到午饭时间，这一行四人就翻过沟进了村子。

不过，这次岭上之行在很长时间成了小龙、王连举的谈资，说得天花乱坠，惊险异常，听得小板、宽厚、老沾等既紧张害怕，又羡慕不已。

夏夜的故事

　　忙假过后，很快就到暑假了，真正的夏天也就来了。

　　夏天的夜晚，明河在天，凉风从岭上吹下来，落入村道，月光从高天上撒下来，混着凉风一起在村道上徜徉。许多人家就扫净门前，抱张席子铺了，躺卧其上乘凉，有风的晚上没有蚊子骚扰，仰卧着看天上遥远且眨着眼的星星，农人们惬意舒服无比，往往就呼喝着让妻子或孩子端来茶壶，但孩子们此时哪会待在家里，他们早成群结队地游戏去了。

　　夏夜的游戏或是捉迷藏，或是抓知了，或是玩官兵抓贼，都趣味盎然。捉迷藏时男女孩子一同参与，地点多数选在打麦场的遗址上。麦子打完入仓后，打麦场的大部分就被犁铧翻过，种上玉米，但还会留下一亩地左右的面积，十多个高大的麦秸堆依次在其上排开，麦秸堆后边是歪老婆家的大柿子树，再后就是一人多高的玉米地了，而麦秸堆的前边是队上仓库的后墙。

　　孩子们到了这儿，用手心手背的方法选出三个人，其他人闭眼背过身子，这三个人就各选地方藏了起来，然后大家开始找他们，找到了就群起捕捉，捉住敲头。

　　一般说，女孩子不善于躲藏，或躲在麦秸堆后，或躲在柿子树后，很容易就被找到。不过，男孩子敲她们的头只轻轻地点一下，并不用力，对调皮捣蛋的男孩子则是狠狠地敲，敲得他们龇牙咧嘴，就地乱跳。

不过，调皮捣蛋的男孩子是很难找到捉住的，他们往往穷极手段，使出各种古怪法子藏起自己。小龙有一次窜上了的柿子树，藏在高处一丛密集的树叶里，害得大家在地下不知找了多久，最后他自己实在耐不住了，自动出声大笑，大家这才恍然大悟。小板则更绝，常常将自己用麦秸埋起来，甚或在麦秸堆上打洞钻入。所以若是这两个人藏起来，大家就犯头疼。

有一次手心手背，小龙与"仙女"同时手背，而其他人全是手心，按规则，该他俩藏起来，他俩也就藏起来了，可大家找来找去，小龙固然没有找到，竟连"仙女"也不见了踪影，大家颇觉奇怪。小板、"萝卜头"两人不服气，上了大柿子树将各处可疑的树干枝杈搜索了一遍，又将各麦秸堆旁散乱的麦秸翻腾了一遍，仍旧不见两人的影子。宽厚就说："难道他俩去玉米地了，"仙女"胆子有这么大？"

黑夜的玉米地内是很有些恐怖意味的，玉米地片片相连，何止千亩万亩，玉米又高过人头很多，在暗黑的夜里，其中不知藏着多少玄奥神秘，黄鼠狼、狐狸、獾或许会在其中密会，精灵鬼怪说不定也在里面游荡唱歌，大白天自然不用怕它们，但现在是夜晚，月光婆娑的夜晚更适合精灵们出没，小龙是个天不怕地不怕的惫懒家伙，可"仙女"是个腼腼腆腆的女孩子，她竟会钻到玉米地藏起来，大家这可无论如何不愿相信。

但到处都找到了，大家无奈下一同去柿子树后的玉米地边缘探看。树后不远处的玉米叶子一阵晃动，接着一声怪叫传来，

"嫦娥"吓得脸上变色，"萝卜头"、宽厚等也心中发惊，身上一层鸡皮疙瘩，众人战兢兢退后几步，大着胆子向怪声所发之处细看，只见哪儿黑暗中一团红光轻轻地漂浮着，冉冉而动，十分地诡异。众人惊恐下急忙退到柿子树后，却又不甘心这样便走，小板便提议用土块等物攻击那团红光，"萝卜头"、宽厚也都同意，大家便捡拾土块，发一声喊，同时扬臂向那团红光打去。

红光之处一阵扑簌乱动，接着小龙的声音传来了："快停手，快停手。哎哟，好疼。"显然这家伙被打中了。接着"仙女"也笑着喊："别打，是我们。"

"萝卜头"、小板、宽厚、"嫦娥"等哈哈大笑起来，好一阵兴奋激动，当即喝令他俩快快出来，只是还不明白他俩到底怎样搞出了那团红光。

很快"仙女"就跑了过来，手中拿着手电筒，手电筒前面罩着层红布。接着小龙边揉脑袋边走了出来，疼得咧嘴，显然有土块打中了他的头部。小板、"萝卜头"等摇头晃脑，拍手而笑。小龙见了他们的得意样子，气得要死，一个箭步就冲了上来，抓住"萝卜头"的衣服，恨道："好你个'萝卜'盖头，竟敢打我，陪我的头！"

抓知了或者算不上是一种游戏，更像是寻觅食物，但和游戏一样趣味盎然。雷雨刚过，地面就湿软了，夜幕降临之后，在地下蛰居了数年的蝉的幼虫就蠢蠢而动，趁机钻出地面，欲脱壳之后变为能飞翔能鸣叫的知了。孩童们这时也就出动了，一般是两个人一组，弯腰低头，借着月光在平时熟悉的前门后院、打麦场边、大涝池的四周，或者柿子树下、饲养室的墙外等处地方来往搜寻。刚出土的蝉几乎不会动，运气好的话，不长时间就可以捡到半篮子，这东西用清水煮熟，掰开来热气腾腾、肉白味香，是孩子们最难得的美味佳肴。

"仙女"平日腼腆善良，也比较胆小，男孩子要么不理睬她，要么嘲笑耍逗她，但抓知了的夜晚她往往是最受宠的，因为全村只有她一家有手电筒，那是抓知了的极好设备。男孩子就放下平日的架子，热情异常，找到"仙女"家，约她一同出外。

石榴的战争

　　暑假的时候，孩子们的活动除过割草放羊，就是挖药，大部分时间在沟里转悠。此时杏子早没有了，柿子青涩难吃，但西沟的石榴却开始变红了，虽然还没完全成熟，可是已经有拳头大小，勉强可以吃了。石榴浅红轻绿地在枝头上灿烂，逗引得孩子们心痒难搔，口水直流。

　　小板、宽厚、老沾、王连举四个经不起诱惑，假装割草，沿小河向东沟不断深入，勘察了一番形势，见沟内没有什么人，遂在返回时大胆摘了不少石榴，埋在笼底，用草盖了，以为得计，哪知早被看石榴的两个西章村的小伙子看见了，当下拦住小板它们，强行搜查，搜出石榴后将小板等一顿痛打，赶出了东沟，草笼镰刀也被没收了。

　　小板、宽厚、老沾、王连举四个满面羞愧、垂头丧气出了东沟，然后回头跺脚大骂，骂一阵回头又走，磕磕绊绊地从油坊侧边上了沟。

　　王连举四人偷石榴受辱的事很快就传开了，虽然开始四个人商量绝不将这丢人的事告诉别人，但最后小板却没能忍住，将此事告诉了小龙，小龙就动员大孩子黑子、锁子、大龙等人替小孩子们报仇，大龙几个商量后感觉西章村的人太过分，于是组织了二三十个或大或小的孩子去东沟实施报复。

那是一个下午，大龙、黑子命大家在衣袋里装上足够多的石块土块，每人手中又执一根去了叶子的粗树条子，然后众人威风凛凛、杀气腾腾地赶往东沟，先将最先撞见的石榴树用树条子乱打，摘下石榴狠狠扔向河里或者踩烂，随即高声叫骂着，继续向东进发。

西章村此时看石榴的还是那两个小伙子，他俩见对方来势汹汹，就放出用铁链子拴着的一条黄狗，喝令黄狗上前攻击。那狗个头不小，得令后狂叫着就冲了上来，但这边有备而来，心中又愤怒无比，蓄满了斗志，仗着人多势众，齐声发喊，手攥石块土块，对着黄狗劈头盖脸地就砸了下去，黄狗身中数弹，疼得呜咽哀鸣，掉头便跑，大龙、黑子便下令众人追击，继续痛打。这样一直追到看石榴者所住的窝棚，黄狗与两个看石榴的小伙子全都仓皇逃走了，而小板、王连举他们被没收的镰刀草笼仍好端端地在一旁扔着。

小板、王连举等急忙将各自的草笼抢到手中，大龙、锁子又命拆了对方的窝棚。众孩子大喜，一拥而上，七手八脚就将窝棚推倒了，然后群舞乱叫，纵声欢呼。欢呼了一阵，众人得胜西还，舞着树枝与草笼，于大呼小叫声中，沿小河走过白杨坡下，过了河通过菜园西侧，准备从油坊西侧上沟。

但这时西章村看石榴的小伙子已从他们村中叫了二三十孩子来助战了，见大龙等欲上沟撤退，他们便喝骂着急赶过来。大龙、黑子忙喊大伙上沟，一众小孩子不免心里有些害怕，当即猫腰猛跑，向沟上赶。黑子、锁子等大孩子断后，边走边捡拾土块、石块装入口袋。

油坊东侧的路比较陡峭，一边是悬崖壁立，一边是深渊三丈，所谓油坊，就在深渊之下，路只有三五尺宽窄，到沟顶处，有条东西走向的路，西向的路面沟一侧，有道二三尺高的土梁。众孩子跑上沟后，锁子、大龙、黑子等大孩子指挥小孩子们捡拾各种土块堆积在土梁之上，然后命大家伏于土梁之下，手握土块待命。

西章村的人很快就追上来了，领头的是七八个小伙子，其余全是半大的孩子，手中或棍棒或树条，圆睁着双眼，怒气冲冲、愤恨无比，指手画脚喝骂着，向沟顶涌来。黑子、大龙等起身对骂，没骂上几句，对方就冲到了半坡。锁子忙指挥众孩子投掷土块，一阵密集的土块、石块呼啸而下，西章村的人大惊下转身便跑，有两个半大孩子倔强得厉害，舞着树枝强行上冲，身上中了几次土块也毫不在乎，但他俩终于在快到坡顶时受到重创，一个脚上中了一块石头，一瘸一拐冲不动了，一个鼻子上被土块打中，鲜血直流。两人只好狼狈地转身，急急忙忙退了下去。

西章村的人在土块射程在之外舞着棍棒、树条子大骂，骂一阵，又聚在一起商量，似乎也商量不出什么好办法，渐渐地他们或坐或蹲，散漫不成阵势，先前汹汹而来的那股锐气没有了，虽然后来又有四五个小孩子赶来助战，但他们终于没再组织第二次进攻，与坡上的大龙他们僵持了个把钟头后，最后终于撤退。临走前他们站成了一排，手握土块一齐向沟上投掷，可是距离较远，他们站的位置又太低，土块在半途就纷纷掉落了。沟上的孩子见状哈哈大笑起来，百般地揶揄嘲笑。西章村的众人就执树枝遥指沟上喝骂，又威胁说以后抓住了读书村的人绝不轻饶。双方对骂了十多分钟后，他们才恨恨而退。

　　对方撤退后，大龙、锁子等也收兵回村，路上告诫小孩子们以后留神，割草放羊挖药材等事千万莫去东沟，免得被打受辱，众孩子点头答应。

　　这以后读书村的孩子轻易不敢到东沟活动，西章村的孩子也不敢越雷池到白杨坡以西，双方基本未再发生过大的冲突。不过若读书村这边沟里聚的孩子多了，往往相互鼓励一番，将草笼羊只交给一两个孩子看管，其他孩子口袋里装上土块石块，迅速窜入东沟捣乱一番，向石榴树、看石榴人的窝棚等处发射一阵土块、石块，然后撒腿就跑，又退回白杨坡以西。西章村的孩子也组织过几次类似的行动，窜过白杨坡北拐向读书村的菜园大扔土块、石块，进行骚扰。不过一年之后，这样的行动就越来越少了，仇恨与报复的心理渐渐淡化，两年以后，相互骚扰捣乱就完全停止了。

菜　园

　　菜园在花杏园以东，与花杏园隔河相望。沟在这儿向南折了一下，折出一片宽阔平坦的地方，与菜园以河为界，宽阔平坦之处的南沿，有一个类似杏林的高台，叫点将台。

　　菜园很小，最多有五六亩地，两面临河，另两面被土崖包围着，其所在十分幽僻闲静。从油坊弯弯曲曲伸下来一条小路，绕到河边，通入菜园。

　　早春时候，菜园内韭菜畦畦，羊角葱青青，车上来的井水又清又亮，潺潺流入菜畦之间，园内杳无人迹，寂静异常。

　　但是晚春初夏时候，菜园就热闹起来了，此时西红柿的藤蔓拔起了三四尺高，枝叶散出一种怪怪的味道，红色的、黄色的果实掩映其中，越显得红色鲜艳、黄色娇嫩、绿色碧翠。西红柿的旁边一般都是黄瓜架，黄瓜蔓顺竹竿上爬，在竹架子上东缠西绕，黄色的花朵开过，指头般大小的黄瓜就从架上逐渐垂挂下来。竹架子高过人头，越来越长的黄瓜高低错落悬吊着，晃晃荡荡。茄子这时快变成紫色了，辣椒还没有红，但是芹菜、菠菜必须尽快卖了。队上派出的卖菜人男女都有，高声笑着闹着，忙忙碌碌将芹菜、菠菜打捆或装入竹笼，然后又在菜畦间采摘成熟的西红柿、黄瓜，放上架子车，准备拉上沟去镇上叫卖。小孩子们穿梭其中，忙不迭地帮大人们采摘搬运，虽然他们醉翁之意不在酒，但因为都是学前很小的孩子，大人们也就容忍了，允许他们趁机偷吃。

秋天的时候，辣椒变红了，南瓜是黄的，如圆盘一样，白菜的叶子越长越大，西红柿、黄瓜等退出菜园了。但接着天气越来越冷，辣椒，南瓜，白菜等也一个个退出，最后只剩下了菠菜、韭菜绿绿地点缀着园子。

菜园中央有一眼水井，水很浅，一台水车横架在井口，队上的灰毛驴是固定给菜园车水的，好像除了冬天之外，它总在井的周围活动。工作时它被蒙了眼睛，不紧不慢地绕井而走，将水车上来浇灌菜蔬。好像从没见人管过它，走累了，它就自动停下来站着休息，站得无聊了，它又继续绕井口转圈。管园的两个老头子或忙这或忙那，或躲入窑洞内睡觉，很少有搭理灰驴的时间。新雨初收，不需要车水的时候，那头毛驴就被拴在井旁的秋树上，低了头，有一搭没一搭地吃草。

黄鼠狼

黄鼠狼是一种小型野兽，腿很短，身体有尺把左右长，多为黄色，通体顺溜光滑。看起来很漂亮，放的屁却极臭。这家伙在野外或许也吃些鸟类、田鼠之类，可它似乎更喜欢吃农家养的鸡，通常它在傍晚时分就出来活动了，常常窜入村中偷鸡吃。

小板家已连着丢了好几只鸡，一家人俱知是黄鼠狼所为，苦无办法对付。小板自告奋勇担当起了护鸡的任务，又约了王连举，每人预备了一根长木棍做武器，发誓要打死黄鼠狼，替群鸡除害。

黄昏时分群鸡入窝后，蹲在窝内的一根根木条上开始打盹。小板此时立刻关上鸡窝的小门，用铁丝将门扣子拧死，然后隔墙喊来小龙，两人怀抱木棍，躺在鸡窝旁边堆放柴草的屋里等候动静。

情况来得很快，两人刚躺下，窝内的鸡就惊慌得咯咯乱叫起来，接着鸡的扑腾声、嘎嘎的大叫声一阵阵传来。小板、小龙忙悄悄地爬了起来，探出头去向鸡窝张望，此时天色尚未全黑，朦胧中，只见一只黄鼠狼拖着尾巴，慢悠悠又十分警惕地绕着鸡窝走来走去，窝内的众鸡估计早已闻到了它的气味，因此惊慌害怕，在窝内激烈地乱叫乱挤。

黄鼠狼慢悠悠转来转去，东瞅瞅，西看看，小心翼翼地伸鼻子嗅一嗅，又用前爪在鸡窝上几处墙皮脱落的地方抓一抓，大概觉得这几处地方都不好下手，最后它跳上鸡窝门口的小平台，轻轻拿爪子搬转窝门的扣子，但扣子早被小板用铁丝拧死了，怎能搬得动，黄鼠狼便放弃了搬弄扣子，却用爪将鸡窝门向外拉，拉开了一条小缝，嘴便伸向小缝向内挤，看样子它试图将脑袋从小缝内塞进鸡窝。黄鼠狼全身细长，头能进去的地方整个身体便都能进去。

这时候王连举、小板手提木棍，悄无声息地掩了过来。那只黄鼠狼或许太专心了，以致等两个人来到了跟前这才惊觉，慌乱下它一扭身便跳下了窝门的平台，向小板家的后门急蹿。但小板与小龙的木棍已闪电般砸了下来，黄鼠狼终于跑慢了一步，尾巴上被棍打中了，疼得它"吱呀"一声尖叫，跳起了尺把高，落地后没命地绕了个圈子，然后嗖一声就跑出了后门。

小板王连举提棍追了出来。后门外是一条东西走向的小路，小路那边就是玉米地了，此时玉米有半尺多高，三三两两的农人正蹲在地头收拾薅下来的玉米苗子，黄鼠狼似乎不敢冒险越过农人进入玉米地，就沿着小路一溜烟向西急奔。

小板、小龙风一样冲出了后门，向西追赶，见黄鼠狼就在前方丈许之处，跑得也不是很快，自认为完全可以追上，两人遂兴奋得疾呼狂叫，两腿如飞前移。

这时地边收拾玉米苗子的农人也发现了逃跑中的黄鼠狼，西边的人就吆喝着跳到路上拦截，黄鼠狼两面受敌，立刻停了下来，好像在犹豫是否该冲进玉米地内。这一迟疑延缓，小板、小龙已冲到了眼前，大喝声里，两条木棍高高举起。

小板、小龙双棍齐举，咬牙切齿，用尽力气砸了下来，但棍到中途，两人忽情不自禁地叫声"啊——呀"，举棍的胳膊软了下来，不自禁的右手就放开了棍子，回手急捂鼻子。原来一股奇臭无比的浓烈气体扑面而来，臭不可挡，只熏得两人头晕欲呕。这一耽误，黄鼠狼一下子跃入玉米地中，无影无踪了。

小板、小龙只气得跺脚连连，惋惜不已，说："黄鼠狼的臭屁真厉害呀，太可怕了，没有这屁，我们早打死它了。"

此后小板与小龙各自搞了一块厚布，用绳子拴了掩住口鼻，当作口罩，又在柴屋守候了几个黄昏，盼着那只黄鼠狼再次前来光顾鸡窝。但那只黄鼠狼可能受的惊吓过大，竟连着多日不见踪影，小板、小龙失望之下，遂准备放弃守候。

但这时候"嫦娥"家又丢鸡了，小板大喜下正要自告奋勇替她家守护鸡窝，秋来却郑重其事地发布消息：在村外的玉米地与苜蓿地交接之处发现了黄鼠狼的洞穴。秋来说他亲眼看见两只黄鼠狼在洞穴边戏耍，毛色金黄鲜亮，十分可爱。他试图靠近观察时，它们却一前一后钻进了洞口。

小板、小龙听到了消息大是兴奋，忙赶到秋来家，请求用水灌黄鼠狼。

秋来比小板小龙大，却比锁子、黑子小，他不赞成用水灌，说："你俩懂什么，黄鼠狼洞的洞口开在低处，洞内却通向高处，水根本就灌不进去。"

小板用手乱抓头发，急道："那怎么办，用烟熏行不行？"

秋来仍是摇头，说要抓住黄鼠狼，必须牵几只狗在洞口守着，然后用镢头刨洞，黄鼠狼的洞穴并不很深，刨开了洞，几只狗一齐扑上，就可以擒住它了。

过了几天，秋来约了黑子，又借了王连举、小龙及老沾家的细狗，带了镢头赶往玉米地与苜蓿地交界之处。小板、王连举、小龙及"嫦娥"等人自然跟随同往。到了地方后，看那洞口也就拳头般大小，毫不起眼，藏在几株猫耳朵草的下面。

黑子指挥众小孩将洞口团团围了起来，如临大敌一般，三条狗就放在围成的圈子里，然后他与秋来两个轮流持镢头刨洞。那洞沿玉米地边的小坎走了两三尺远近，又拐弯通往苜蓿地内。他俩怕刨了苜蓿地要受大人的斥骂，犹豫间，黑子便提议用火熏，说熏了出来让狗去叼。秋来点头。

一众小孩连忙去找干柴枯草，"嫦娥"又跑回家拿来了火柴，一切预备停当，秋来又让众小孩子每人手持土块，绕洞围成圆圈，说黄鼠狼向外跑时就用土块狠打。小板等挥拳舞臂，手握土块、瞪大眼睛、如临大敌。

火点了起来，枯草本不很干，因此火小烟大，十分呛人。秋来去地边的桐树下摘了张大桐叶，当作扇子将白烟扇向洞内。黑子却趴在那儿，用嘴向洞内吹烟。两人正忙活着，忽然洞口处的白烟外溢，接着奇臭如箭冲鼻而入。秋来、黑子大叫一声，捂住鼻子连滚带爬就向后逃。外围的小板、小龙、王连举等大惊下叫出了声。就在这时，两只黄鼠狼一前一后冲出了洞，纵身向外急窜，修长而光滑的身体灵敏至极。

小板等一呆之下清醒过来，急忙投掷土块。但已经迟了，黄鼠狼已冲出了包围圈，他们的土块到打在了随后急追的狗头上，三条狗被土块所打，呜咽一叫，随即又撒腿猛跑，向黄鼠狼追去。

　　这时黑子、秋来已站了起来，看三条狗在玉米地内穿梭般飞跑，一会儿合围一样从三个方向冲向一处，一会儿又跑成一条线，穷追不舍。半尺高的玉米使得人看不见黄鼠狼的行踪，但从狗的分合上可以猜想到黄鼠狼的情况。很快狗就分开了，两条狗向东，另一条向西，几分钟后，向东的两条狗猛扑几下，然后掉头你争我夺地跑回来了，其中一只狗的嘴上叼着已被咬死的黄鼠狼。

　　小孩子们大声喝彩起来，跑过去从狗嘴里取下黄鼠狼。小板嚷道："黄鼠狼的皮可以做衣领，能卖好多钱呀！"王连举嚷道："黄鼠狼的毛能做毛笔，我先拔了它的毛再说。"

　　又过了一会，另外一只狗怏怏地低头跑了回来，嘴上什么也没有，显然它追那只黄鼠狼跑掉了。一众男孩子齐声大喊可惜。

　　"嫦娥"却说："两只黄鼠狼是夫妻，这一只死了，那一只可多么伤心啊！"

杏 林

　　杏园的所在非常古怪，那是一个突兀而起的地方，有三五丈高，四面土壁直立，其上是一块二三亩地大小、杏树桃树疯长的地方，不过杏树高大，桃树矮小，桃树被杏树遮住了阳光，往往只能开花，难以结果，这块地方便被叫作杏林。

　　上杏林只有一条路，那是一个狭窄幽暗的洞窟，从下盘绕向上，在杏林中部的洞口出来。洞窟内的壁上另挖有两三个小洞窟，杏子成熟时看杏的人就在这小洞窟里睡觉执勤，阻止偷杏的孩童上去。

　　麦子成熟时节杏也就熟了，远望杏林，孩童们馋涎欲滴。此时学校都放忙假，孩童们一个个跃跃欲试，商量着晚间要去偷杏。

　　于是大家晚上就出发了，在几个胆大的捣蛋鬼的带领下，带着布袋等物。沟内的路崎岖难行，天又黑得伸手不见五指，沟中不时有猫头鹰的叫声，传说中的狼仿佛也在黑暗里窥视着，众人心情紧张，扑扑乱跳，但又激动兴奋得满身是劲。好在路是大家早走熟的，再黑的天也不怕，但在中途千万不能提到鬼，若有一人提到和鬼有关的话题，这次偷杏行动就不得不取消了。

过去上杏林几乎每次都由大孩子领头，比如锁子、黑子，或者大龙，小孩子如小板、小龙、"萝卜头"等跟着。到了杏林之下后，通常的做法是拿土块向洞里一阵乱打，如果洞内有看守的人，那么喊声骂声就立刻从洞中传了出来，大家只好转身便逃。若洞内无任何反应，就可以喜滋滋进洞上杏林了。但有一年大龙和锁子馋杏馋得厉害，领了小龙、小板、王连举、宽厚等几个小家伙，发誓说无论如何要将杏子偷到手。

　　半夜时候他们出发了，到杏林下的洞口外，照例是乱扔土块搞火力侦察，洞内传出骂声时，他们就隐伏在洞口左侧的一道土坎后面，很快洞中就冲出了一个汉子，骂骂咧咧地四外望了望，四外黑魆魆的，伸手不见五指，他能看见什么呢，遂嘟嘟囔囔到右侧一道矮崖下去小解。趁这机会，大龙、锁子悄声说："上！"就跃了起来扑向洞口，小龙、小板、王连举紧跟其后，进洞向杏林之上急走，脚步声惊得看守的汉子哇哇怪叫，手提着裤子便追进了洞。但孩子们行动如风，很快便上了杏林的平台了，平台上桃杏树密密簇簇，一颗挨着一棵，便是白天在这里找个人也十分困难，更别说晚上了。

　　大孩子、小孩子各个腿脚滑溜，猴子般消失在高大的杏树上了。看守的人气不过，回村叫了五六个小伙子堵住洞口，大龙等给带来的口袋装满了杏子，满载而不能归，听见洞口处的喝骂声雄壮无比，他们一个个都慌了，在树上耗到天亮，又耗到半早晨时候，大家魂惊魄散、斗志全失，终于被一个个喝下了树，每人挨了几脚几拳之后，被看守的人按个子大小排成队，脖子上挂着装杏的袋子，垂头丧气，满脸惶恐地向杏林西南方的红云村走去。杏林及其周围全归红云村所有。

不过，一群小孩子馋嘴，红云村的人也没什么办法，教训一顿，没收了装杏的袋子，很快又将他们放了。没过多长时间，小龙、小板、王连举等就将所受的羞辱忘了，但大龙、锁子毕竟大他们好几岁，心中抑郁了好长一段时间，以后他们俩就很少再去杏林偷杏了。

沟里头

从杏林下向南,是另一条沟,和溪流所在的沟相通,这条沟没有河,宽度极小,沟底仅容一二人并肩而行,两边尽是斜坡,斜坡上树木参天,长着洋槐树、杨树、白桦等树种,树下零零散散长着鸡屎蔓、牛肋子等荒草,山鸡在树丛里飞翔鸣叫,野兔在荒草间出没。斜坡再向上,就是十多丈的峭壁,将沟中和沟上分割成两个世界。

这条沟小孩子们很少进去,据大人们讲,早年间那里面发现过豹子,所以那里边很有些恐怖味道,小孩子就统一称那里边叫"沟里头"。

后来不知什么原因,小孩子中间流行挖药材,说是卖钱可以交学费。"萝卜头"、小龙等家境不好,对挖药材最是积极。其他孩子一哄而起,也随了他们挖。家境不错的王连举、小板几个为凑热闹,也就装模作样地和大家一起挖了。

大家最先挖的是香附子,那是三棱草根茎上结的枣核大小的疙瘩,后来又采茵陈,这两样东西沟上沟下都极多,不过价钱便宜。"萝卜头"、小龙两人不久就舍弃了香附子与茵陈,挖起远志来,远志的价钱是茵陈的十倍,大家也忙学他俩挖远志，可没过多久，他俩又不挖远志了，说是有一种药叫柴胡，比远志更多，价钱也不错。

众童问："哪儿有柴胡？这东西咱们沟里可不多。"

"萝卜头"说："沟里头多的是，我都去过几次了。"

小孩子大是兴奋，遂三三两两地结伴去沟里头挖药。

但沟里头太寂静了，几乎杳无人迹，除过山鸡偶尔叫几声，除过知了单调的鸣声外，再什么声音也没有，轻轻地一声咳嗽听起来也是那么大，那么刺耳。众童结伴进沟后，往往是分散开来挖药，等挖累了，坐在树下休息时，那种万籁俱寂的感觉显得那么神秘，使人突然感到身心空荡荡的，仿佛时间静止不动了，眼前的树木、树叶筛下的阳光，还有包裹着这个空间的峭壁似乎都便成了永恒的静止。

头上的树叶是翠绿的，脚下细碎的阳光是明亮的，但没有一丝风，树叶与阳光都不动，零落散乱的荒草也不动，除过自己以外，没有任何动的东西，间或一只不知名的小鸟飞过，消失在远处的树叶里，更衬托出了这个不动世界的静止气氛，而蝉鸣声，也使这无声世界显得更加孤寂。

坐在这样的环境里，心中空灵一无所有，一丝杂念也泛不起来，甚至感觉不到自身的存在，当伙伴的脚步声响起，或者饥肠辘辘时，方猛然如梦初醒，知道自己不是这不动且无声世界的一员。

水鸭子

　　水鸭子是水库建成后很长时间才有的，它们往往两三只一起在水面中央极快地游动，身后拖出一条亮晃晃的水线，但它们有多大、长得什么样子，却是一点也不知道，因为它们都是在离人较远的地方游过，露出水面的地方又不多，只能看见几个黑点。孩子们猜测它们可能比鸭子略小，又猜想它们很肥，满身肉鼓鼓的。

　　会游泳的孩子都试图捉过水鸭子，不过水鸭子的确不好捉，它们从来也不到离人一百丈的距离内活动，游动的速度又是极快，它们的巢穴所在也神秘难知，因此，要抓住它们太难了。

　　孩子们中间游泳最好的就数"萝卜头"和小亮两个，有一次他两个横过水面，潜伏在老虎沟口，欲等待水鸭子游来时加以截击。那次倒有五只水鸭子编队悠然游来，但"萝卜头"、小亮一下水，水鸭子就迅速掉头向杏林方向游去，"萝卜头"、小亮急了，拨水如飞，拼命追赶，可水鸭子还是比他们快了少许，终于没能追上。

　　虽然这次没能抓住水鸭子，但两人却被水鸭子迷住了，因为他们终于看清了水鸭子的真面目。此后他俩向其他小孩绘声绘色的描述水鸭子，说它的羽毛是绿色黑色相间，头小而身子肥大，估计每只有两三斤重，这可把其他孩子馋坏了，于是相聚商量抓捕水鸭子的办法，最后商定了一个埋伏围捕的方案，又一致推"萝卜头"作总指挥，挑选游泳好手，布置围捕地点。

一个炎热的中午，众孩子出发了，下了沟集结于黄草坡下，"萝卜头"发布命令：小龙小板在老虎沟以西杏林以东的岸边择地埋伏，待水鸭子由西向东游过他们的埋伏点时，就赶快下水堵住水鸭子的后路，他自己与小亮仍旧在老虎沟老地方伏击，却怕水鸭子在前后都无路可走时向黄草坡方向的水面逃跑，就又派王连举、宽厚、老沾几个在这一带水面等待着，随时准备堵截。

众孩子听完了命令，乱语纷纷，提议说每人手中最好拿一根长树条子，既可远距离攻击，又可挥舞以壮声势。"萝卜头"不同意，说手中拿了东西游得不快，乱挥乱舞地有什么用，但宽厚他们不听，说他们本身就游得不快，这才用树条子来弥补。"萝卜头"说不过他们，也就不理会拿不拿树条子的事了，只向小龙、小板、小亮说："我们几个先下水，游过对面赶快埋伏。"

四个游泳最好的好手立刻脱光衣服，跳下了水，不一会就横过了水面，"萝卜头"与小亮去了老虎沟口，小龙、小板在老虎沟以西一小片芦苇中也埋伏了下来。

不久水面上就出现了水鸭子的行踪，似乎有七八只之多，在坝面上最宽阔的水域里游弋，游弋了一会，有三只离了群，另外编队悠悠然地向坝尾方向游来，和前次一样，沿南岸一侧而行，因为北侧岸边，是孩子们经常活动的地方，此刻王连举等人正在那儿的水面上挥舞树条子呢。

水鸭子游过了小龙、小板俩埋伏在那一小片芦苇中，小板对小龙说："待会儿'萝卜头'赶的水鸭子掉头过来时，我俩憋口气潜水下去，刚好潜到水鸭子的前方再冒出来，这样一伸手就抓住它们了。"小龙大声叫好，对这个办法极感兴趣。

三只水鸭子悠悠然排成一条线游了过来，刚到老虎沟附近，"萝卜头"、小亮就从那儿的水面冲了过来，两手轮番前伸劈水、两腿悠忽伸缩后蹬，速度快得惊人。水鸭子吓坏了，惊慌下连忙掉头，加速向坝面方向游去。

游了一段，摆脱了"萝卜头"等人，水鸭子的行进速度又慢了下来，变成悠然自得的样子。渐渐接近那一小片芦苇了，那儿却看不见小龙小板的影子。"萝卜头"、小亮急得在水中大喊："小龙、小板，水鸭子过来了，快出来堵住！"

连喊数声，还是不见小龙、小板的影子，小亮忍不住就骂了起来，"萝卜头"也气得诅咒不已。远在北侧岸边的王连举等也特别着急，一边乱舞树条子抽打水面，一边厉声高叫小龙小板的名字。

水鸭子自然不明白孩子们在喊什么，它们见前方水面什么危险也没有，就仍旧按过来时的路线行进，三只鸭子前后有序，队形一点也不乱。

终于到了那一小片芦苇前边了，水鸭子的位置恰好在芦苇正北，离芦苇还有三四丈的距离，这时水面忽然波纹变化、暗浪涌起，水鸭子略感诧异，似乎正要拐弯躲避，蓦然间水声哗哗，小龙、小板从水底冒了出来，恰好出现在水鸭子前方一尺之处。

老虎沟口的"萝卜头"、小亮一下子愣了，黄草坡下的王连举他们却立刻欢呼起来。小龙、小板伸手一抹脸上的水，看清了三只水鸭子就在眼前，正惊慌不知所措，他俩此刻那还迟疑，立刻上前，伸手便向离得最近的水鸭子抓去。

眼看着就要手到擒来，小板的手指几乎都触到水鸭子的羽毛了，但三只水鸭子忽然同时跃出水面，发出"嘎嘎嘎"连串的叫声，双翅疾展扇起一股凉风。小龙小板惊愕莫名间，三只水鸭子已经飞起越过了它们头顶，然后又渐渐落了下来，"嘎嘎"声里，双腿已挨着水面了，但双翅仍快速拍打着，疾如离弓之箭，在水上划出一道白亮亮的直线。

水鸭子拍打翅膀在水面上滑行了一段后，渐渐停止了翅膀的拍打，身子又大部分沉入水中，游泳前行，奇怪的是，它们一条线的队形仍旧不变。

小龙、小板气红了眼，奋力划水前追，边追边怒声大骂，但哪里还追得上呀。水鸭子的身影越来越远，越来越小，终于消失在杏林下面大片的芦苇丛中。

"萝卜头"、小亮、王连举、宽厚等遗憾伤心不已，但也终于知道水鸭子难以捕捉，从此以后就很少再打它们的主意了。

油　坊

　　油坊在菜园的北侧，比菜园的地势要高三四丈，虽然笼统地也说油坊在沟里，但它实际不在沟底，只能算是在半沟。从油坊东侧有一条路通了下来，弯过油坊门前，又绕个大弯子，盘向菜园，从菜园的南侧经一座两三棵树身搭成的小桥过河，通向沟南。

　　这座油坊是早年间地主的产业，现在当然归村上所有了。它有一个大院子，由两面墙和两面高崖合围而成，高崖上凿出五六孔大窑洞，或住人，或放油料，或堆置油渣等物，压油机当然是放在最大的窑洞里，那洞有近十丈深，就这作为压油杠杆的一颗杨木大梁也放不下，只好在洞外又盖一溜房子。那棵杨木大梁是油坊的骄傲，见到的人没有不稀罕惊叹的，它太粗太长了，直径超过了三尺，长度大概有十四五丈吧，通体笔直，一头被绳子高高地吊了起来，压油时，将油料在一个圆形凹槽里填塞好，然后转动缠满绳子的木轮，将大梁缓缓放下，凹槽内的油料受压，其中的油质就流了出来，顺小孔道流入油桶。大梁再次被缓缓抬起，凹槽内圆形的油渣就被取了出来。

　　孩子们喜欢来油坊，一是这儿随时有大量的油渣可以吃，二是困了累了这儿随时有地方可供睡觉，另外若抓到了野味，比如野兔、鸟类等，也可以拿来这儿用油炸了吃。所以这儿极像下沟孩子们的驿站。

后来油坊不榨油了，大梁也被卖掉了，几个窑洞也人走洞空，冷落异常，但这地方还是叫油坊，孩子们还是常来这儿，因为这儿满院子长起了荒草，放养割草都很方便，另外既宽又深的大窑洞十分宽敞，是做游戏的好地方，况且这儿离村子还有相当一段路，即使在这儿玩翻了天，也不会受到大人的干涉。

高窑（二）

　　油坊东侧有一条曲曲折折上沟的小路，小路再东，就是高达八九丈的土崖了，这土崖由北向南延伸约半里，在向东弯去。南北走向的崖上有两个高窑，离有方较近的窑口离地有三四丈高低，离崖顶有四五丈的距离，另一处高窑的所在则极是险峻，因为此处沟深崖高，窑口处于高崖的中间，距崖上崖下都在十多丈远近，望之目晕心惊，更别说攀缘了。

　　有一年秋雨连绵，没日没夜地下了一个多月，离油坊较近处的土崖忽然滑坡，坍塌了好大一块，塌下来的黄土就堆积在高窑的正下方，若爬上这堆黄土，离高窑洞口就只有不足一丈的距离了。

　　好不容易雨停了，连着几天太阳明媚，各处的泥路湿地就稍稍干了一些，孩子们可以下沟去割草或玩耍了。有一天，"萝卜头"、小板、王连举几个割草时路过此处，见状心动，商量着要设法上去一探。

　　这三个人先割够满满一笼青草，然后提笼到了高窑下面的斜坡荒地上，放下草笼，手执镰刀，他们爬上了窑口下方的土堆，仰望窑口就在不远的高处，那里面不知充满了多少神秘，三个人激动不已，一番争论协商后，他们决定在崖上挖脚蹬上去，这样比较省事，因为他们手中就拿着可以挖土的镰刀。

先挖了两个可以容进小半拉脚的小凹洞，小板双手拿镰就踩了上去，一手挥镰扎向头上方的崖中，拉着以稳住身体，另一手持镰在脚上方尺许处再挖凹洞，这样轮换向上递升，不一会儿头就升到了高窑洞口。

"萝卜头"与王连举在下面急得高声问："看见里面了没有？里面黑不黑，有什么东西？"

小板说："看不清，一小堆土挡在洞口。"

"萝卜头"、王连举忙催促他继续挖凹洞升高，并提醒他洞内可能有蝎子，不要用手攀摸洞口边缘。小板又连挖了几个凹洞，手挥镰刀扎向洞内，试了试扎得很牢，脚就踩向更高些凹洞，然后手脚同时用力，身体就升上去了一大截。这是洞内的情况应该能看清楚了，只听小板又惊又喜地喊道："好啊，这是什么东西啊，这么大，有好几个哪！"

"萝卜头"、王连举急问："什么东西，什么东西？"

小板此刻已爬进洞内了，在里面瓮声瓮气地回答说："是圆的，好大呀，你们俩也快上来。"

"萝卜头"、王连举急不可耐就扑上了土崖，脚踏下面的凹洞，手扳上面的凹洞，手脚并用，灵活如猿猴，一前一后就翻入了洞口，侧身绕过洞口的那堆黄土，进入里面，却见洞壁右侧靠着三个比他们还高些的巨型圆轮，那东西显然是木制的，此刻木材已将近朽坏，颜色呈暗黑色，巨轮中间有个小轮，从小轮处伸出许多辐射状的木条和外面的大轮相连，小轮上箍了好几道铁箍子，大轮上则钉着许多大头铁钉。

"萝卜头"、王连举扑了上去，张臂抱住巨轮，嚷道："这是我的，是我的，谁也不能抢！"

抱了一会，感觉静悄悄的，并没有人来抢来夺，两个人就又松开了手，四顾一望，这才想起他们进入了高窑，进入了几乎和外面隔绝的另一个世界，什么人敢如此冒险来这儿和他们抢东西呢？他们俩就笑了。

由于塌方，洞口已不是最早的那个小洞口了，变得大了许多，洞口附近的光线也很明亮，能看见除洞口边缘有些潮湿外，洞壁四处都甚干燥。光线明亮的地方除了三个巨轮，就什么东西也没有了，那三个大轮子也看不出什么神奇之处，要想再找到神奇秘密的东西，就必须摸索着向渐趋黑暗的洞内走了。王连举、"萝卜头"刚向内走了几步，猛然想起第一个进洞的小板怎么不见了，他两个面面相觑，心中一阵害怕，接着两人就扯开喉咙喊了起来："小板，小板，你在哪儿？"

连着喊了好几声，洞内嗡嗡作响，余波袅袅，但没有小板的回音。王连举两眼睁得大大的，口也张得大大的，两股战栗，望着"萝卜头"问："洞内会不会住着妖怪，将小板捉了进去，打屁股吊洞顶，然后吃肉喝血？"

"萝卜头"满脸严肃，想了想，摇了摇头，说："哪来的妖怪，小板一定是跑到洞里面去了，估计这个洞很深很长，我俩摸进去找他吧。"

王连举磨磨蹭蹭不想挪步，脸上的表情古古怪怪的。"萝卜头"说："洞这么深这么长，里面一定藏着好东西，再怎么害怕也得进去，我们俩拉着手一起走。"说着拉住了王连举的手，向内迈步就走。

王连举无奈也只得迈步，走了数丈远近，拐了个弯子之后，就黑乎乎什么也看不见了，王连举总是胆怯，就对"萝卜头"说："如果真有妖怪，你一定不能让他们吃我。"

　　"萝卜头"随口漫然答应着，一只手轻触洞壁，缓缓向内而行。渐渐地洞变得越来越狭窄，只能容一个人行走，王连举就到"萝卜头"身后，拉着他的衣服后摆。但一会儿脚下越来越低，明显地是向下沉，"萝卜头"也害怕起来，便在此时，前边传来了小板的叫声："'萝卜头'，王连举，快来呀，我在这儿找到了麻钱。"声音兴奋不已。

　　"萝卜头"、王连举一听来了精神，齐声喊道："我们来了，麻钱有多少？"

　　小板说："只找到一个，我正在找呢。"

　　"萝卜头"、王连举加快脚步，但脚下有渐高起来，走不多远，前方越来越亮，忽然间他们来到一个宽阔在所在，约有两间屋子那么大，并且这个所在向外也有一个洞口，洞口处有少许阳光照了进来，十分地明亮。"萝卜头"、王连举幡然醒悟：原来两个高窑是连在一处的呀！

　　在洞口左边的洞壁下有几大堆尘土，小板正猫腰在其中的一堆上用双手乱拨拉乱翻。

　　王连举急问："土堆里有麻钱？"

　　小板点点头，说："你们也快拨拉，若找到大堆麻钱，我们就发财了。"

　　"萝卜头"、王连举一听这话，也顾不得到窑口向外看了，二话不说，忙各自找了一个土堆，也动手翻起土来。

　　三个人累得气喘吁吁，将洞口附近的几大堆尘土全部扒开仔细寻找了半天，除"萝卜头"又找到了一枚麻钱外，再无任何收获。王连举满脸灰尘杂着汗迹，垂头丧气，"萝卜头"手拿着那枚锈迹斑斑的麻钱，也是郁郁不乐。三个人怅然若失地坐了下来歇气，歇了一会，王连举忽然跳了起来，说："那边的洞口处有三个大轮子，轮上有许多铁箍子，我们快过去用镰刀将铁箍子撬了下来，也算没白上高窑一趟。"

"萝卜头"、小板忽得也跳了起来，高兴得直点头，说："对，对，好主意，我们快去。"

三个人急急忙忙又从又窄又黑的小洞摸索前行，到了另一处洞口。两把镰刀就放在大轮子旁边，这三人也顾不上累，持镰就撬起铁箍子来，好在那大轮子上的木材腐朽得极是厉害，他们没费多大劲儿就将三只轮上的六个铁箍子全撬了下来。

小板手持铁箍子左瞧右看，喜滋滋地问："这东西能干什么？"

"萝卜头"想了想，摇摇头。这东西是个直径一尺多的圆环状东西，能干什么呢！王连举却笑了起来，说："它可以滚铁环玩呀，比其他人的铁环看起来威风多了。"

小板眼睛一亮，大笑着跳了起来，对王连举的提议大加称赞，"萝卜头"虽对滚铁环的兴趣不大，但也觉这东西只能做铁环用。

三个人下了高窑后，每人将分得的两个铁环套在脖子上，然后背了草笼，得意扬扬地上沟，见到了小孩便夸耀一番铁环的来历，惹得其他孩子好生羡慕，好生妒忌。

罐罐窑

　　杏林向北约半里路许，读书沟与东沟的交界之处，有一处地方叫罐罐窑。这罐罐窑在沟的南面坡上，背靠南岭，其上曾有一个烧制砖瓦的手工作坊，因其烧砖瓦所用的是极小的罐状火窑，俗称"罐罐窑"，因此这块地方也就叫了这个名字。

　　已经记不起罐罐窑是谁开的了，只记得那儿干活的只有两三个人，他们的口音很怪，明显不是本地人，或者是河南人，或者是江西人。小孩子们去看他们操作，他们一般不理不睬，一言不发，既不吆喝小孩子走开，也不露出笑容表示欢迎。但他们干的活很有趣，附近割草放养的孩子有空了就会去看他们干活，看得久了就趁他们休息时间，也偷偷摸摸地模仿他们干一阵。

　　这儿做砖瓦的流程很简单，先弄一大堆黄泥巴，赤脚上去踩，踩得泥巴又均匀又黏糊的时候，就取来砖模子，那个模子上有三个砖型的凹洞，给凹洞里撒点草灰沙子，然后将泥巴倒进去，拍平后端到一边的平地上倒出，三个砖坯子就做好了。做瓦则更有趣，有一个圆形的转盘，脚一踩就飞快地旋转起来，手拿泥巴对着转盘边抹边修正，瞬息间一个圆形的泥筒就做好了，取下泥筒，筒内有四条等距的线痕，泥筒干燥后用手轻轻一拍，它就沿线痕处分成四个瓦坯子，然后和砖坯子一起拿到窑内用麦草烧熟，就是成品的手工砖瓦了。

村中几乎每个孩子都多次来过罐罐窑看工人们操作，因此孩子们基本都会制砖做瓦，夏天的中午时间，外地的工人要睡午觉，孩子们顶着烈日就干起活来了，或踩泥巴，或踩转盘，或搬砖模子，大家最喜欢干的是踩转盘，常常你争我抢，闹上一阵才能排好顺序轮换着来干。

水库修好不久罐罐窑就倒闭了，工人走了，窑也不烧了，但砖窑及工人住的洞窟仍在，窑与洞就成了放羊孩子的休憩所在。

狼

　　水库靠近杏林一侧的边缘逐渐长出了许多芦苇,越长越多,面积竟达十亩以上,芦苇的边缘又长出了许多野芦苇,芦苇与野芦苇的高度都在一丈以上,他们长得又密,以致其中充满了许多诱人的秘密。

　　许多孩子游水去过那儿,说芦苇中有各种各样羽毛鲜亮美丽、叫声婉转动听的鸟类,鸟儿有麻雀般大小的,也有喜鹊般大小的,还有的鸟拖着五光十色长长的尾巴,十分好看。众鸟在芦苇里自得其乐,相互唱和,叽叽咕咕如开音乐会一样。在芦苇最密集之处,离地三四尺高的地方便是鸟儿的窝。

　　王连举没去过那地方,一年夏天的暑假里,中午时候,王连举和小板、宽厚三个冒着毒太阳下了沟,脱衣下水游了一会,颇感无聊,便商议一同横过水面,到杏林下的芦苇里看一看。这三人都是游泳好手,主意既定,没费什么劲就游到了杏林之下。水越来越浅,三人赤身直立涉水而行,走进芦苇丛里。

　　芦苇长得好密实呀,三人双手分开面前的苇秆,小心翼翼前行。众鸟轮番在芦苇深处叫着,或脆亮轻快,或浑厚带着嗡声,此起彼伏。王连举大感兴奋,喜乐无比,只是遗憾看不见鸣叫之鸟的样子，正啧啧赞叹，忽然传来"叽嘎，叽嘎"两声大叫，其声清越高亢，比其他鸟叫声要大得多，似乎鸣叫之鸟就在耳边。王连举脑袋拨浪鼓一样转动，寻找鸣叫之鸟。宽厚却嘘了一声，示意别动，然后悄悄用手斜指左前方。王连举、小板顺宽厚的指头看去，只见一丈开外四五尺高处，五光十色的一个大鸟正斜立芦苇秆上，将一只翅膀扇子一样打开，弯着脖子用嘴在翅膀里满满地啄弄着、梳理着，十分的悠闲适意。三人睁大了惊奇的眼睛仔细打量，见那鸟似乎比喜鹊还大许多，心中搜肠股肚将自己知道的鸟名字一个个念叨一遍，仍断定不了眼前的鸟应该叫什么名字。正自思量，那鸟忽伸直脖子，又"叽嘎，叽嘎"地叫了两声，状甚得意。

小板打了个手势，王连举、宽厚俩心领神会，无言点头。三个小家伙就蹲低身子，悄悄向大鸟所在之处逼近，好在此时微微有风，芦苇左右轻轻摆动，发出沙沙的声音，刚好遮掩了他们的拨开芦苇的动作。离大鸟越来越近了，三人窃喜不已。

那只大鸟对危险的来临似乎毫无知觉，仍旧怡然自得地梳理羽毛，啄弄完了左翅又捉弄右翅，间或伸脖子鸣叫几声。这是小板等低头弯腰，已悄无声息地来到了鸟的下方，见鸟儿一无知觉，三人互看一眼，突然就跳了起来，大喊一声，同时伸胳膊向大鸟抓去。那鸟大惊下猛然长鸣，双腿猛蹬，翅膀急闪，扑棱棱蹿高数尺，然后一个急旋，一瞬间就飞得无影无踪了。

王连举手中抓了两根羽毛，小板、宽厚两手空空。三个人大失所望，跺脚叹气，嘟嘟囔囔相互埋怨指责，你说我动作太慢，我说他喊得太早，一时大家全诀嘛起了嘴。

正自心中不快，忽然耳边传来"哇，哇"的叫声，柔和轻慢，像是婴儿的啼哭之声，又像是小狗的撒娇之声，声音浑厚而含糊，和鸟儿的叫声截然不同。王连举三人瞪大了眼睛，侧耳细听，那声音却又没有了。三人惊奇不已，小声议论争辩了几句，那声音就又响起来了。他三个忙止住争辩，轻手轻脚拨开芦苇循声而行，向南边约莫走了三四丈的距离，地势渐走渐高，脚下又干又爽，已经没有一点水的痕迹了，眼前一处芦苇稍稍稀疏的地方，有一堆乱草干树叶羽毛等物团成的窝巢状的东西。三人走上前去，只见窝巢中间有三只肥肥胖胖的"小狗"，"小狗"全身都是黑色，圆头圆脑地紧紧挤在一起，睁着圆溜溜又黑又亮的眼睛看着走近来的三个孩子。它们好像有点害怕，此刻抿起了嘴不敢哇哇叫了。

小板、宽厚、王连举三个欢呼一声，抢上前去，绕着"小狗"的窝巢团团而转，边转边看，继而三人一齐蹲了下来，伸出胳膊，一人从巢中抱起一只"小狗"，抱在怀里喜滋滋抚摸着，轻怜蜜爱。"小狗"就又"哇，哇"地叫，三人的脸上笑得如绽开的花朵，低头用脸轻擦着"小狗"的皮毛，说："多可爱的'小狗'呀，皮毛像绸子一样光滑。"王连举想了想说："'小狗'怎么可能在这儿呢，会不会是狼？"

但小板、宽厚乐颠颠的，抱着"小狗"舍不得放开，说："管它是狼是狗，咱们赶快抱回家去，先悄悄养几天，小龙、'萝卜头'他们知道了，那还不羡慕得要死。"

王连举也是这般心思。三人于是就放下"小狗"，急急忙忙折断了无数的芦苇，纵横交错编成一个筏子扛到水中，然后又过来，同时伸出六只胳膊，将"小狗"连同窝巢同时抬起，穿过芦苇，放到筏子上。三人就下水，踩水而游，托着筏子游向对岸。

上岸后三人穿好衣服，各自抱了一只"小狗"上沟，悄悄潜入村中，窜进家门，各自在自家的隐秘之处将"小狗"安顿下来，拿出家里最好的东西给它们吃。"小狗"吃饱了，垂头而睡，也不哭叫。

但是当天晚上狼嚎声就在村子周围响了起来，一会儿远一会儿近，嚎得凄厉悠长，天色将亮时方才止住。

村中的大人们满心疑惑惊怕，议论说多年未见狼的影子了，怎么忽然狼就到了村外呢！本来暑天有许多大人孩子就拉张席子睡在自家门前或者院子里，沐浴凉风，但狼嚎之后大家都睡回去了，大门二门紧关，生怕狼真的窜进了村子，那就麻烦了。王连举、小板、宽厚三个怀有鬼胎，听见狼嚎心中害怕，第二天他仨就悄悄聚在宽厚家的后院里商量对策，但三个人都舍不得到手的"小狗"，于是商定继续将它们藏起来，一直养到暑假将完再送回原处。

但第二天的晚上就出事了。两条狼从小板家有缺口的围墙上跳进了他家的前院，将小板家养了三年的两只大绵羊咬死了，当时血迹满院，似乎两只大羊和狼有过一番追赶纠缠甚或是搏斗的过程，因为小板家的两只羊是全村最大最强壮的，性喜角斗，在群羊中隐然就是头羊，和狼有一番搏斗也不是不可能的事。

小板的奶奶那天早晨起得最早，开了二门要扫前院，猛然间看见两只羊死在院子中央，羊身已被啃咬吞吃得支离破碎，血肉模糊，院子里蹄印满地，乱糟糟东一撮羊毛，西一摊黑血。有缺口的墙下掉了一堆土粒土块。

小板的奶奶当时就两腿发软，坐倒在地哭了起来。小板的父母闻声惊起，看到院中的惨状，也吓得呆了。事情到了这个份上，小板哪还敢再隐瞒真相，只好将所谓的"小狗"从放杂物的破房子里抱出来，并原原本本地讲了事情的经过。小板的父母当即找宽厚与王连举的父母，三家大人一商量，没敢伤害狼崽，却请队长又派了七八个精壮小伙子保护，手持铁锨、铁叉、镢头等物，命小板它们三个抱了狼崽在前带路，绕路下沟到杏林下的芦苇丛里,隆重异常地将狼崽又放回原处。

逮知了

　　夏天的中午，村道里一般都很静，天气太热，火烤熏蒸一般，因此大人们吃过午饭就在树荫下或其他凉快地方午睡去了。知了在高处的树上鸣叫，声音高亢单调，但永不停歇，十分地顽强，那鸣声虽然老是一个调子，尖利刺耳，不过听惯了，熟听无闻，反而觉得夏天的中午是最最寂静的。

　　大部分男孩子此时都去沟中的水库玩耍去了，宽厚在涝池学过一段游泳，可学来学去技术总不怎么过关，勉勉强强就会几下狗刨式，到了水库老是胆怯吃亏，要么被人强按倒水中呛水，要么被人潜入水底拉腿受惊，所以他不怎么喜欢去水库玩了，但夏天的中午如此炎热漫长，孤零零一个人无事可做实在无聊，宽厚无奈就拿了套知了的细竹竿，无精打采地出了家门，要找棵大树去套知了。

　　知了，学名叫蝉，寸许长短，是一种能飞能鸣的昆虫，一般都趴在树枝上边鸣叫边吸食树汁。水库没修起之前，套知了是孩子们夏天最主要的活动，水库修起后，游泳一下子代替了捉蝉，套知了这个行当遂冷落下来，很少有人热衷了。

　　宽厚快快地在村道里走，扭着脖子东瞅西看，刚走到大涝池边，"嫦娥"一阵风一样从她家跑了出来，身后还跟着一个和宽厚大小差不多的男孩子。"嫦娥"边跑边招手，喊道："宽厚，快带我弟弟去沟里水库玩。"

宽厚一愣，这个男孩好面生，从来没见过。"嫦娥"却赶忙介绍，说小男孩是她姨妈的儿子，名字叫常远，从很远的地方来这儿玩的。宽厚看了常远一眼，见他腼腆地站在一旁低头不语，遂对"嫦娥"索然地摇摇头，说："我不去沟里，要带你带她去。"

"嫦娥"怒起来，屈起指头在宽厚头上敲打，说："你们那一伙在水库里脱光了游泳，我怎么能去。你为什么不去沟里？"

宽厚说："我要去套知了。"

"嫦娥"又笑了起来，说："套知了？好啊，那你就带我弟弟去套知了，要不我也跟你们去，不然你会欺负我弟弟。"

宽厚脸一红，摇了摇头，表示他不会欺负人。"嫦娥"却提议，说逮了知了之后，在她家用泥裹了烤着吃，宽厚一听，十分高兴，说："烤着吃最好吃了，但你必须弄点盐，有了盐，吃起来才又油又香。"

"嫦娥"不假思索就答应了。于是三人一路同行，到了村东的梁上。这梁上凹凸不平，又多沙石，因此没有种庄稼，只横七竖八散乱地长些椿树、杨树，还有七八株歪扭斜仰的桃树。树都不很高大，易于攀爬，因此是逮知了的好地方。

宽厚带头上梁走入树丛，挑挑拣拣地寻了棵长把高的椿树爬了上去，"嫦娥"踮起脚将细竹竿递给他。宽厚略一打量，便发现了五六只知了，心中暗喜，遂稳稳地骑坐在树杈上，迅速进入状态。眯缝着眼，大气也不出一口，两手轻举，将竹竿先向左方分枝上的知了缓缓递去。

竹竿的最顶端拴着一个细丝样的小圆圈，那是韧而长的马尾巴毛做成的活扣，有时也用牛尾巴毛，但统称马尾。宽厚两手持竿，竹竿似乎一动不动，但竿梢却慢慢地向知了靠近，当竿梢终于递到知了的尾部附近，伸出去的活扣一颤一颤轻触知了的头部时，那知了怕痒般忙伸出两个前爪在头上抓挠，抓挠间便将马尾活扣扯得套到了自己头上。宽厚看得真切，马上向下一拉竹竿，活扣立刻收紧，知了受惊吓怪声尖叫，振翅就飞了起来，但它被马尾套着，只能绕着竹竿梢头扑腾。宽厚满脸甜蜜的笑容，双手互换着后移竹竿，待竿梢到了近处时，就探手出去一把抓住知了，轻轻将它从活扣内卸下来，然后折断翅膀，仍往地下，由"嫦娥"和常远捡拾。

在那颗椿树上顺利地套到了三个知了，其他的知了似乎感觉有危险，全都飞了。"嫦娥"赞不绝口地夸赞宽厚的技术，宽厚口中不言，心中得意，笑眯眯地下了椿树，观察一番后又上了一棵杨树，这样上上下下换了几棵树后，已经逮到了近二十只知了，成绩很辉煌了，但三个人来吃，还是显得少了点。可不幸的是宽厚在一株小杨树上发现了一只大知了，那知了的颜色很黑，比其他知了看起来体型稍大一些，似乎也更强壮。宽厚喜道："这家伙的肉一定也多，我一定要拿出本事套住它。"

那知了离地面的距离不到一丈，宽厚站在地上小心翼翼、聚精会神，竹竿伸到离知了半尺时便不动了，轻风一吹树枝晃动，他的竹竿便上举一点，这样一点点接近，待到活扣终于套上知了头部时，宽厚忍不住便大笑起来，"嫦娥"与常远也高兴地为他鼓掌叫好，但那大知了怒鸣一声，展翅猛飞，一下子便将马尾扯断了，转眼间它就飞远了，竹竿梢头光秃秃的什么也没有了，活扣及活扣后面的那些马尾全被这只大知了带走了。

宽厚气得跺脚，伤心不已，叹息连连，说："怎么办呢？这条马尾是我从邻村的公马尾上揪下来的，套过上百只知了也没断过，现在却断了。"

"嫦娥"忙安慰他说本村的牛尾毛也可以用，宽厚黯然摇头，说："牛尾毛不结实，套不上三两只就断了。"

"嫦娥"对这些不懂，不知该怎样说话。这时一旁沉默许久的常远却开口了，说："套知了不好，粘知了才好，又快又不愁马尾会断。"

宽厚一愣，随即不高兴地说"从没听说粘知了，用什么粘？你会粘？"

常远说："当然用胶粘，桃树上有桃胶，椿树上有椿胶，都能粘知了。我们那儿的小孩都会粘。"

宽厚头摇得拨浪鼓一样，坚决不信，表情多少还有点鄙夷，认为外乡的玩意是胡闹，怎能逮住知了，常远很是尴尬。"嫦娥"就替常远抱不平，说："常远，这儿既有桃树也有椿树，你就找些胶来粘几个知了，也让宽厚心服口服。"

宽厚的嘴噘起来。常远不好意思地笑了笑，没有动，"嫦娥"就推他。常远抓了抓头，向宽厚看了一眼，就去找树胶了，在几颗早被顽童摘光了果子的毛桃树上瞅来看去，这儿抠抠，那儿扳扳，不大工夫就搞来了一疙瘩桃胶，他高兴得脸上放光，说："这块桃胶又大又好，软乎乎的好黏，一定能粘不少知了。"

宽厚凑过来用手指在那胶上试了试，一下子就把他的手指粘住了。宽厚来了兴趣，说："这么黏呀，恐怕真能粘住知了。不过你是怎么粘它们呢？"说着将竹竿递给常远。

常远将桃胶又涂又抹全部粘缠到竹竿梢头，使得梢头变成了一个圆圆的疙瘩。这时他持竿在手，眼神与表情顿时像个行家的样子，转身举目寻找知了，自然而然地有一种自信气象。

宽厚忙用手一指，对他说："那颗小椿树上有个知了，快去粘粘看。"

常远脚步轻轻走了过去。那颗椿树只有丈把高，在竖直分叉的地方，果然趴着一只知了，正专心致志地鸣叫着。常远遂直立树下，徐徐将竹竿举高，一点一点接近那只知了。

"嫦娥"与宽厚在旁边紧张地看着，不断叮咛说："小心，小心，慢一点，别惊跑了它。"常远眼盯着知了，一声不吭，对他们的话半点反应也没有，全神贯注盯着树上的知了。

竹竿梢头很快就接近了知了的背部，常远手腕轻弯，竿梢就向知了按了下去，准确无误地按在知了背部。哪知了惊叫一声，振翅便欲飞走，但它的翅膀也被胶团粘住了，只是扑扑乱动，哪能展开。常远脸上的笑意就弥漫了开来，竿梢向外一拨，知了就被胶粘着带离了树身。

常远将竹竿缓缓放下，倒转竿梢，一伸手就从胶团上取下了扑腾乱叫的知了，动作熟练之极，看得宽厚眼睛也直了，又是羡慕又是欢喜。

宽厚伸手从常远手中接过了知了，笑嘻嘻要往"嫦娥"拿着的布袋子里装。"嫦娥"满脸得意的笑，问宽厚："我弟弟会不会粘知了？”

　　宽厚伸出了舌头，不好意思地笑一笑。这时候常远又在数丈之外粘住了一个知了，喊着让他们过去。宽厚、“嫦娥”高兴地大声叫了起来，连忙一路小跑，奔了过去。

皂荚核

皂荚核是鲜红色的，亮光光圆溜溜非常美观，小孩子们人人都收藏着不少这种东西，以为至宝。因为放寒假后过年前这段时间，一种叫滚核的游戏必须用皂角核，没有这东西便无法参加游戏，而滚核游戏普及泛滥到了近乎疯狂的程度，不参加它，就无法找到玩伴。

所谓滚核，就是在地下划一段两三尺长的圆弧，弧内有参加游戏者放上数目不等皂荚核，一堆一堆的，然后由一人持早年间的银圆或铜圆在丈许远处向着圆弧滚动，银圆或铜圆倒地之处，一拃之内所有的皂荚核均归滚大板者赢的，而一拃之外，一拃加两个手掌距离之内的皂荚核有多少，滚者就要赔付它们的主人多少个皂荚核。

这个游戏其实应算是一种赌博，但孩子们对它迷恋的程度是那样深，为了不断地参加游戏，大家就必须不断地寻找皂荚核。皂荚核因此而身价倍涨，为了它，孩子们什么危险也不怕。

大龙家的后院有株极大极高的皂荚树，可是大龙家没有小孩子，众童很难找到理由进入他家的后院，好在那树有一条粗枝伸到了墙外，这给了大家很多希望。

皂荚成熟时节，绿而扁的皂荚便变成了黑而圆鼓鼓的，风一吹，皂荚互打，发出啪啦啪啦的声音。一起风，就有孩子向大龙家后墙外飞跑，希望能捡到被风吹下的皂荚，有时果真就有三五枚皂荚落地，这可就喜欢坏了最先到达的孩子，但大多数情况下一个皂荚也掉不下来，孩子失望下，就捡起硬土块、小砖块等向皂荚树猛打，不打下一两枚皂荚绝不罢休。

有一年，歪老婆在外工作的儿子不知怎的搞了一汽车破败皂荚运回家来，说是用它们当柴烧。他家门房有一间空房子，那些皂荚就被放进了进去。当时几乎全村的孩子都来给他家帮忙搬运，一边搬运一边从破皂荚里捡皂荚核。第二天，全村的孩子人人喜气满脸，走路也架势十足，每个人口袋里都鼓鼓囊囊的。后来，许多女孩子羡慕不已，就也借故到歪老婆家串门，得空便从那间放皂荚的房子里淘宝，歪老婆虽然厉害，却很喜欢女孩子，见她们爱自己家的皂荚核，不但不阻拦，反而请她们入内尽情去捡。

没几天，女孩子们的宝物就成倍成倍的增长，过去装沙子的沙袋一律不用了，全换成了装皂荚核的沙袋，到处炫耀。邻村的孩子眼红得要死，一个劲地巴结她们。

逮麻雀

逮麻雀一般是冬天小孩子们常干的事情，大孩子们很少玩，不过，小孩子们一般性急，沉不住气，逮住麻雀的机会是很少的。这方面或许"萝卜头"是个例外，他是小孩子中耐心最好的一个。

逮麻雀一般是在后院大人们很少去的地方，用三四寸长的短棍支起一张筛子，筛子下面撒些小米之类的谷物，取一根细而长的绳子，一头拴在短棍上，一头拉往稍远处一个隐蔽地方，麻雀进入筛子下吃小米时，藏在隐蔽处的孩子就可以拉动绳子，短棍被拉开，筛子突然下落，麻雀就被扣在筛子下了。

大雪之后一个阳光明媚的中午，"萝卜头"在自己家后院里支起了一个筛子，但他家的绳子不够长，无法拉到人藏身的一段矮墙后，无奈就去小龙家借绳子。小龙一听满心欢喜，当即拿了自家的绳子来与"萝卜头"一起逮麻雀。

两人将绳子接了起来直拉入矮墙后边，又给筛子下撒了点霉变的小米，然后就借矮墙躲了起来，双手紧紧拽着绳子，探头探脑看是否有麻雀飞下来觅食。

后院紧靠着墙有两棵高大的臭椿树，虽然此时树上没有一片叶子了，但树冠很大、秃树枝看起来纵横交错，也十分地好看。树上一群麻雀叽叽喳喳在聚会，估计是讨论寒冬天气怎样觅食的话题，阳光将树影子洒下来，印在等待麻雀的筛子周围。

"萝卜头"与小龙焦急地一会看看筛子哪儿，一会又仰头看看树上，暗骂麻雀太笨，看不见下面的小米。这样过了一会，两人终于沉不住气了，就小声商量，小龙气哼哼说："小米撒在筛子下面，麻雀自然看不到，应该将米撒在外面才对。"

"萝卜头"大不服气，说："米在外面，麻雀怎么会跑到筛子下去让咱们逮！"

小龙想想也对，但是该怎样让麻雀发现筛子下的米粒呢？两人抓耳挠腮想啊想啊，"萝卜头"忽然想出一个办法来了，他说："将小米撒成一条线，从外面撒向里面，麻雀看见了外面的米粒，就飞下来吃了，顺着那条米线，它们边吃边走，慢慢就到筛子下了。"

小龙连声叫好，说："这办法好，好，咱们快去拿小米。"

两人飞一样各自回家拿了些小米，先给筛子外零零散散撒一些，然后将米粒撒成一条细线，由外向内引进筛子里面。然后两人急忙又蹲到矮墙后藏起来，斜着头观察树上的麻雀，心里喃喃自语，说："院里那些小米看见了没有？快飞下来呀。"

但麻雀们似乎沉浸在它们叽叽喳喳的乐趣之中，只顾乱叫，偶尔有几只飞起来打个转，但又立刻落到树上，加入麻雀群里。有时两个麻雀似乎在斗架，在树枝间跳来飞去追逐，追上了就用嘴胡啄一通，但很快两个就又好了，相依相偎地并排站于枝上。

就在"萝卜头"、小龙几乎忍无可忍，决定撒了筛子的时候，有两三只麻雀飞下来了，在筛子周围蹦蹦跳跳，看见黄黄的米粒似乎颇有欢喜之状。"萝卜头"、小龙立刻喜上眉梢，在墙后各露出半张脸，目不转睛地看着这几只麻雀。

　　但地上的这几只麻雀蹦跳一阵后，并不急于啄食那些小米，它们东看看、西瞅瞅，很是警惕地观察了一阵后，方低头啄几下，刚啄几下猛然又抬起头，仿佛在倾听什么一般。小龙与"萝卜头"急得要死，握紧了拳头，心中一个劲催促说："快吃呀，什么危险也没有的，傻看什么！"

　　那几只麻雀倾听片刻，忽然全部振翅飞起，落往树上。

　　"萝卜头"、小龙心中一凉，暗道："完了。"正心灰意懒、恼恨叹息，耳边却听扑啦啦响声大作，抬头看时，树上那群约有百多只的麻雀一齐腾空飞起，向院中撒小米的地方扑来。一落到地上便忙不迭地点头大啄，只片刻工夫，就将筛子外面的小米吃了个干干净净。

　　小龙、"萝卜头"又是欢喜又是紧张，四只眼紧盯着麻雀，两颗心突突乱跳。但麻雀们此刻却并不急于到筛子下面去觅食，虽然有好多只麻雀度看见了筛子下面的米粒，但它们好像视而不见的样子，十分安闲地在筛子周围踱来踱去地散步，对筛下那黄澄澄的诱惑半点也不在意。

　　两个孩子心内狂怒不已，手脚却不敢稍动一下，怕惊飞了这群可恨的麻雀。麻雀们悠闲地走来走去，甚至两三个聚于一起耳鬓厮磨，或两只相对斜展一翅、绕圈而走以为嬉戏。这样子玩了一会，麻雀们终于还是忍不住诱惑，将目光渐渐对住了筛子下面的米粒。

几只胆大的麻雀在一阵犹豫后飞向筛边，在筛外逡巡来去，忽然作势要钻进去，但又极快地蹦了出来。小龙、"萝卜头"握绳子的手都汗津津的了，呼吸也明显地急促了起来。

　　这时候又有五六只麻雀踱了过来，在筛子边缘向内探头探脑地张望，张望几眼，又回头向身后看看，似乎它们确信真没什么危险了，于是蹦向筛内，准备大吃一顿。

　　小龙、"萝卜头"的忍耐的确已到极限了，此刻哪还敢迟疑，四只手同时猛拽绳子，绳子带着短棍倒撞过来，筛子扑啦一声就扣了下来。筛外的群雀受惊一下子全部飞去，转眼间院子里干干净净，只有那只筛子平平稳稳地扣在中央。

　　"萝卜头"、小龙在欢呼声中从矮墙后冲了出来，满脸都是兴奋和欣喜，到了筛子跟前他们蹲下附耳细听，筛内扑扑腾腾乱响，扣住的应该是三只以上的麻雀。小龙说："待我揭起筛子抓它们。"

　　"萝卜头"哪肯同意，急形于色，说："我揭，你毛手毛脚的，怎能抓住麻雀。"

　　两人吵了起来，各不相让，气恼下遂同时抓住筛子，向上轻轻提起一条缝，两只胳膊同时伸了进去。这时候三四只麻雀箭一样从两人胳膊之间窜了出来，斜冲而起，飞上蓝天。

　　"萝卜头"跺脚几乎哭出声来，懊恼不已，责怪小龙与自己乱抢以致放跑麻雀，小龙也怒冲冲反击，斥责"萝卜头"技术不好，手脚太慢，最后两人嘟嘟嚷嚷，不欢而散。

　　小龙从短棍上解下自己家的那半截绳子，头也不回地就出了"萝卜头"家的后门，向北行了一小段路，又从后门进了自家的后院，然后走向屋内。

屋里静悄悄的，一个人也没有，父母下地干活去了，爷爷则在前门外晒太阳，但爷爷住的那间屋子的门大开着，走过门口，忽听门内传来呼啦啦麻雀翅膀的扑闪声，小龙大惊，忙闪身进门，一下子就看见两只麻雀居然高悬在屋内挂东西的钩子上，小眼亮晶晶地紧盯着他，双翅将敛未敛，准备着随时起飞。

　　小龙喜得几乎就要叫出声来，沮丧的情绪一扫而光，兴奋下回身就关了门，然后扑到窗边将闭着的窗扇又推紧，这才向着两只麻雀舞手而笑，说："你们俩出不去了，乖乖飞下来让我抓住吧。"

　　两只麻雀扑啦一声飞了起来，绕屋数周后斜挂在离小龙最远的遮棚角上。小龙大笑哈哈，两条胳膊乱舞一通，做出威武的姿势向麻雀所在之处逼近，仰头问麻雀："我这样子很张牙舞爪吧，你们怕不怕？"

　　麻雀扑啦一声又飞了起来，飞到另一边的屋角，挂在遮棚上。小龙随着它们转过身子，心想："遮棚这么高，怎么抓住它们呢？看来只能用棍子了。"

　　屋内墙角就靠着好几根竹竿，小龙走过去取了一根，对着麻雀便打了起来，但麻雀们扑上飞下、灵活之极，哪里就能打住，反将小龙累得跑来跑去、气喘吁吁。歇了一会又打，麻雀飞到哪儿，他就跑向哪儿，竹竿乱舞，只打得屋内尘土飞扬，瓶瓶坛坛倒地，最后人也累得实在跑不动了，这才住手。两只麻雀也被打得狼狈至极，但它们毕竟会飞，又在高处，小龙看来还是难以奈何它们。

　　小龙想来想去找不到抓住麻雀的好办法，但说就这样将两

131

只麻雀放了，却实在心有不甘，于是挥杆将麻雀赶到离们最远的屋角，然后开门快速闪出，又将门紧紧闭住，飞跑到村道上，要找一个孩子来给自己帮忙。

小龙的爷爷在门外的一块大石头上坐着，高声叫他："小龙，干什么去，快扶我回家。"

小龙头也不回，说："我有事咧，你再坐一会。"

村道里静悄悄的，只有"萝卜头"一个怏怏地站在自家门口，此外一个小孩子也没有。小龙刚和"萝卜头"恼过不久，自然不能理睬他，就扭头从他面前走过，一直走到大涝池边，却见"仙女"一个人在那儿晾晒衣服。

小龙就问：""仙女"姐，没有看见别的孩子出来？"

"仙女"摇了摇头，随即又说："好像'萝卜头'刚才在村道里转悠，你去找他玩呀。"

小龙说："不想理他，你给我去帮忙好不好？"遂眉飞色舞地将关了麻雀在屋内的事说了。"仙女"听得好奇不已，问明白了小龙要她帮忙打麻雀，又脸现不忍之色，说："我心软，下不了手，麻雀怪可怜的。"

小龙说："你不打也行，只要站在一边看见麻雀来了就舞竹竿，我站在另一边舞竹竿，让麻雀飞来飞去，最后累得飞不动了，我们就抓住它了。'仙女'姐，就帮了这个忙吧。"

"仙女"被他缠得无法，只好答应帮忙。小龙连连催促她快走，"仙女"却不急，将洗好的衣服逐件晾晒到绳子上，又已渐渐将它们拉得平展展的，这才随了小龙经过村道向西走。

到了小龙家门口，小龙的爷爷已不在那儿坐了，但小龙并未留神，兴冲冲跨进屋内，却见关麻雀的那间房子的门半掩半闭，小龙大吃一惊，急步跨了过去，却见他爷爷颤巍巍地正在门后靠拐杖，屋内瓶倒坛歪狼藉一片，而那两只麻雀早已无影无踪了。

小龙跳了起来，身在半空就大放悲声，哭道："麻雀，我的麻雀，为什么放走我的麻雀，我坚决不活了！"

鹞　子

　　一场大雪初晴之后，四野洁白。麻雀们没有地方觅食，成群在人家的屋檐下、后院中徘徊，抢食猪圈内猪吃剩下的残食，有时也在鸡的食盆内偷吃，有人吆喝时，它们就轰然一声飞往树上。

　　"嫦娥"家的后院没有树，在那儿养了十多只鸡。但与他家相邻的王连举家在后院种了一排杨树，树上聚集了无数的麻雀，一天到晚叽叽喳喳，伺机就飞往"嫦娥"家偷鸡食吃，气得"嫦娥"在喂过鸡后，就将鸡食盆拿回家，用木板盖住。但她家后墙处有一小堆麦草，里面混有零散的麦粒，大公鸡带着众母鸡兴高采烈在那儿刨麦草寻麦粒吃，逗引得麻雀也不时飞下来在外围寻找麦粒。

　　见此情景，"嫦娥"忽来灵感，也想搞一回用筛子逮麻雀的游戏。一个人搞没意思，她便跑出门，兴致勃勃地请了"仙女"来观战。将筛子便支在院子的最中心。当然，后院的雪早已扫净了，地下一点也不湿。

　　筛子支起来了，小米也撒好了，绳子拉往鸡舍的背后，"嫦娥"与"仙女"就躲在那儿，每人还拿了一个小凳子坐着，不时探头外看，等待着麻雀进了筛子她们就拉绳子。可是麻雀还没飞下来，那边找麦粒的两只老母鸡竟发现了筛下的小米，咯咯地叫了起来，高兴地钻进筛子吃小米，结果碰掉了支撑的小棍，筛子倒扣下来，扣住母鸡。

"仙女"捂嘴笑了起来。"嫦娥"气哼哼过来拿起筛子，赶走老母鸡，又重新将筛子支好。

但不一会儿几只老母鸡又从麦草堆处跑了过来，一声不吭便径直急走，扑向筛子，气得"嫦娥"一跺脚，便欲站起来赶鸡。但此时几只鸡忽然全停了下来，若有所思一般。"嫦娥"就又坐下了，小声对鸡喊道："快走开，走开，少来这儿捣乱。"

几只母鸡对她睬也不睬，根本就不朝她这儿看，它们呆了一呆，忽然同时举头望天，惶恐异常的样子。"嫦娥"大是不解，问"仙女"："奇怪，鸡怎么了？"

"仙女"在后边坐着，看不清楚外面，便探头出来看。但此刻异象发生，几只老母鸡惊惧地扑腾着翅膀，厉声尖叫着、连跑带飞向她俩奔了过来。

"嫦娥""仙女"骇然大惊，还没反应过来，一团黑影子已疾如流星从天而降，她两个这才醒悟过来，急喊："老鹰，是老鹰！"

那头老鹰一个旋身，利爪伸出来拎住了一只母鸡，然后双翅急闪，鼓风而上，迅速地攀上极高的空中，将跑出鸡舍墙后的"嫦娥""仙女"只看得目瞪口呆，半天说不出话来。

"嫦娥""仙女"吓坏了，刨食麦粒的群鸡也吓得呆呆怔怔，在墙脚处乱挤乱撞。"嫦娥""仙女"随即清醒过来，跺脚望鹰而骂。可此时骂有什么用呢，那鹰只闪动了几下翅膀，就飞得更高更远，遥不可及了。

"嫦娥"对着鹰消失了地方哭了起来，说它掳走了她们家最能下蛋的一只母鸡，"仙女"连忙安慰劝解，说黑子的办法多，弹弓也打得准，或许可以请他来帮忙，设法抓住那头鹰，好替老母鸡报仇。

"嫦娥"想了想，觉得有理，当即就去找黑子。黑子皱眉说："这不好办，谁知道哪天老鹰会再下来呢。"

"嫦娥"流泪说："可我家那只母鸡就白白死了，老鹰还会下来吃其他鸡的。"

黑子只好安慰她说："那天你看见鹰在天上盘旋，绕着你们家盘旋，你就来叫我。"

"嫦娥"点头答应了，叮咛"仙女"也帮自己留神，看见了高空盘旋的鹰就即刻来叫黑子。

当时正是冬季，野外活动的动物极少，经常可以看见老鹰在村子附近的高空处展翅盘旋，不过，老鹰一般飞得很高，绕的圈子也很大，别说弹弓，恐怕枪也打不了那么高，"仙女""嫦娥"却不管这些，看见了鹰就跑去找黑子，黑子不胜其烦，说："鹰飞得那么高，谁能打住它们？等它发现了目标，越旋越低，越旋圈子越小，这时才能用弹弓打。"

此后又过去了好多天。忽有一天，一只鹰在天上越旋越低，越旋圈子越小，圈子的中心似乎就是"嫦娥"家的后院，"嫦娥"吓坏了，因为她家的一大群母鸡正在一只公鸡的带领下在那儿刨土找虫子吃，那堆土是挖萝卜窖时掏出来的。此刻是一个晴朗的下午，夕阳半斜，天空明朗素静，能见度很好。"嫦娥"情急下喊了"仙女"去叫黑子，自己拿了一根长棍子虎视眈眈卫护着鸡群，心中七上八下，又是焦虑又是害怕。

黑子迅速就被"仙女"叫来了，手中还持了一把弹弓。"嫦娥"急问："黑子哥，怎么办，那只老鹰越旋越低了。"

黑子不吭声，仰头看了一会，皱眉叹气，咧嘴说："这是只鹞子，难打得很，快把你家的鸡赶回家去。"

"嫦娥"与"仙女"两个连忙赶鸡回家，但那些鸡吃虫子正在得趣，哪肯便走。天上的鹞子双翅长展，驭风翱翔，但它只是在空中不断地绕着圈子，并不敛翅下击。黑子想了想，说："给屋里撒点小米，鸡就进去了，快，快，一会儿鹞子就走了。"

"嫦娥"连忙照办。鸡在小米的引诱下终于全部进了"嫦娥"的屋子。黑子将弹弓交给"仙女"，火速扑进屋去，关上了门，一阵鸡的扑腾乱叫后，黑子逮了只公鸡倒提着出来，又急喊"嫦娥"找绳子，"嫦娥"慌慌张张拿了条细麻绳出来，黑子迅速用它拴住公鸡的一条腿，然后提着它放在刚才有虫子的那堆黄土边，又将绳子的另一头紧紧拴在一棵树上。

公鸡咯咯叫了几声，在土堆边蹀躞，低头狠啄拴自己的绳子。黑子、"嫦娥""仙女"三人却躲在鸡舍后边。黑子探出半边头紧张地望望天上，说："鹞子可能快下来了，快把弹弓给我。""仙女"忙将弹弓递了过去。

鹞子盘旋着，圈子越缩越小了，但它的高度不再下降，翅上的羽毛仍看不清楚，夕阳斜照过来，将它双翅的边缘镀上了一圈红色，随着鹞子位置的变化，那圈红色也闪烁变化着，看得黑子微微感觉目眩，他伸手揉了揉眼。

就在这时候，那鹞子倏忽间双翅急敛、脖子冲着公鸡所在的方位一挺，身子便似一只强劲的利箭射了下来。
"嫦娥""仙女"惊得捂住了嘴方没喊出声来。地下的公鸡
大叫着狠扑翅膀，拽着绳子乱窜，但哪里还来得及，鹞子下冲
的劲风已罩临头顶。

就在鹞子刚好飞临公鸡的头顶，双翅半展急促地煽动，两
只利爪猛然下伸之时，黑子的弹弓打出了一粒石弹，准确地飞
向鹞子。

石弹飞旋而至，猛烈异常，那鹞子忽然右翅展开向外斜斜
一击，石弹受击立刻歪向一旁。就在此时鹞子的左爪已擒住了
公鸡的背部，在黑子正装第二颗石弹的当儿，这家伙两翅连闪，
竟然单爪拽着公鸡腾上了半空。

"嫦娥"急得跑了出来，乱叫着就去拉拴鸡的绳子，这
时黑子的第二粒石弹射了出来。半空中的鹞子急闪两翅就欲破
空而去，哪知用力下不但未能升高反而被拴鸡的绳子拉得直坠
下来。黑子见状风一样扑了过来，弹跳而起伸手便向鹞子抓去，
那鹞子好像也慌了，赫然长鸣，丢开了到手的公鸡，翅膀猛展
下一个急旋，避开了黑子的手，但"仙女"此刻也到了，手持条
棍子没头没脑就打了过来。鹞子在空中中了一棍，向墙头处斜飞
过去，落下了三五根羽毛，将要碰上土墙时，这鹞子拼命般地
鼓翅而起，挣扎着越过墙头，然后长翅横伸，扶摇直上，瞬息
间便高入云霄，在那儿又旋了几圈，然后折翅向南，隐没不见了。

黑子捡起地下的黑色羽毛翻来覆去地看，叹息连连。"嫦娥"
抱着瘸了腿的公鸡坐在地下乱哭。"仙女"说："都怪我，那
一棍子打得不狠，可是打它的时候我好害怕，胳膊都一个劲地
发颤呢。"

熏　獾

　　冬天的夜晚还有一项极有趣的事，就是下沟捕捉獾，一般
捉獾都是用烟熏的办法，这家伙怕烟，见到烟就害怕、发晕，
然后就昏倒，所以只要找对了獾的巢穴，用烟猛熏一通，一般
都能得手。

　　獾是一种不太凶猛的野兽，比猪略小些，全身肥胖异常，
胖得路也走不动，走起来摇摇晃晃慢慢腾腾，但这家伙最能糟
蹋庄稼，不但什么庄稼都吃，而且喜欢在庄稼地里打滚，所以
农人提起獾便愤恨，常用各种办法驱獾，但孩子们提起獾就欢
喜得手舞足蹈，因为獾肉太美味了，油津津的，绵软而且筋道，
兼有猪肉与牛肉的好处，是那个时候最难得的美味。

　　冬天是熏獾的最好季节，此时地里没了可吃的庄稼，獾在
晚上便很少出来了，只窝在自己的洞府里睡觉。熏獾的孩子一
般选择有月亮的晚上出发，通常是两三个大些的孩子带头，比
如锁子、大龙或者是黑子、大平，一群小孩子跟着他们，手拿
着棍棒、绳子、火柴等物，浩浩荡荡开往沟里。獾洞的位置那
是早就看好了的，要么在白杨坡，要么在老虎沟对面的黄草坡，
有时也去油坊外面的土崖下。不管是去哪儿，临近目标的时候，

大孩子就约束纪律，训斥高声乱喊兴奋异常的小孩子，命他们一律停止说话。小孩子就知道快到獾洞了，马上静悄悄地一声不吭，只随着急走，但一颗心上下乱跳，感到又是刺激又是紧张。

獾洞的位置一般都不高，也不险峻，多在土崖下或石缝中。到了目的地后，几个大孩子借着月光将獾洞口反复确认后，就命小孩子就近拔些干草，寻些枯枝，小孩子得命后飞一样四散跑开，不多久就每人找来一大把枯枝荒草，一齐堆在洞口附近。大孩子们挑挑拣拣地先找些容易烧着的香茅草一类点燃，塞入洞口，然后将其余的一小把一小把慢慢也塞进去，看见它们烧起来了，就迅速用石块土块等物堵住洞口，以防浓烟外散。

这时候小孩子紧张地伏在洞口附近，侧耳细听獾洞内的动静。不一会儿洞中就有"吭、吭"的咳嗽声，孩子们听见了，欢喜得抓耳挠腮，大做各种动作，但此刻不敢说话，大家只能咧嘴无言地笑，同时支棱起耳朵，不放过洞中的每一点声响。

慢慢地，洞中獾的咳嗽越来越大，越来越紧，小孩子们就又紧张起来，害怕獾受不住烟熏突然从洞中冲了出来。但好像从来没听说过獾受烟熏冲洞而出的事，或许獾此时正在睡梦里，或许獾感觉洞外的危险更大，宁死也不出来。因为这家伙的咳嗽声不一会就愈来愈小了，直等到它的咳嗽声完全停止，大孩子们就欢呼起来，说："獾被熏昏了，快扒开洞口。"

小孩子一窝蜂般就围了上来，但大孩子不许他们动手。大孩子自己将洞口的石块、土块小心地移开，又拿枯枝一类东西将干草枯柴的灰烬细心地全拨出来，接着扒在洞口向内张望，确信里面没有了火星之后，一个大孩子就脱下笨重的棉袄，拔于身上，然后紧贴洞口伏下，将胳膊尽可能深地伸入獾洞，随即缓缓外拉，胳膊全部出洞后，毛茸茸或黑或白的獾也就随之出来了。

昏迷不醒的獾软软地躺在月光下，一动也不动。小孩子们先是很害怕，怯怯地围着它看，对几大把枯柴衰草的烟就能熏迷它惊叹不已，但很快就有胆大的上去抚摸它的皮毛，嘻嘻而笑，说："这家伙真肥呀，满身是肉！"

大孩子这时就吆喝"绳子""棍子"，拿绳子棍子的小孩子立刻就将东西递了过去。大孩子手执绳子蹲下去，熟练地又缠又绕，将獾牢牢地捆绑住，随即用棍子穿了绳套抬上肩膀。这时小孩子就问："在谁家煮獾？"

大孩子商量后便说出某一人家，一般是大涝池旁的"嫦娥"家，他们家地方大，调料柴草也充足，"嫦娥"他妈整天笑哈哈，也很乐于接待这些孩子，所以冬天的熏獾、夏天的炸鱼，多去他们家享受成果。

小孩子们知道了要去的人家后，立刻就有三五个腿快的飞跑着回村，先去通知他们家磨刀烧水，准备杀獾煮肉。小家伙们跑得气喘吁吁，小脸蛋冻得红扑扑的，神情却是欢天喜地的，挥舞着胳膊，欢声大叫："捉到獾了，好大一个呀，正朝你们家抬来了。"那表情动作极是豪迈。

沟下其余的小孩子此刻齐声高歌，将抬獾的大孩子前呼后拥着，踏着月光上沟，凯旋而来。

演　戏

　　滚核声声里，一场大雪静悄悄地落了下来，盖住了麦地，盖住了沟壑山岭，于是四野一片白茫茫。鸟雀无法在野地里寻找食物了，只好一群群飞入村子，在人家园内门前的树上盘旋，啄食上面的槐豆等物。村道上湿漉漉的，冰雪冻了又化，化了又冻，难以干爽，滚核的游戏只好停止，但孩子们知道，就快过年了。

　　过年的气氛很快就被锣鼓丝竹声营造得愈来愈浓，这是村上为过年而排练大戏。几乎每一年过年村上都要大张旗鼓地演戏，导演演员自然全是本村的农人。离过年还有一些日子，排演活动就在大队部的大院子里红红火火地搞起来了。

　　有一年锁子荣幸地被挑选当了演员，在戏中扮演一名敲钟人，虽然从头到尾没一句台词，也只出场两次，但锁子还是乐得合不住口，与他熟悉的众童也兴奋不已，每天都赶到大队部去看排练。

　　排演的戏除了大本的样板戏外，每年还要新编一处小戏。记得水库修起的那一年，村上即兴编了一处修水库的戏，戏中一个角色不好好修水库，却偷偷去街上卖自家的水果赚钱，扮演那角色的是小龙的爸爸，这家伙鬼头鬼脑，大肆耍丑，唱起来也怪腔怪调的，说修水库太累没用处，不如卖水果赚钱能过好日子，当然，众人最后又教育又批判，他又去修水库了。

这出小戏大受孩子们的欢迎，小龙的爸爸一出场，孩子们就鼓掌大笑，看着他抓耳搔腮，大做怪相，众童就乐不可支，一个劲起哄。

临近大年三十，戏也就排好了，先要试演一场，看看效果。这一天，邻近村寨的男男女女、老老少少络绎不绝地都赶来观看，每人手中都提一个小凳子，妇人家抱着婴儿，壮汉子搀着翁媪，熙熙攘攘，笑语盈盈。离开演还有多半晌时间，戏台下的人却早坐得满满当当了。

小孩子成群结队在戏台周围穿梭，名为看戏，实不看戏。戏文内容他们在排练时早就看过了。这时候他们最为热衷的是找同学见面，虽然寒假才放了十多天，但这十多天的时间便使得同学之间的见面既热烈又激动，大家都感觉新鲜不已，笑嘻嘻勾着肩搭着背，或去附近的麦草堆聚而狂言，或就近找一棵大树，群坐于树上嬉闹。

闹够了，笑够了，锣鼓喤喤咚咚地就敲起来了，接着板胡高亢、二胡悠扬，戏台上的大幕徐徐拉开，穿着戏装的庄稼人似模似样地就粉墨登场了。

过年（一）

想起来那时候过年，所买的鞭炮并不多，能吃的美味也没什么，所谓的新衣只不过是给旧棉袄棉裤上套一件或黑或蓝的新外罩而已，但那时候多过年的向往、激动为何如此的厉害，而所谓新年的气氛又是如此的浓厚，年在孩子们的心中竟至神圣得无以复加，似乎一切的期盼，一切的兴奋、快乐都被牢牢地拴在年上。

家家户户都忙碌得要命，为过年准备一切，蒸馍馍、蒸包子、做豆腐、煮肉，一年舍不得吃的白面这时候要拿出来吃，大多数家庭一般还能有一二斤猪肉可供享用，当然，对小孩子来说，这点肉实在是太少了，虽然家里同时还准备了不少的萝卜白菜，但它们的滋味怎么可以和肉相比呢？

此时忽传来消息：生产队的一头牛死了。消息传开，小孩子们乐得发狂，飞跑着四窜，将这好消息到处传扬。接着生产队长穿着不系扣子的棉袄，威风凛凛地出了家门，大声下令说："敲钟，分牛肉。"

于是每家都分到了一小块牛肉，这给本就喜洋洋的年节又增添了新的欢乐。简陋的年夜饭吃过，孩子们就疯一样奔出

144

家门，走东串西，邀朋约友，狂呼乱叫，寒风暗夜在他们的欢叫声里变成极乐天堂。

疯乏了，喊累了，夜也深了。呼儿唤女的声音陆续在各家门前响起，于是大家恋恋不舍地回家，一步三回头，相互叮咛明日早起，一同去大涝池边的桑树下放炮。

黎明时分，天还是乌黑乌黑的，村中的鞭炮声噼里啪啦地响起来了，这是家中没有小孩的人家放的。小孩子们可舍不得这么放炮，因为每个人只有一串鞭，只好拆了开来变成一个个的小炮，二踢脚之类的大炮每人也就七八枚而已，谁敢这么噼里啪啦一下子就放完呢！不过，炮仗越少，那炮声听起来就越可亲可爱，越招人魂魄，所以第一轮鞭炮响过，睡梦中的孩子一个个就被惊醒了，遂一骨碌爬起，嚷叫着要穿新衣。大人们此时就点亮了煤油灯，将早已备好的新衣新裤拿给孩子。

孩子们以最快的速度穿戴完毕，抓了鞭炮火柴急冲冲就朝外闯，父母急着喊："擦擦额头，小心着凉。"可这话谁能听得见，人早到大门外了。

村道里漆黑一片，先在自家门外放两个二踢脚，便飞奔赶往大涝池，这儿早聚了一堆孩子了，大孩子、小孩子、半大不小的孩子全聚在这儿，大家先抢着放一轮跑，然后领头的大孩子就发话了，说："小板怎么还没来？"或者说，"王连举怎么还没来，大家一齐去他家门前放炮。"

众孩子欣然而应，立刻雄赳赳随了领头的就走。这领头的大孩子开始是锁子，后来是大胆，再后来是平和。到了将各家未起的孩子用炮声全部唤起的时候，这是天就基本亮了，女孩子也就出来了，新衣新裤新鞋，还扎着红头绳，当然，那头绳也是新的，全身上下焕然一新，出得门来既羞涩又兴奋。男孩子却不理她们，群拥着一路向队上的饲养室奔去，在这儿又大放一通炮后，又一齐涌往清叔家的院子。清叔两口子善良温和乐观，可惜两人都四十多岁了，却没有孩子，因此对小孩子们的到来大表欢迎。大家在他家的院内到处放炮，嚷嚷着大呼小叫，清叔两口子此时就笑嘻嘻出来了，端着柿饼、核桃等物请大家品尝。大家毫不客气，每人就抓了一把塞进口袋里，然后向清叔贺年，说几句吉利话。在他们家闹一会，领头的就喊："半早上了，炮也响完了，现在烧沟去！"

众孩子一听，激动至极，舞手一齐大叫"乌拉"，转身便走，旋风般向南面的沟里奔跑。所谓烧沟，是烧沟里荒坡上的野草。那些荒坡太陡，无法种庄稼，一年四季都长满了杂草，密密麻麻的，约有半尺高低。到过年时节，这些杂草就干透了，干得发白，孩子们便烧它们以为笑乐。

一般烧沟，多半都是烧黄草坡，哪儿坡大草厚，两边又不与其他地块相连，烧起来比较安全。大家呼啸着冲到沟里，从坡的最下端烧起，使火由下向上蔓延。这时候的小孩子最是武勇，没命般扑上前去，抢着点火。

火很快就烧起来了，几处着火点迅速蔓延扩散，连成一片，接着漫坡皆红，火焰乱滚，向上一路延烧。看见火势越来越大，满坡红焰白烟冲天而起，众孩童狂跳乱叫，舞手大笑，一齐喊道："火烧财门开，我们以后都要发大财了。"

过年（二）

　　过年时节的天气一般和平时没什么两样，四外的风景也和平时没什么两样，残雪压着冬麦，没有热量的太阳又红又圆，秃树枯枝笼罩着静默的村庄，晴天白云下，一两只老鹰在高空盘旋，而村子里，鸟声在人家屋前院后的树枝间聚会吵闹。不过，孩子们穿上新衣服了，吃上了想吃的糖果肉食了，因此，孩子们眼中的麦苗一律是绿莹莹的、带了欣欣向荣的春意，在南岭上慢腾腾徘徊的太阳也晶莹剔透红得可爱，像一盏红红的灯笼，即使脚下的小路因化雪而泥泞不堪，可这是过年时节的路呀！泥中也有鞭炮的碎屑、火药的气味，所以这泥泞也是有趣可爱，充满了过年气息的。

　　过年时老天若能落下厚厚一层大雪，将屋宇田野全部大路小路盖住，将南岭也全部盖住，染得天地一片白色，那么此时所有的小孩子都会兴奋不已欣喜若狂，因为大家都隐隐觉得冬天不应该这么快就匆匆离开，冬天去得越快，过年的温馨气氛就散得越快，这可是件很遗憾伤心的事。

　　不过，有雪也罢，无雪也罢，路上干净也罢，泥泞也罢，从初二开始，走亲戚的人流就络绎上路了，当然，一般都是穿着新衣服，这情景在大雪初晴之时最富图画效果：白皑皑的雪野一眼望不到边，而红男绿女一串串、一行行，纵横交织在泛光的雪白背景上，而天上，是一轮没有光芒的、鲜红且温和的太阳。在这个空明透亮的空间里，人影散乱，笑语频闻，而大人与小孩子相间着，高低错落地穿过光秃秃的树枝织成的网，进入村庄时，那情景，便犹如一幅古人画的风俗画，至少也有点像杨柳青的年画，充满了一种缱绻怀旧的味道。

此时的小孩子大多都肩负着走亲戚的光荣使命，因为许多家庭的父母必须留在家里接待来访的客人。一年了，春种秋收忙忙碌碌亲戚们或许很少走动，只好在过年时节马不停蹄走完所有的亲戚，因此，每一家的接待工作都必须作，备好饭食肉菜以飨来客，去别人家做客的任务在很多时候就只好偏劳小孩子了。

小孩子对走亲戚的差事却并不怎么喜欢，特别是去那些老亲戚家，比如父母的舅家，奶奶的姊妹家等等，这些老亲戚在平日已经极少来往了，感情的联系纽带渐趋淡化，过年的走动只是出于习惯和礼貌，小孩子进了他们家也感觉不到亲戚应有的那种亲热气氛。当然，他们家若有同龄的孩子，那情况就不一样了，不过遗憾的是他们的孩子也要去走亲戚，撞上他们的可能性太小了。

不喜欢归不喜欢，各种各样的亲戚最终还是必须走，在父母不断地催促下，小孩子们背了盛礼物的布囊，嘟嘟囔囔地就出门上路了。有时他们也会约上几个孩子一起走，因为同姓之间有许多亲戚是共有的，比如锁子、大龙、宽厚、小板、月月等就有好几个共有的姑母，若大家能一起做伴去，那一路上说笑着、打闹着，这可多有趣呀，吃饭时也可免掉许多局促和尴尬了。

大龙、锁子有时候带一长串的小孩子，浩浩荡荡地出村踏雪去走亲戚，那阵势极是壮观，队伍中的小孩子自然个个精神焕发、神采飞扬，盛礼物的布囊一律斜挂在身体右侧，高视阔步，将满路的冰雪踩得咯吱咯吱地乱响。此刻一般大龙、锁子在前高谈阔论，小板、宽厚等在后胡行乱走、蹿高越低，月月则在中间顾前看后，笑声不断。

随着大孩子们有很多好处，诸般礼节、称呼是不用操心记的，吃饭时的礼仪，与长辈闲谈时的话题也完全可以不管，大孩子们怎么做大家就怎样学就是了，反正进门大孩子是走在前头的，吃饭他们也是紧靠长辈的，长辈即便下令喝酒，那也是大孩子首当其冲，后面的小孩子完全可以马马虎虎，低头一笑就可以逃避过去的。

这一大队人马走进亲戚的家门，那响动是很大的，脚步声、打闹声、笑声，早早就传进里面了，于是主人很快就挑帘迎出来了，若出来的是姑母、姑父等长辈，大家立刻就止住了胡闹，大孩子恭恭敬敬叫："姑母"或叫"姑父"。一群小孩子立刻鹦鹉学舌，也齐声叫"姑母"或"姑父"，大孩子接着说一句恭贺新年或赞美长辈身体健康之类的话，小孩子也立刻学说一遍，以不失礼貌。姑母姑父当然是满脸笑容，顺口说几句吉利话，就连连招呼大家进屋。若出来的是平辈的孩子，则大家相视一笑，嘻嘻哈哈一番，就鱼贯进入屋内了。

不过，年复一年的，不觉间大龙、锁子就长大了，十七八岁的时候，就有人给他们说媳妇了，于是过年时候，他们便不能带领一种小孩子去走公共的亲戚了，因为他们首先必须去丈母娘家，然后又必须在家里等待未来媳妇来做客，这样的话，小板等人就必须自己想办法去姑母家了。

有一年小板与宽厚结伴去沟南的两个姑母家里，两人翻过了沟，只想岭上方向走了一小段路，两人就都不想去了，因为这两个姑母的儿女都长大了，无法和他们玩到一起了，况且他们家里的客人十分多，姑父姑母无法像前几年那样照顾他们了，但既是做客，还得装作文文雅雅规规矩矩，这可多拘束难受呀。不过他们不能回家，那样父母是绝不会答应的。两人一商量，就找了处背风向阳的山坡坐下，一边晒着太阳，一边讲些鬼怪的故事打发时间，饿了，就掏出布囊中的礼物大吃特吃，渴了，就在背阴坡处找些干净的雪吃，这样偷偷地吃礼物，他们觉得爽极了，其实那礼物也就是极普通的小麦面粉做的包子，但此刻吃在嘴里好香呀，便是那又冷又变硬了的雪，他们也觉得香甜可口，妙不可言。半下午的时候，两人经过顽强努力，终于吃完了所带的礼物，他俩对视一眼，惬意地笑了，看看时候不早了，这才连忙起身，打道回府。

这两人回家之后自然便了一通谎言，编得绘声绘色，以证明他们的确去过姑母家了，父母忙忙碌碌，哪有时间追查，也就信了。直到第二年的春节时候，他们的谎言才被戳破，因为姑母家的儿子来了，闲谈时提到去年未见他两个的面。

"萝卜头"的姑母距离较远，在东向十里之外的地方，那儿也有一条大沟，沟内的小水库密如连珠、连绵不断，水库的两边错落地散布着芦苇地、桃花园、杂树丛以及庄稼地，除过庄稼地外，其他任哪一处都是孩子们心中的天堂了。可惜的是过年时候水库就结冰了，芦苇就被割走了，桃花园也没有了桃花，杂树丛的树也全都落光了叶子，但这都没有什么，因为姑母家有三个与"萝卜头"年龄相当的表兄弟，即便水库结冰、杂树落叶，他们只要高兴就能在其中大显身手，搞出许多壮举。因此每年去姑母家做客对"萝卜头"来说，那是最为高兴向往的事情。

不过姑母的家境却不太好，可以说相当贫穷，虽然每年姑母都至少要留三小块肉招待"萝卜头"，但其他菜肴的简朴寒酸仍是免不了的。"萝卜头"当然不在意这些，他的乐趣是与三个表兄弟一同下沟，去水口的周围转悠猎奇。

那些水库都不怎么大，三四丈宽，十多丈长，比起读书村的水库是绝对的小巫见大巫了，不知为什么这儿的人喜欢搞这么多小水库，更奇怪的是三个表兄弟住在沟边，却没一个会游泳的，每次来到水库边，大家就对会游泳且水性极好的"萝卜头"充满了羡慕甚至敬仰。

过年时节当然不可能游泳，太冷了，小水库全都结了厚厚的冰，让人又爱又恨的是那冰下竟有尺把长的鱼在游来游去，背上黑色的鱼鳞都看得清清楚楚。"萝卜头"见了心喜，说："若能捉几条鱼拿回去，那可多神气光彩呀！这水库有人看管吗？"

表兄弟忙说："天这么冷，又是过年，谁会到沟里来，你只要能捉住鱼，那我们就可大吃一顿饱口福了。"

"萝卜头"的水中经验何等丰富，当即找来了几块抱得动的大石头，几下子就将坚冰砸开了脸盆大小的一个洞口，然后折来一大把细树条子，三编两编地就变成一个圆形的篮子状的东西，然后在篮子里装上几块小石头，沉入洞口下一尺许处。

表兄弟们按吩咐拾来三五根遗弃地中的长芦苇，"萝卜头"细心地将它们扎成一条或许可以叫作绳子的东西，这绳子的一头拴住水中的篮子，一头就拿在"萝卜头"的手中。"萝卜头"则蹲于岸上，一声不吭、目不斜视、神情专注，紧紧地盯着冰上的洞口。表兄弟们一齐蹲在他的身旁，也是大气不出，又紧张又兴奋地看着洞口。

很快就有鱼来洞口处换气了。结冰的水中缺乏氧气，鱼是很憋闷的，就游过来将嘴对着洞口唼喿，岸上的表兄弟们欢喜得眼睛都笑，忙用肘撞"萝卜头"，小声催促说："鱼来了，快拉网，快拉！"

"萝卜头"并不着急，他要等待鱼的整个身子都进了洞口的范围，这才轻轻一拉绳子，篮子于是悠然上浮，洞口处的鱼不觉间就陷在篮子里了。"萝卜头"这才站起来胳膊带力，将篮子提出水面。

有一年"萝卜头"用这样的方法捉到了十多条鱼，喜得三个表兄弟踢脚舞手、又笑又叫，差一点就要躺倒在地上打滚。"萝卜头"用树条子穿了鱼鳃，穿得一串一串的，交给他们提了回家。

姑母拣了三条最大的鱼与洋葱等东西一同煮熟，用一个大瓦盆盛了，端了上来请他们享用。三个表兄弟闻着鱼香，涎水流了出来，挂在下巴上，但他们哪顾得上擦，只管大瞪着两眼看盆中白生生的鱼肉，看看鱼又看看"萝卜头"，手里抓着筷子却是迟迟也不下箸。

"萝卜头"说："奇怪，看你们馋的，那就吃呀！"他是客人，不便表现得太过馋相，另外他毕竟在读书村的水库里多次捞过鱼了，可以说见多识广，这一点也必须在不慌不忙中表现出来。

三个表兄弟却坚决不先动筷子，谦让说："你先吃，你先吃，你是客人。""萝卜头"说："我吃过很多次鱼了，还是你们先吃。"

三个表兄弟就羞红了脸，说："你先吃，我们看你怎样吃，这才好照着样子吃呀。"原来他们从来也没有吃过鱼，又听人说鱼刺既多又尖，卡在喉咙里那就麻烦大了，所以闻着鱼香十分猴急，却是心中害怕，绝不敢先吃。

过年（三）

　　过年时候几乎天天都是有戏看的，当然都是在晚上演，锣鼓家伙敲得山崩地裂般响，汽灯照得台上亮如白昼，看戏的人挤得人山人海，平日捏锄头抢镢头的庄稼人，如今一个个似模似样地粉墨登场，舞手提腿作势，亮嗓提气大吼一通，演绎出一个个悲欢离合的故事，惹得台下的叫好声不断。

　　附近其他村子很少演戏，据说是他们没有导演。但有一年沟南的四个村子竟然联合起来排戏了，忙乎了个把月后，竟然在初一晚上公开亮相演出了，读书村的孩子们觉得新奇，纷纷过沟去看。只见在大皂荚树下用木板搭起了个临时的戏台，台下一片人的漩涡，小椅子小马扎条凳方凳摆得一排一排，老婆婆老爷爷坐在那儿一脸焦急，左顾右看不断地呼儿唤女，小孩子风一样地四处乱钻，而戏台两侧，涂脂抹粉穿戏装的人来来去去。

　　一时锣鼓咚咚地敲了起来，台下的喊声人语立刻停止。接着大幕徐徐拉开，锣鼓声息，高亢的板胡声裂云而起，嘹亮至极，但它就那么急促地奏出几个旋律，就悄然消失。接替板胡的是悠扬的二胡，二胡流畅且快速地奏出一段欢快的过门之后，一个红衣绿裤腰系围裙的年轻女子出台了，手中提了一个竹篮子，台下的人立刻交头接耳，说："梁秋燕，梁秋燕出来了。"

那扮梁秋燕的女子走了一圈台步，右手向外一划，就唱起来了，但刚唱了两句，抬头向台下一看，她就扑哧一声忍不住笑起来了，连忙一手捂嘴，吃吃笑个不已。台下这可热闹了，多数人竟被台上的演员逗笑了，但笑几声，立刻就有人喊了起来，喊道："快唱，快唱，不要笑了。""快，笑够了，接着唱。"

后台一个导演模样的人急得跑上了前台，斥责"梁秋燕"乱笑。"梁秋燕"好不容易忍住了笑，二胡声接着响起，她又唱了起来，但唱道刚才笑的地方，虽然硬是忍住了笑，却因紧张而忘了唱词，二胡将下一句的伴乐连奏几次，后台一个小伙子大声提了几次词，她这才接上了下句，将一出戏唱了下去。

戏接着往下演，其他演员竟也有吃吃偷笑的，也有关键时刻记不住台词的，原来这些演员从来没演过戏，时间又仓促，所以无法和沟北年年演戏的演员相比了。不过，台下的观众并不因此而感到不满，反而高兴得厉害，笑声一片，喜得合不拢嘴，因为这些演员就是他们的街坊邻居、甚至就是他们的子女亲戚。

过年的娱乐除了演戏之外，偶尔也有社火，但比较少，因此很是稀罕。有一年北面的周家村费大力气搞起了一支耍社火的队伍，被枣儿庄邀请了前来表演，当时是白天，枣儿庄前的大路上挤得水泄不通，十乡八里的人都跑了来看，近在咫尺的读书村的大人孩子自然也全涌了去看。那表演的队伍由一个黑大胖子开路，叫社火头，这社火头是个五十多岁的老头，又矮又胖，穿着花花绿绿的女人衣服，头上裹一个女人用的头巾，胸前的衣下倒扣两只大碗，用绳子拴了固定在那儿，他的左右跟随两个眉清目秀的童子，脸上红扑扑地打着胭脂，额头正中点一点红，打扮得花枝招展，人见人爱。社火头虽满脸黑乎乎的横肉，却挤眉弄眼装出各种风骚表情，向观众大抛媚眼，同时手舞着火蛋子，扭腰摆臀地朝前闯，看热闹的人哈哈大笑着，立刻闪向两边，让出路来。

社火头之后，一群戴面具的高高矮矮的小丑出现了，这些人俗称大头娃娃，因为那些面具戴上去显得头很大。那面具都做得稀奇古怪，极尽夸张，除过猪八戒、孙猴子、张飞、关云长这类人外，还有许多叫不上名字的头像，估计都是书中或传说中的人物。大头娃娃们扭扭捏捏而来，扭腰摆臀地做各种怪动作，八戒、孙猴子随身还带了他们的钉耙和棍子，张飞、关云长也带着他们的蛇矛和青龙刀，这些家伙一边做着怪象，一边用手中的器具吓唬路边笑得合不拢嘴的孩子。孩子们当然不怕，反而伸出手去抓他们的器具，当然他们抓不住，但这一抓会引起好大一阵笑声，让附近的孩子们乐不可支。

大头娃娃们走过，走高腿的就来了，一律的短袖长袍，趾高气扬地俯视着观众，两条胳膊摆来摆去的，潇洒至极。他们的脚下一般都是丈把高柳木作的木腿，踩在地上嘚嘚地响，这么长的腿想来可以走得极快，可这些人偏偏走不快，只迈着小碎步，让小孩子们大是不满，孩子们就起哄，说："大步走，大步走，太慢了。"

这些人自走自的，闲庭信步一样，对孩子们的话丝毫不予理睬。不过，他们中有一个技术高超的家伙，脚蹬高腿竟能翻跟头，他猛然间翻一个跟头，众孩子立刻就目瞪口呆了，紧接着他连翻两个，孩子们不由就惊叹不已，大声地喝起彩来。

高腿之后，是所谓的跑马，一群人都穿戏装，腰部以下用纸糊出马的样子，身前是马头，身后是马尾，明明是人在跑，却宛然骑马驰骋的样子。这其中也有纸糊出的驴头、牛头，这些人模仿骑马骑驴的动作，手拿一把马鞭子，鞭一挥就猛朝前跑，偶尔胯下的马还会耍耍脾气，前颠后簸地欲将人掀下马背，骑马的人就做出生气的样子用鞭子狠抽它，当然，这假想的马很快就被制服了，驮着人前去后退，婉转如意，灵活至极。

跑马的不停地前后左右胡冲乱跑，他们后边的旱船却文雅多了，纸制彩绘的小船慢悠悠地飘荡而来，老艄公的白胡子足有一尺多长，弯着腰很有一下一下地划着浆，船中的许仙一袭青袍、白娘子红衣绿裤，两人相依相偎着共撑一把雨伞。白蛇的故事孩子们都是知道的，所以也就认识许仙与白娘子两个，其他船上的人物他们却不认识，不过，那些人物均斯文优雅，看得孩子们也不好意思乱喊乱叫了，两眼直直地瞅着他们的一举一动。

老先生

　　老先生是清叔的父亲，虽然非常老了，白胡子长得极长，但是身体仍相当硬朗，走路也不用拐杖，只是走得很慢，边走边笑眯眯地东望望西看看，见到了小孩子就伸手摸他们的头，态度十分和善。

　　老先生很瘦，是村里公认最瘦的人，但他到底多大年龄我们却不知道，说他很老，是从他的长白胡子及走路很慢推测出来的。可是有一次孩子们谈论老先生的年龄时，王连举大发议论，说他爷爷才是村里最老的人，起码要比老先生大好几岁。孩子们听了愤愤不平，群起与王连举争论，因为大家多不喜欢王连举的爷爷，虽然他的头上有根小辫子可以供大家取乐，但他整天昏昏欲睡，眼睛也很浑浊，说话缠夹不清，形象很是猥琐，老先生的形象比他光辉多了，不光是白胡子飘飘若仙，笑容和善可亲，而且偶尔会朗朗地念出一段我们闻所未闻的书文。

　　据说老先生过去是个老郎中，背着个红色的药葫芦，拿一卷医书，走乡串户给人治病，后来村主任说有政策，不许他到处乱跑了，他也就不跑了，说他已经老了，该安度晚年在家享清福了。

每年冬天下大雪的时候，孩子们都喜欢在村道里堆雪人，堆雪人的最好地方就是清叔家门前，他家门前地方大，地势高，天晴时雪人融化的水也不影响他家的进出。这个时候老先生就饶有兴趣地出门来看，一边看一边指点着，使大家将雪人堆得更高更大，也更逼真，有他的纵容支持，孩子们欢喜得厉害，兴高采烈地铲了雪，来来往往搬运，待雪人大致堆好后，大家就搀扶着老先生，请他在雪人的前后左右转一圈观赏，老先生将雪人仔细看一遍，咂嘴夸赞一番，然后又提出一些修改意见。孩子们认真地听完他的评价，一齐点头，马上就动手对雪人进行修饰。

　　有一年天气极冷，堆雪人的孩子因跑前跑后出力干活，倒没感到什么，一旁观看的老先生却冻得不行，一个劲瑟瑟发抖，雪屑溅到他的胡子上，马上就和胡子冻在一起了，弄得老先生很是狼狈，不得不频繁地用手清理它们，但他还是硬站着看孩子们将雪人堆好。孩子们就循旧例过来搀他观赏雪人，老先生却走不动了，他的棉鞋上套着木屐，木屐已和雪水一起冻在地上了。孩子们见状哈哈大笑，一齐拍手，说："老先生也成了雪人了。"

　　老先生自己也笑了，笑着笑着他忽然若有所思，孩子们一愣，老先生就说"天寒地冻，今年最甚，我要写一篇《严寒赋》。"

　　众孩子们个个睁大了眼，不知道《严寒赋》是个什么东西。老先生就随口念道："雪飘兮严寒，水凝兮冰坚。"

　　众孩子不知所云，喃喃地将这两句念诵一遍，问老先生何意。老先生就告诉他们是说下雪了天气很冷的意思，孩子们记下了，从此一见老先生就高声背诵这两句话，老乡生听了便捋着胡子，满脸是孩童般天真的笑容。

神弹手

　　所谓神弹手，是孩子们对使用弹弓准头极好的人的尊称，小孩子中间没有神弹手，大孩子中间也只有黑子才够得上神弹手的称呼，大龙、锁子等的准头最多只能算是马马虎虎，当然比起小孩子那是强了许多，但远远未达到"神"的地步，所以不能称为神弹手。

　　也不知道为什么忽然之间孩子们就流行起了玩弹弓，没多长时间就几乎人人手中都有了一个弹弓，这些弹弓的架子一律是木头的，随便找个开两叉的树枝砍了下来，将三个方向的长短大致看好截断了，就是一个弹弓架子了，当然，树皮要去掉，使它看起来洁白美观，在开叉的两股末端拴皮子的地方，要用小刀专门刻出槽子，弹弓上所用皮子的来源也很好找，架子车的内胎破了便可以剪成长条状以作弹弓的皮子。

　　有了弹弓，小孩子们认为这是件很好的武器，于是爱不释手，经常装上小石块、小土块东打一下，西打一下，当然主要还是打树上的鸟，但从来也没见他们打下来过一只麻雀、一只喜鹊或乌鸦，虽然有时候他们也搞比赛，给一堵废墙上画好圆圈，分两队轮换向圆圈射击，但比来比去大家的技艺好像也没怎么提高。反而惹得大人们讨厌,一看见拿弹弓的孩子就皱眉头。孩子们为了躲避这种讨厌,只好将弹弓藏在口袋里,使用的时候方拿出来。当然,另一边的口袋一定累累赘赘装满了小石块。

忽有一天,准头极其一般的秋来引起了玩弹弓孩子的无比羡慕,这家伙和大平两个人在歪老婆门前的大槐树下打麻雀,从口袋里掏出了一把五光十色、轻巧美观的弹弓来,小孩子们看见了,眼睛一亮,这是什么东西做成的,那么小巧细致?

秋来手持弹弓,装模作样地闭起一只眼睛瞄准,又摆出种种自认为优雅威武的姿势,但连打了几弹,从歪老婆门前直打到青叔家的后院,一只麻雀也没打下来。小孩子们趁他歇息的时候,忙将他的弹弓要过来欣赏,这才发现那弹弓是豌豆粗的铁丝弯成的,上面又用红绿相间的塑料条缠绕以为装饰,所以才轻巧美观。

小孩子们看着这把弹弓,顿觉自己的弹弓又笨拙又土气,难以出手见人。此后就纷纷换弹弓,一律换成了铁丝做的弓架,当然,给弓架上的缠绕装饰也五花八门,弹弓渐渐地变成了一种装饰品。

一年冬天,大雪过后,村里村外岭上沟下到处都变成了白色,村道上的积雪厚达一尺以上,村外麦田里的雪就更厚了,放眼看出去白茫茫一片,其他什么颜色也看不到。这时候,不知从哪儿飞来了一大群怪鸟,大人们说那鸟名叫"粘爪啦",小孩子们此前可从没看见过它们。这些"粘爪啦"成千上万只呼啸而至,飞入村中,飞来飞去,专拣槐树降落,村中几乎每株槐树上都落满了,它们在上面怪声怪气地一边叫着,一边狠劲地吃槐树上的槐豆。

正在各处堆雪人的小孩子们见状十分好奇，立刻放弃了堆雪人，赶往槐树下看这些怪鸟。这些鸟比麻雀大得多，比乌鸦喜鹊稍小，身上的羽毛不黑不白、亦黑亦白，灰扑扑的貌不惊人，但是它们的数量却是惊人的，将大小槐树落得密密麻麻，后来可能它们嫌太拥挤，就又有许多飞到了春树上，啄食上面的椿树子。

一下子来了这么多的鸟，这可是一件不常有的盛事啊！小孩子们兴奋得两眼发亮，掏出弹弓就打，身上忘带弹弓的孩子也立刻撒腿跑回家去取。石子一打上去，树上的"粘爪啦""轰"一声群飞而起，但盘旋一周后，它们又落在先前待的树上，急急忙忙地啄食。小孩子们于是几个弹弓同时发弹，希图其中能有一个小石块打中鸟儿，那就是件值得大肆庆贺的一件事了。可是大家的准头实在太差，打来打去不知打出去了多少石子，鸟儿却一直也没有打到。到了最后，那些"粘爪啦"听见了石子的破空声连飞起来躲一下的兴趣也没有了，只管低头猛啄，竟视孩子们手中五彩斑斓的弹弓如无物。

这可把孩子们气坏了，仰头向树上的鸟儿大骂，"粘爪啦"忙忙碌碌，对骂声毫不理睬，但它们在吃掉槐豆之后，把残余的包裹皮屑等物随地就扔了下来，那些东西纷纷扬扬掉向孩子们的头上、脖子里。

小孩子们气急无奈，从树下跑了出来，站在村道上，手持着弹弓，咬牙切齿，却是一筹莫展。这时候一队人闹嚷嚷从大涝池方向过来了，欢声笑语，似乎大为兴奋激动。小孩子忙转头去看，这一看蓦然间如看到了救星，也兴奋起来了，齐声叫道："黑子哥，快过来，这儿满树都是'粘爪啦'。"

只见黑子气昂昂地手中持一把又大又笨的木制弹弓，龙行虎步，左顾右盼，大踏步而来。他的身边，秋来、大平两手拿着满把的石子，随时递给他使用。他的身后，大龙、锁子紧紧跟随，大龙两只手上累累赘赘，提的都是"粘爪啦"，"粘爪啦"的羽毛散乱、血痕淋漓，锁子手上提的少一些，约有十多只的样子，两人的弹弓都挂在脖子上。

小孩子们欢呼着迎了上去，争着从大龙、锁子手上拿取那些鸟儿，然后指点着歪老婆家门前的大槐树，七嘴八舌地夸说那儿的鸟儿最多，请黑子快快前往。黑子点了点头，也不说话，提着弹弓就向歪老婆家赶了过来，一众小孩簇拥着他，一个个显得精神十足。

很快就到了歪老婆家门前，大龙、锁子约束众小孩靠后，不许大声嚷嚷胡言乱语。众小孩奉命恭谨，果然都静悄悄的，不敢乱说话了，但眼里充满了热望，一齐将眼光对着黑子手中的弹弓。

黑子持弹弓绕树而行，两眼上望树间，脚步轻得不发出一丝声响，然后他选了一个角度站住，微闭左眼，上身后倾，右手握弓架，左手拽皮子向树上瞄准。众小孩大气也不敢出，紧张地等待着他左手猛放、弹上鸟落的那一刻，但黑子瞄了一会，却松开了皮子，挑挑拣拣又换了一个角度，这才重新拽开弹了瞄准，就在大家屏住呼吸、感觉时间凝固了般不动时，黑子的左手松开了，皮子的轻响里，一颗石子飞上树间，紧接着传来扑啦啦的响声，一只鸟儿从树间坠下，鸟肚子上鲜血汩汩而出。

小龙、小板两个如飞般跑往树下，抢着去拾那只鸟儿。其他小孩子惊天动地地喊一声："神弹，神弹！"随即舞手乱跳，欢呼雀跃。

小孩子的喊叫声惊得树上的"粘爪啦"又一次群飞而起，喳喳地叫声中，它们绕着歪老婆家的大屋旋转几圈，又落回到门前的大槐树上。小孩子们这时不再吭声了，只是看着黑子的一举一动。

黑子脸上凝重而平静，缓缓走着，眼睛斜斜上望，注意力全都灌注在树枝上啄食的鸟儿身上，终于他又找好了一个角度停住了，拽着弹弓比画了几次后，他蹲了下来，奋力拉长皮子，这次他没有停留，一拉开就放，石弹飞上树间的同时，传来鸟儿的惨叫声，接着一只"粘爪啦"扑啦啦掉了下来，落地后翅膀还在扑腾，并未立刻就死。

小龙、小板又飞跑过去捡拾。其他小孩又大声欢呼喝彩，惊得群鸟乱飞。但这时歪老婆家的大门打开了，歪老婆白发苍苍、小脚伶仃，拄着拐杖怒气冲冲地出来了。众孩子大吃一惊，张大了口将还未出口的喝彩又吞了回来。

歪老婆以拐杖敲地，嘚嘚连声，连敲了十多下，这才唾沫乱飞开口喝骂。她骂众小孩打她家树上的鸟儿，就是欺负她挑衅她，而欺负她的人是没有好下场的。又说鸟儿可可怜怜，没吃没喝这才到村子里来找吃的，打鸟儿吃鸟肉罪孽难逃，一定不得好死，紧接着污言秽语一连串就被她抑扬顿挫地骂了出来。

众小孩个个知道歪老婆的厉害，哪敢招惹，立刻哄叫一声，作鸟兽散。连心无旁骛、冷静威严像个将军的黑子此刻也灰溜溜挟了弹弓，缩头就溜。只有锁子笑嘻嘻走上前去，连劝带扶，要搀歪老婆回家。歪老婆虽然凶，却很喜欢别人奉承，

164

锁子连着几顶高帽子送过去，又笑脸连赔几个不是，歪老婆
就住嘴不骂了，被锁子半搀扶半拉扯着，小脚儿一扭一扭地
回家去了。

黑脸白屁股

怜悯之心、恻隐之心，或许是人最重要的感情之一。不过，在孩子当中，特别是在没有受过怜悯别人的教育的孩子们当中，这种感情却相对缺乏，也许这是我的错觉吧，但不管怎么说，小孩子们的作为并不全是那么可爱，那么可供欣赏的，他们有时也会干出残忍的事情。对于他们，或许只认为这是玩，因为他们很可能还没有残忍、怜悯等方面的概念。因此，在人之初，爱的教育、怜悯与同情心的灌输或许比钢琴、画画、舞蹈以及其他技艺的学习更为必要。好，言归正传，继续我们的故事吧。

夏末秋初的一天，从油坊东侧那条小路上越沟过来了一个乞丐，俗称要饭吃的。这位乞丐是约莫三十岁的一个男子，身材奇高，却瘦得像一张皮，用瘦骨伶仃来都不足以形容出他的瘦，因为瘦，显得很轻，走起路来飘飘荡荡很不稳妥的样子，好像随时就可以飞起来。

乞丐提着一个破竹篮子进了村子，脸上的污垢等物厚厚一层，又脏又黑，但他就这样沿户乞讨，也不怎么会说话，口中只叫"大娘、大婶"，说饿得厉害，要点吃的。大娘大婶们批评他大小伙子不干活等话，他也不反驳，只可怜巴巴满脸哀求的表情。小孩子们一大群遂在他身后看热闹、起哄，当讨要到歪老婆家的时候，歪老婆开口斥责了，厉声说："你讨了半篮子馒头了，还来讨，走，走开，有馒头也不给你！"

乞丐却不走，两手伸出乱作揖，哀求不已，歪老婆大怒下就喝令小孩子们赶他走，说："年纪轻轻不干活，饿死你活该。把他赶走，快赶走。"

小孩子得令一拥而上，拉的拉、扯的扯，还有的趁机舞拳狠打，乞丐哇哇怪叫，吓得转身就走，这一转身，歪老婆看见他屁股处的裤子几乎全烂光了，多半个屁股都露在外面，歪老婆又是一怒，说："屁股这么白，却不洗脸，把脸弄得那么黑，可恨可恨，快把他赶出村子，不许他在我们村撒野。"

小孩子们大乐，当即耀武扬威，大叫道："黑脸白屁股，快快出村，不许在我们村停留。"

那乞丐却不肯出村，他还要去其他家讨要东西。但小孩子们既有歪老婆撑腰，那是什么也不用怕了，就大打出手，对乞丐施以暴虐，小龙、老沾甚至还要抢他装馒头的破篮子，这乞丐吓坏了，连声讨饶，说："不要抢，不要抢，我这就出村。"说着一路小跑，向村东的那道东梁跑去。

小孩子们却不依不饶，跟在他身后一边喊："黑脸白屁股，爱吃不干活。"一边随手在地下捡了土块、石块等物向他的篮子里扔，说："馒头来了，我施舍你的。"有更小的孩子看见可以随意戏弄这乞丐，乐得颠头颠脑的，疯了一般，也不嫌脏，从地下捡到干牛粪也向乞丐的篮子扔，说："这是烧饼，我施舍你的。"

乞丐一边跑，一边将石块、土块、牛粪等物从篮子里掏出来扔掉，孩子们大怒，学着歪老婆的口气说："敢扔掉我们施舍你的东西，可恨可恨。"于是冲上去打他，又把土块、牛粪等物拾起来强行塞进他的篮子。

乞丐见众孩子凶恶，无奈下撒腿跑了起来，他的腿又长、身子又轻，虽然跑得一歪一扭的似乎很不灵便，但众孩子还是追不上他，小龙、老沾等追了一会，就捡拾土块朝他投掷。乞丐慌不择路，没命般地提了篮子乱跑，跑着跑着，跑过东梁向村中最荒僻的乱葬岗跑去，那乱葬岗是村里的公坟，一座座坟墓掩映在荒草野花老树之间，多多少少有些恐怖味道。乞丐既然向哪儿跑去，众小孩也就饶过他不追了，看着他的狼狈样子，大家拍手齐笑，说："黑脸白屁股和鬼做伴去了，真好玩呀，要是能抓住他，我们就把他的白屁股也抹黑，让他当个黑脸黑屁股。"

大龙捉妖

　　村子东面的东梁长满了杂树,是个黄土包一样地隆起地带,村中人习惯性地称它作东梁。东梁向东半里许,就是一片乱葬岗了,那是村上的公坟所在,家家户户的人去世了,都被埋在这儿。乱葬岗上有许多东歪西倒的老树,例如柏树、桑树、栎树等等,在树间还长着成片的酒醉花、迎春花、野玫瑰、野菊花以及蒿类的野草,一座座坟头就在树间花草里静静地躺着,悄然无语。

　　这个所在一般的人很少来,所以野兔、刺猬、黄鼠狼、蛇类,甚至狐狸等物就视这儿为天堂,狐狸倒还罢了,人们只是说说,没有谁在这儿真的见过它,但野兔、刺猬、蛇类,见的人就多了,不过有茂盛的花草掩护,这些东西是很难捕捉的。

　　乱葬岗的南面是一片平地,过去那片地经常种西瓜,所以被叫作西瓜地,地的东西南北各搭了一个很小的茅庵,那是过去晚间看守西瓜用的。现在这片地虽不种西瓜种上了玉米,茅庵却并没有拆除,依旧在地边那么躺着。

　　有一天大龙在沟里油坊给大人帮了会忙,又美美吃了半肚子油渣,然后胡乱躺在窑洞里睡了一觉,醒来时已是半下午了，遂懒洋洋摇摆着上沟来，路过东梁，看见乱葬岗上一片金黄，明艳照人，知是哪儿的野菊花开了，不过奇怪的是在黄菊花中间、高高的坟堆之上，兀然高坐着一个奇形怪状的人，似乎在哪儿悠然自得地晒太阳，离得远了，也看不出他到底怎么奇怪，但总觉和常人不太一样，也明显不是村子里的人，况且村中谁会坐在这么荒僻的乱葬岗中间晒太阳呢！

大龙向那人高叫了一声，就下了东梁，抄近路走过一段低凹的土壕，赶了过去要看看那个怪人是谁，可当他上了土壕，乱葬岗上高坐的那人却倏忽不见了，大龙也没怎么多想，嘟囔说："奇怪，这是个什么人？"然后就回家了。但第二天他就有些发烧，身倦无力，虽然吃了点药很快就好了，但大龙疑心自己这病是在乱葬岗见鬼之后得的，他悄悄地找了锁子、黑子、大平商量，这几人脸色郑重，合议之后认为大龙遇见的绝不是鬼，肯定是妖，因为鬼在白天是不敢出来的，更不敢坐在阳光下曝晒。大龙想了想也同意了他们的论断，当下一掌击腿，怒冲冲说："该死的妖，敢害我得病发烧，待我想个办法将他捉住，剥皮吃肉！你们几个助不助我？"

锁子、黑子、大平几个笑了，摇头说："难，这事儿可太难了，你知道怎样才能捉住妖？等你学会捉妖的本事了再说吧。"

大龙吆喝着说捉妖，其实提起妖怪他也颇感胆怯，见大家都这么说，也就算了，将此念头收了起来，但没过几天小龙小板来找他了，说他们与王连举晚间从菜园上沟，路过东梁时，听见哪儿有鬼哭声，怂恿大龙带领他们前去捉鬼。大龙俨然见多识广的样子，不屑地说："什么鬼哭，那是妖，妖精的模样我都看见了。"

小龙听了甚是兴奋，乱蹦乱跳地说："大龙哥呀，你既然连他的模样都见到了，那咱们就赶快去捉他。你说世上真有妖怪，你看的妖怪又是什么模样？"

大龙来了精神，吹牛说："离得远没有看清楚，他见过喊着过去赶他，妖怪就吓跑了。本来我就是准备过去抓他的，但妖怪一眨眼就跑得不见了，我要抓也没得办法抓。"遂将那天下午的事情添枝加叶、绘声绘色地大讲了一通，自然将自己说得勇敢无比，毫无畏惧之心。

小板也兴奋起来了，手舞足蹈地说："大龙哥，你这么厉害，我们几个也都不是胆小鬼，你便领了我们去捉妖吧，真能抓住妖怪，问他如何变化，如何就让人看不见他，我们跟着也学一学，那可多有趣呀！"他这么一说，小龙也忙连声附和。

大龙却又摇头又摆手地说："妖怪一见我就吓跑了，怎么捉？算了吧。"

但小龙、小板口沫横飞，指手画脚地说可以在妖怪出没的附近先埋伏起来，趁晚上妖怪哭时，突然冲出将他抓住，又说塑料袋又亮又不透气，是装妖怪的好工具。

他俩这么热情，大龙心中也有点跃跃欲试的感觉了，但仍有些怯怯的感觉，就笑道："抓妖就我们三个，人手不够，妖怪可不是那么好抓的。再说你们太小，倒时吓哭了，吓跑了，那就不好了。"

小龙、小板听了大为不满，瞪眼说："你以为我们胆小，我们可抓过鬼，虽然鬼跑来跑去没能抓到，但我们几个何曾怕过，妖和鬼还不是差不多！"紧接着就将他们那晚抓鬼的经过讲了出来。

大龙一听张大了嘴，没想到这几个家伙竟大胆妄为至此，于是来了兴趣，胆气也不由倍增，大声说："你们真要不怕，就约了王连举、老沾、宽厚他们几个，咱们明晚就去乱葬岗上捉妖。"

小龙、小板一听，欢天喜地地说："好，好，我们现在就去约他们。"说着如飞一般就跑出去约人手去了。

宽厚、老沾、王连举等听说是大龙带头，本来有的那点怯畏之心也去了大半，一致同意第二天在东梁之上集中，一起前往捉妖。

第二天黄昏时分，小龙、小板、王连举、宽厚、老沾等就在东梁上的树间等着了，每人手拿一根桃树条子，老沾还带了一根细麻绳，说是用来拴妖。最后大龙来了，雄赳赳地穿了一双破球鞋，腰里系了一条黑布带子，肩上扛一根齐眉短棍，大踏步跨上梁来。小龙等见了忙上前，左看右看，啧啧称赞，羡慕不已，说："大龙哥，真是威风呀！"

大龙挺起腰做个势，然后问大家："抓妖怪最重要的就是不能害怕，你们害怕不？"

小龙等忙拍胸膛，说："谁害怕了，敢来就不怕，有你在我们怕什么。"

大龙就笑了，随即又郑重说道："现在我们就去埋伏起来，妖怪出来后，我不动你们就不许动，我喊打你们就一齐动手，明白不明白？"

大家自然全喊明白。大龙就威武地一挥手，领头向乱葬岗奔去，此刻天色已越来越暗了，大龙选了乱葬岗北面的一道土

172

坎作为埋伏之处，那土坎离乱葬岗也就五六丈远近吧，本来他们想隐蔽在乱葬岗南面废弃了的茅庵内，却怕在哪儿稍有不慎茅草就会发声。

很快月亮就上来了，半圆的月亮倒是很亮，很快就升到树梢那么高了。乱葬岗上月华遍洒，老树野花在月光下朦朦胧胧的，神秘而且恐怖，轻风渐起，树叶乱草开始有了细微的簌簌声响，小龙、小板、王连举、宽厚等都渐渐紧张起来，开始时的兴奋和热望被逐步上升的害怕所取代。

但乱葬岗上除过明月清风、老树野草外就再也没有什么了，大家埋伏既久，又一动也不敢动，手脚就有些麻木了，静静地这样趴着，什么情况也没有，大家的神经也就绷得不是那么紧了，又过了一会，小龙、小板等人干脆打起瞌睡来了，只有大龙一个不敢懈怠，仍专注而紧张地盯着前方。

小龙几个正迷迷糊糊，浑不知身在何处，忽被大龙推醒。只听大龙小声惊叫道："快看，妖怪出来了。"

小龙、小板、老沾等一惊下打了个激灵，立刻抬头前看，只见从乱葬岗的南面出来了一个高高的黑影，似乎是人的形状，但只能看清他的上半身，下半身影影乎乎好像不存在一般，给人的感觉是他只有上半身在空中飘浮着。

小龙惊道："妖怪没有腿，好害怕！"其他人也吓得呆了，一齐瞪大了眼。

那妖怪晃晃悠悠离他们又近了一点，这时又看见他似乎有腿，不过那腿和月光同色，若隐若现，神秘怪异。

小板惊道："妖怪的腿怎么是这个样子，好像会泛光。"

大龙悄声说："别吭声！看妖怪要干什么。"

那妖怪好像也不准备干什么，悠悠荡荡在乱葬岗侧的平地上转了一会，忽然仰头对着明月发出一声长叹，这一叹悲苦酸涩、凄凉之极，尾音悠悠不绝，与月光融于一体，向四处飘散。大龙、小龙、小板等闻之心惊不已，不觉间就打个寒战，满身起一层鸡皮疙瘩。

那妖怪忽然踉跄起来，前后摇摆，似欲飘然飞升。

王连举惊道："妖怪要跑了，怎么办，怎么办？"

此刻的大龙奋起了全身的胆力，大喝一声跳了起来，舞棒高叫："妖怪站住！"又向小龙等挥手："快随我冲！"说着带头就冲了上去。小龙、小板虽然周身哆嗦，牙齿咬得咯咯作响，但还是持桃树条子冲了上去。王连举、老沾等却扔了树条子，回身便朝村子的方向狂逃。

乱葬岗侧的妖怪听到喊声也大吃一惊的样子，转身欲向南逃却似乎犹疑不定。这一犹豫大龙就冲到了跟前。大龙也不敢过分逼近，在五尺许的距离内就高举起了齐眉棍，大喝道："妖怪快快投降！"

那妖怪见难以逃脱，慌乱间又转过头来，月光下那张脸怪异无比，只是一张团状的黑色东西，五官之类难以辨识，只有最下方张开了一个洞，或许那就是嘴巴了。

大龙吃惊下轻叫一声"妈呀"！立刻两腿发软，感觉难以站立，举起的棍子也"扑嗵"一声掉了下来。妖怪忽又转过头去，似欲迈步向南。但这时小龙小板也冲了上来，嘴里胡言乱语喊着："抓妖怪，抓妖怪。"

妖怪听喊声来得迅急，倏忽间又转过脸来。小板一见，心惊胆战下朝后便倒了下去，树条子掉落地下也不管了。小龙一见，胡言乱语立刻吞进了肚里，嘴巴张得大大的直立在那儿不动，不觉间就尿湿了裤子。

此刻的大龙脑中一片空白，思维和语言的神经似乎都失灵了，不觉间撒腿就向后跑了一大截，到跑过了图看，大龙才感觉脑子清醒了过来，回头见小龙、小板仍在那儿一站一卧，当即声嘶力竭喊道："快跑，快跑，小龙、小板，快跑过来。"

小龙、小板听到大龙的喊声，也蓦然醒悟过来，连滚带爬、跌跌撞撞就向大龙这边狂逃。大龙待他们过了土坎，伸手将小板拉了起来，也顾不上说话，撒腿就奔，三个人跑了一程，个个上气不接下气，实在跑不动了，此刻感觉离危险已远，他们随停了下来，忍不住又回头后望，却见那个妖怪还在原地未动，月光里，妖怪向天举起双手，惨然叫道："啊——啊——"

叫声凄厉，三个人听得毛骨悚然，顾不得腿软呼吸不畅，撒腿又跑。

第二天，大龙、小龙、小板三个一齐病倒，高烧不退，胡言乱语不止，见有什么声响便惊恐尖叫。王连举、老沾泄露了他们得病的原因，锁子、黑子、大平、秋来等不信真有什么妖怪，但仍是心惊不已，就约齐了，在中午时分由王连举、老沾带着去昨晚抓妖的现场察看，这一看，几个人都吃惊不小：只见在乱葬岗南面、西瓜地北侧茅庵附近，直挺挺横卧着一个死人，

那人骨瘦如柴，满脸污垢杂着血迹，下身赤条条的，没有穿裤子。王连举、老沾失声叫道"黑脸白屁股，这是黑脸白屁股。"

锁子心细，在周围看了一圈，大龙、小龙等人的足迹清晰，桃树条子扔了一地，齐眉短棍也弃在一边。而在那个茅庵里，黑脸白屁股的破竹篮子端端正正放着，里面还有三、五块剩馒头。

第二部分　书声学堂

学校的位置和风景

从读书村南行里许，有一条东西走向的大马路，枣儿庄就在马路边上，顺马路西行约两里路远近，路北紧邻着马路就是平月学校。学校以西一里半路是东王村，学校北一里许是许家寨子，学校南半里许是火烧村。读书村与这几个村属于一个大队，五个村的孩子自然全到平月学校上学。

学校老式的两扇大木门有一丈多高，虽然其上红漆斑驳，坑坑洼洼，但配上略带古意的门楼，这校门还是颇有点气势。进门后便是大操场，不过操场除了两副篮球杆外，再没其他设施了，只是光光静静的一大片白地，挨墙的一圈洋槐树、柳树以及白杨树倒是长得高大茂盛，树下却没有花，也没有树坑。

操场的后边是一排一排的教室，教室前一律是胳膊粗的泡桐，教室后辟作花坛，零零散散种些不知名的花草，或许有玫瑰，或许有芍药，但那时我却不认识它们，我只认识校长房前的一株向日葵，还有它旁边的一株大丽花。

不过，学校最后边的一株老榆树令我印象深刻，这株老榆树并不太高，但长得奇形怪状，弯来绕去，像极了盆景，可是它又是那样粗。它当时就粗逾木桶了，可是它不直着向上长，在离地两尺许就向一侧弯了过去，像个独木桥一样，然后在桥上长出三五个分枝，这几个分枝倒还不错，基本都是直着向上长的，边向上边长出密密麻麻的侧枝。我们那时叫它"卧地榆"。

春天榆钱满树的时候，"卧地榆"看起来像是一架巨大的绿屏风，十分壮观好看。这时候学生们下课后老爱跳到它的独木桥树身上，踮起脚尖向上仰攀榆钱吃。那榆钱绿亮亮的，薄如蝉翼，密簇簇挤在一起，吃在嘴里甜丝丝的，凉爽软滑，是早春时节最好吃的野味。

卧地榆的后边就是学校的后围墙了，围墙外是大片的庄稼地。它的前边是一片长满各种野草野花的草地，再往前就是一排教室了。三年级的时候，我们就在这排教室的最东一间里上课。

一年级的“蝈蝈”

第一次走进学校的感觉早忘记了，只记得我们的教室旁边有一眼井，那眼井是学校所有饮用水及其他用水的唯一来源，但我们班一个外号叫“蝈蝈”的家伙竟然在里面撒尿，因而引起了全校所有老师的公愤。

那眼井的位置很隐僻，北有我们教室挡着，南与东都是围墙，西边是学校的伙房，伙房侧有一小道通向井边。井口被灰砖箍着，好像整天都是湿漉漉的。据说当时“蝈蝈”先向两三个同学吹嘘他敢向井中撒尿，那几个同学当然不相信，“蝈蝈”就领了他们来到井边实际验证，边尿边嘿嘿傻笑，说：“让老师们都尝尝我的尿液，看他们能不能品出味道。”

那几个同学见“蝈蝈”真的就尿了，大是惊讶。“蝈蝈”摇手告诫他们说：“不许说出去。”但这几个人立刻就把消息到处传扬，很快老师们就知道了，接着校长也知道了。

当时的校长早记不起长得什么样儿了，只记得在每天早上早操之后，全校同学整整齐齐排队站立操场，校长声色俱厉地喝令“蝈蝈”出列，“蝈蝈”所在我们班的队列里不肯出去，班主任就揪着他的耳朵扯了他出来，“蝈蝈”的个子很矮小，脸上也很脏，流着鼻涕，低着头歪歪扭扭面对学生们站着，校长双手背后来到他面前，大声命令他抬头，"蝈蝈"羞愧难当，不情愿地抬起了头，几百学生就一齐哄笑起来。校长挥手止住笑声，然后指手画脚痛斥"蝈蝈"的劣行，一番义正词严的痛斥后，校长大声叫着"蝈蝈"的名字，问他："以后还敢不敢给井里撒尿了？"

"蝈蝈"红着脸嗫嚅着说："不敢了。"

校长却不满意，命他大声再说一遍，"蝈蝈"就大声又说了一遍，然后校长命全校同学都监督"蝈蝈"，若发现他有向井内撒尿的企图，必须立刻报告。众学生高声答应，然后早操就散了，各班跑步回各自的教室。

"蝈蝈"对早操时间的训斥批评好像很不以为然，私下曾对我们说："谁也别想管住我，瞅空子我还要给井里撒尿。"不过话是这么说，此后并没有他再次乱撒尿的记录，但我却吃过这家伙的不少苦头，因为他正好就坐在我的前排。

老师面对着我们讲课时，"蝈蝈"就和我们一样，坐得直直的，抬头挺胸，但每当老师转身在黑板上写字时，这个坏家伙就手拿铅笔，迅速无比地转过身子，在我的本子上一通乱画，然后又迅速地转回身子，坐得笔直。等下课了，他就笑嘻嘻哄我，说："咱俩好我才这样和你玩的，你可不许告诉老师，不然就有许多人会欺负你，我的朋友可是很多的。"

但他经常这样，终于惹得我忍无可忍了，在课堂上就和他打了起来，班主任将我俩揪出来扯到教室前边，我满心委屈，恶狠狠地瞪着"蝈蝈"，"蝈蝈"却掩嘴偷笑，趁老师不注意就向对面的同学挤眉弄眼。

下课后我和"蝈蝈"打了一架，他个子矮劲也小，不是我的对手，记得当时我将他压倒在地，耳光拳头齐上，打得这家伙涕泗交流，他就威胁我说一定要报仇，叫我准备着挨大揍。

　　打了他，气也出了，但听到他威胁的话，我还是禁不住心中发虚害怕，上学放学时间，每每有不熟悉的学生走近我，我就紧张得心跳，以为他们是来替"蝈蝈"报仇的，但过了许多日子，并不见一个人来替他报仇，我的胆子稍稍大了些，就托比我高两个年级的本家哥哥秋来打听"蝈蝈"的情况，秋来不知怎么打听了一番，安慰我说："'蝈蝈'哪有什么朋友，他村里的孩子都是他的敌人，比他大的就打他取乐，比他小的又经常受他欺负，你别怕这家伙。"

　　从此以后我和"蝈蝈"很少来往，"蝈蝈"也不再欺负我了，不过，前排坐的身材矮小的女同学常受他的欺负，这家伙十分蛮横无理，给女同学的本子上乱画，给她们的座位洒水或放上泥巴，甚至故意把女同学的衣服弄脏，开始时女同学都怕他，忍气吞声不敢和他正面冲突，但时间长了，前排的女同学渐渐团结起来了，三五个人同时对付"蝈蝈"，一般是同时开骂，骂"蝈蝈"背时短命不要脸等等，此时的"蝈蝈"十分高兴，兴高采烈满面笑容，女同学骂得越狠他就越高兴，等她们骂累了停止了，"蝈蝈"就嬉皮笑脸挥手抹一把鼻涕，冲上去朝骂得最凶的女生的课桌上一甩，然后大笑着闪开，游戈在不远处津津有味地听她们愤怒无比的骂声，满脸的享受，似乎舒坦无比，开心无比。

　　"蝈蝈"的名声很快就传开了，虽然其名声及其不雅，类似于小丑，但在引来嘲笑嘲弄的同时，竟然也引来了同类的崇拜者，大约就三四个人吧，全是瘦小劲儿小但精力充沛无恶不作之辈，这几个人分属于不同的班级，但抱成一团，奉"蝈蝈"为头领，整天嘻嘻哈哈搞恶作剧，于是我的噩梦开始了。

他们几个到没敢和我动手，但骚扰不断，恐吓不断，每当我落单时，他们几个就嬉皮笑脸围拢来，提醒我小心，"蝈蝈"满脸得意，晃着他那瘦小又脏兮兮的拳头，瞪眼对我说："小石头，多留点神，总有一天我要报仇的。"

这时的我好像很胆怯，虽然表面上我还硬撑着，但心内确实担忧，在学校里我没有什么响当当的朋友，"萝卜头"、宽厚等虽然与我同时入学，他们却比我还要善良，我没有求救的对象，我的个性也不愿意求人，只好就这样和"蝈蝈"磨着时间，只是每每看见他们几个耀武扬威的样子，我便心情黯然。好在"蝈蝈"得意忘形，不小心惹上了另一个人物，这人叫陈峰利，外号"骡子"，坐在我们班的最后排，人高马大，常常自认英雄了得。

"骡子"这个外号的由来很有趣，入学报名时，老师问他几岁，他大咧咧摇摆着脑袋，说："忘了，反正人家说我该上学了。"

老师大感好笑，就又问："那你属什么？"

想来老师的原意，是问明了他属什么就可以推出他的年龄，"骡子"却张口胡说，两手叉腰摆个威武姿势，瞪眼说："大家都说我劲大，是属"骡子"的。"

这一说法笑倒了在场的老师，把排队报名的小孩子也笑得东倒西歪，从此"骡子"这个外号就人人皆知了。"骡子"在班里倒很仗义，从不欺负弱小，但他喜欢自吹自擂，炫耀说他一拳能砸烂三块青砖，不过谁也没见他真砸过，可是他长得高大，劲儿也大，大家只好点头认可，恭维几句。不识相的"蝈蝈"却不恭维，扬起自己的小拳头说："你能砸烂三块，我就能砸烂五块。"

这下子把"骡子"惹火了，"骡子"嘿嘿笑着轻轻抓住"蝈蝈"的拳头，用力一扭，"蝈蝈"立刻疼得倒转身体，继而低头弯腰。"骡子"用指头敲打着"蝈蝈"的脑袋，哈哈大笑地说："你不到三两重，轻得就像个鸡毛，我哈口气就把你吹上了天，你是个跳蚤胡乱蹦，看着好玩，胆敢向我叫阵！"说着撩腿一脚，把"蝈蝈"踢个倒啃泥。

"蝈蝈"爬了起来开口就骂，"骡子"赶上去要打，他却撒腿跑了。"骡子"很看重自己的形象，也不去追，笑呵呵地说："小家伙，不和你一般见识。"

但此后"蝈蝈"伙同他那几个难兄难弟，见了"骡子"便骂，他们人虽瘦小，腿倒跑得极快，"骡子"身材胖大跑不快，这使得"蝈蝈"等更加肆无忌惮，每天找些新鲜狠毒的骂人话，在课间放学的时间将"骡子"大肆谩骂羞辱，"骡子"气急无奈，想到我也和"蝈蝈"有过冲突，就约我说："石头，你帮我个忙，咱俩把"蝈蝈"好好修理一回。"

我求之不得，连忙答应，但又说："修理一回顶什么用，'蝈蝈'必须经常修理。"

"骡子"大笑哈哈地说："好，好，你我做了朋友，每次下了课你就把前门，我就把后门，几时我俩高兴就几时修理他。"

与"骡子"有了预谋，下课后老师还没走出教室门，我就与"骡子"互打暗号，然后同时扑向前后门，这样将"蝈蝈"

堵住了几回，但此刻的"蝈蝈"经受了更多的锻炼考验，软硬不吃，难缠异常，不但拒不认错，而且口出狂言，对我俩的拳打脚踢竟然全无惧怕，反而流着鼻涕破口大骂，又用恶毒的话嘲笑诅咒我们，我心生退意不愿惹他了，"骡子"却不行，皱着眉头从脑子里搜索出一个又一个的所谓"酷刑"，例如"拳头钻头"，"老婆端灯"等等，以此来折磨羞辱"蝈蝈"，可最后"骡子"的种种努力都宣告无效。"蝈蝈"倔强异常，宣称说："想制伏我，除非你叫我爷爷哀求我。"

"骡子"一手扯着"蝈蝈"的耳朵，咬牙瞪眼不吭声，好半晌，忽然哈哈大笑地说："有办法了，有办法了！'蝈蝈'呀，我也不打你了，不骂你了，但我要脱你的裤子。"

"蝈蝈"一惊，瞪眼大声问："你要干什么？"

"骡子"扬扬得意，笑道："我把你的裤子脱了下来，套在你的头上蒙住眼睛，然后我俩押着你到处行走，让同学们开开眼界，若肯加入我们一伙的，我们就让他摸你，给你那儿吐唾沫。哈哈，这个主意好不好？"

"蝈蝈"大叫起来，喊道："不行，不行。狗东西'骡子'，你敢这样，我绝饶不了你。"

"骡子"见"蝈蝈"情急害怕，越发高兴，就说："为什么不行，我说行就行。脱。"

我俩把"蝈蝈"压倒就解他裤带，"蝈蝈"杀猪一样号叫，围观的男生满脸笑容，胡乱叫着为我们助威，女生们则躲在教室后边偷偷地笑，好像也极是幸灾乐祸的样子。

"蝈蝈"的裤子被脱下一半的时候，这家伙终于求饶了，说只要不脱他的裤子，要他怎样都行，"骡子"与我遂放了他，让他系好裤子。然后"骡子"就发命令，说："学三声狗叫。""蝈蝈"很听话地"汪，汪，汪"叫了三声。于是满教室哄然大笑，有人就喊："学得不像，得再叫几声。""蝈蝈"向喊话的人怒目而视，但"骡子"笑吟吟地命令他趴在地下，边学狗走路边模仿狗叫。"蝈蝈"无奈照他的话做了，这次狗叫声倒很像，惹得一片赞扬之声。"骡子"于是教训一顿后饶了他。

"蝈蝈"此后蔫了许多，他网罗的难兄难弟的圈子也逐渐解体，此后的"蝈蝈"愈来愈沦落，成为众同学取笑嘲弄的对象，他先还试图反抗，但很快就发现反抗惹来的麻烦更大，多次挫折之后，他干脆听之任之，破罐子破摔，甘心情愿做大家寻开心的目标。

大概二年级没有上完"蝈蝈"就辍学回家了，辍学的原因我至今不明，但他在井里撒尿的故事一直流传着，至今仍是我们那所学校的笑料。据说"蝈蝈"辍学后劣行不改，备受村中大人小孩的歧视。多年之后我还见过他一面，这家伙大笑哈哈，拉我去他家喝水，但他的家中明显地穷困异常，可以说是家徒四壁，连待客的茶叶也没有。父母早亡故了，他也一直没有成家，只整天嘻嘻哈哈在村里转悠取乐。

看见成年的他没有一点怨恨我的意思，我隐隐感觉我曾参与欺负他的行为很有些残忍，但又记起他曾经那么残忍地整治过许多女同学，我就想，人之初，本性不一定善良，这时或者动物性带得更多一些。所谓天真无邪，所谓善良可爱，大概仅仅只是一种溢美之词。在不当的环境下，在不当言行的鼓励下，儿童有时可能十分邪恶。

同桌的她

　　一年级时和谁同桌已经记不得了，二年级时的同桌是一个长相凶蛮，学习也一团糟糕的女生，这个女生和我三天一大吵，两天一小吵，而且吵起来毫不讲理，全是谩骂诅咒，弄得我很有点胆怯害怕，但不吵架时她对我相当好，我写字越过边界她也不管，还说她宁愿不做作业也不能干扰我写字。有时她高兴了，就表演她的绝招请我欣赏，她的绝招就是把字写得尽可能的小，小到用肉眼几乎看不清楚，我对她这个绝招很不欣赏，几次和她比赛，可每次都败下阵来，因为我总把铅笔尖削不细，字也难以写小，这让她因此而大为得意。

　　上三年级时候，我的同桌是位真正的美女，不光长相好，明艳照人，而且学习极棒，态度也娴静淑雅，说话和气有礼，不疾不徐，这弄得我很拘束，经常留神不向她那边看，也尽量不和她说话，但是她有许多新鲜时髦的玩意，比如文具盒，比如料子做的包头，她的书也用五颜六色的高档纸把封皮包了起来，而其他孩子最多只是用报纸包书。

　　不过慢慢地我和她还是开始说话了，好像是她没有听清楚老师布置的作业，所以小声地问我。后来我买了一本字典，这个她却没有，有一次为某一个字的写法她借了我的字典去查，拿毛笔悬空在那个字上摹写，边写边和我说话，可能说话影响了她的注意力，因此她的毛笔越来越低，几乎就要触到字典了，我真怕就这样弄脏了字典，但又不好意思说，迟疑间，她的毛笔终于画上了字典，给那一页染上了一团黑墨，我忙说："你把字典弄脏了。"

她猛然醒悟过来，连忙放下毛笔用手去擦，但擦得更脏了。她就无奈且歉意地一笑，我摇摇头，虽然心中好生不满，可还是忍着没有责备她。

不过她在其他方面对我相当不错，我经常丢笔掉橡皮，着急之时，就不客气直接从她的文具盒里取来用了，有时还耍大方取了她的东西借给我的狐朋狗友使用，每逢这时她就用眼瞪我，但我假装没看见，她没办法就自个儿笑了，往往故意笑出声音以便让我知道。

那时候班上的男生和女生极少说话交流，男生都装出大大咧咧不可一世的样子，对女孩子不屑一顾，偶有接触，也多是戏弄她们，进行战争挑衅。女生对男生也大多持厌恶敌视态度，不小心碰她们一下就翻白眼，出恶声，因此班里男女厮打对骂是家常便饭，两军对垒、敌我分明，在这种情况下，我也曾想过捉弄我的同桌，惹她发怒，挑起一场旷日持久的战争，但我总有点不忍心，每次坏心思泛上来时，看到她温和恬静的安详样子，我就心软了，只好摇头叹口气，暗暗责怪自己缺乏勇气。

我和同桌的反常举动引得爱惹是生非的捣蛋鬼们大为不满，捣蛋鬼们就私下里教训我说："你同桌发怒后是个什么样子大家可都没看到过，你整天无所作为这可不行！"

我噘着嘴说："人家又没惹我，我惹人家干吗？"

捣蛋鬼们哄笑起来，说："真是笨家伙，不知道惹事的乐趣，你和你同桌打一次就知道了。"

我说："二年级的时候我整天和同桌吵闹打架，也没感到什么乐趣。"

捣蛋鬼们乐不可支，一齐笑倒，他们就耐心开导我说："你那时候的同桌太低档，谁愿意理睬，难为你还和她打来吵去，可你现在的同桌换了，换成呱呱叫的了，你若还不开窍，惹她来打一架，那就是你心里有问题，准备向漂亮女生投降。"

我在捣蛋鬼们的压力下很苦恼，同时我也的确想和她打一架，想着我打她一拳她再打我一拳的情景，我就想：我可以假装出拳虎虎生风，打到她身上时却轻轻一挨，并不用力，她打我轻也罢重也罢都不要紧，或许重一点更好，只要她不出污言秽语乱骂就行。

但随即想到要她不骂是不可能的，因为以她的性格，我若不张牙舞爪做出十分过分的事情，她估计不会抡拳头打的，若到了动拳头那一步，恐怕她早气得咬牙切齿了，哪会不开口乱骂。

有一次放学后轮到我们组打扫卫生，男生架凳子洒水，女生扫地倒垃圾。男生们七手八脚将凳子架了起来，我同桌与几个女生手持笤帚在一边待命，我端着脸盆胡乱洒水，女生们在我洒到她们面前时，低叫一声慌忙躲避，怕我毛手毛脚将水溅湿了她们，看见我同桌避在最后，从容慢步走开，我忽来灵感，哈哈笑着使劲撩水，直逼过去，将水洒在她的脚上、腿上。

女生们一齐尖声大叫，我的同桌也惊得脸上变色，跳往旁边。我见状扔了脸盆，飞一样就向教室外跑，那几个捣蛋鬼男生在门口哈哈大笑，迎着我使劲鼓掌，我满脸得意，向他们眨眨眼，跑出教室以后，听见他们在里面喊着唱着，一齐哄闹，说："裤子湿了鞋脏啦，有人要开口骂人啦。哈啦啦，哈啦啦，小石头要倒霉啦。"

跑出教室之后，我一个人在学校里胡乱走着，到处溜达转悠，心中一会儿欢喜一会儿懊悔，一个人望着天上的白云傻笑一通，想："我终于将同桌惹下了，她发怒的样子一定非常可笑，可惜我胆怯跑了出来，但明天早上她的怒容我是一定能看到的。"

我傻笑着，自我陶醉一通，抬脚又走，看见麻雀在树上飞来飞去，西斜的太阳又大又圆，学校内寂静异常，我又想："那些捣蛋鬼一定当我是傻瓜，我挨骂，他们却在一旁看热闹，我平白无故惹人家太没有道理。"

溜达了一会，看其他班打扫卫生的学生都扫完了地，纷纷离校，校园内静悄悄的，我一个人颇感无聊，便连忙奔向自己的教室，想着我们那些扫地的也该早走了，我也背了书包快快回家才对。

我一溜小跑着越过校长的办公室，过了学校的厨房，来到我们班教室的北面，探头从窗子向内一看，静悄悄地一个人也没有了，我心中顿时轻松，忙从教室与围墙的夹道那儿跑向教室正面，欲开门拿走我的书包。但一个人在教室前边的阳光里站着，头发是黑的，脸蛋是红的，鞋子是湿的，她微微弯着腰，正用手试探裤子干湿的程度，很明显，她是怕家里人责怪，因此要将鞋裤晒干了才回去。

我吓了一跳，立刻停住了脚步。我的同桌直起身，把头转过来了。我心中乱跳，伸手抹了一把脸，知道狭路相逢，一场暴风骤雨就要开始了，于是索性放开心怀，攥紧拳头，瞪着眼睛，等待着她开口大骂。

她的眼光直直盯着我，似有谴责之意。我虽问心有愧，但此时怎能服软呢？于是也用眼直直盯着她，针锋相对，丝毫不让。想来我此时脸上的表情一定很古怪可笑，勉强装出的凶狠掩饰不住想转身逃跑的念头，因为和她没对视多久，她就咯咯笑起来了，跺着脚小声说："傻瓜！"

我上前一步，怒道："谁是傻瓜？"

她说："你是傻瓜。想泼水惹我发怒骂你，可我就是不骂，你能怎么样？那些捣蛋鬼起哄笑我，我也不恼，你们没办法了吧？"

我脸上一红，坏心思被人看穿了是很窘迫的。但她是笑吟吟的，我恼羞成怒的条件还不成熟，一言不发转身就走又太掉价，无奈之际我只好嘿嘿地傻笑，说："你的鞋也晒干了，该回家了。"

她蹲下去用手将两只鞋分别摸了摸，欣喜地说："真干了，好快。"

当下我和她分别拿了自己的书包，一路出校门向家里走。她家在枣儿庄，与我有近两里的共同路程，这是我唯一一次与她同行。四年级的后半学期，她就转学走了。

她走之后男生们倒经常议论起她，据她同村的人说，她爸爸在青岛的海军部队服役，将她与她妈一起接到哪儿去了，现在想来，这应该叫家属随军吧。不过从此以后我就再没有见过她了，三十多年了，她那时的模样、衣着，早已记不清了，只有这零碎的几件事情，还没有忘记。

倒霉鬼和捣蛋鬼

当时班上学习最好的几个全是女生，男生要么是捣蛋鬼，要么就是想学好但总学不过女生的倒霉鬼。我既是倒霉鬼又是捣蛋鬼，所以对学习好的女生颇有几分妒忌。另外，学习好的女生大多十分骄傲，孤芳自赏，一副不屑理睬我们的样子，这让我有点恨她们，总希望别的捣蛋鬼多多骚扰捉弄她们，拿这些人取乐。当这些女生受到捣蛋鬼的捉弄，或窘迫气恼，或无奈发怒时，全班的倒霉鬼就幸灾乐祸，暗暗欣喜不已，当然，倒霉鬼不会公开表示出来，只装作冷眼旁观、事不关己的样子。不过，我是不愿意捣蛋鬼们捉弄我的同桌的。

捣蛋鬼们一般多坐在后边几排，比如"骡子"，比如"大炮"，等等。当时的我尚算不上最正宗纯粹的捣蛋鬼，我没有他们那么多鬼主意，也没有他们的顽强精神，只能说我在趣味上更倾向于他们一些。这些正宗的捣蛋鬼们大部分时间自得其乐，相互捉弄以迎取笑声和注意，但时间长了，无人再对他们圈子内无聊的搞笑感兴趣，他们就开始捉弄附近的女生，当时最流行的方法是给女生桌斗里放癞蛤蟆，若正上课时候女生的桌斗里猛然有癞蛤蟆跳了出来，惊慌的尖叫声立刻就会响起，接着哄笑声，埋怨声、抗议甚至怒骂声都会响起，这是多么大的轰动效应啊！因此捉弄女生的游戏最为刺激好玩，捣蛋鬼们一个个乐此不疲。

有一次女生刘叶叶不幸成了被捉弄的对象，她的桌斗里被放进了一条死蛇，这下子引起了轩然大波，吓得全班的女生都惶恐起来。刘叶叶比较瘦小，长得还算好看，学习仅次于我的同桌，但个性十分要强，又很骄傲，平时对捣蛋鬼们正眼也不看，对倒霉鬼们也是不屑一顾，有点冷峭独立、孤芳自赏的味道，平日若遇到捣蛋鬼们的无聊骚扰她总是示以白眼，或尖牙利齿予以坚决回击，捣蛋鬼们因此不大招惹她，但时间长了，捣蛋鬼的怨恨积攒起来，未免心中大为不忿，不知怎么的就搞了一条死蛇回敬她。

当时正上算术课，刘叶叶去桌斗内找铅笔刀时发现了那条死蛇，小姑娘被吓坏了，煞白着脸撕心裂肺地尖叫了一声之后，她就昏了过去。算术老师姓何，是位年轻的女老师，闻声赶来查看，也吓得脸色苍白、呼吸急促，忙命班长、副班长一起急匆匆去找校长。

我们校长个子不高，穿着十分随便，不修边幅到了看起来寒碜落魄的地步，传说他学问很高，但他当时并没有给我们上过课，我们也不知他学问有多高，对他的印象就不怎么好，老认为他是个木讷奇怪的人。

校长得了报告急匆匆赶来，怒火满腔，他一进教室就目光横扫，那平日毫无神采的眼里如今满是气愤，他的牙关也狠咬着，这让捣蛋鬼们吓了一跳，不禁畏惧起来。

校长大喝道："谁搞恶作剧，给我站出来！"

没有人动。校长就大踏步向教室后边的捣蛋鬼们走去。当走到刘叶叶的座位边时，他发现了已掉到两桌之间走道上的死蛇。校长大惊下向后急退，手指哆嗦着遥指死蛇，喝道："快将这东西拿走，快拿走。"

　　但是没有人动手，女生们惶恐不已，哪敢去动蛇，男生们则全部背手而坐，害怕去拿蛇的话，校长就会认为是自己放的蛇。

　　校长气白了脸，又跺脚又瞪眼，乱舞着胳膊发脾气，这时副校长出门折了根树枝，很容易就将死蛇挑走了。

　　收拾了死蛇，救醒了刘叶叶，校长就收拾捣蛋鬼们，命凡有劣迹的捣蛋鬼一律写检查，大肆训斥、罚站，并在班上公开做检讨，搞得捣蛋鬼们十分狼狈，此后他们的行为不得不有所收敛。但女生们在很长时间内都心有余悸，对捣蛋鬼们又恨又怕。

"骡子"的敢死队

　　不敢在班上搞恶作剧了，捣蛋鬼们一个个很是无聊，无精打采的。忽一日，"骡子"在课间满脸兴奋地宣称他已经组织了一个敢死队，叫"南路敢死队"，说队员全是他们村上的男孩子，每个人都武勇善战，"骡子"挥舞着手，大言不惭地挑战说："有哪个不服气的，放学后可以在外面与我们决一死战。"

　　"骡子"人高马大，谁敢惹他呀！其他男孩子都笑一笑，捣蛋鬼们向他表示祝贺，倒霉鬼们对这类事情没有兴趣，"骡子"找不到挑战者，很不甘心，就唾沫横飞地将其他村子的人贬低一番，希望激起某个村子男孩子的怒气，这一招果然奏效，我们村的小龙首先沉不住气来，大叫着跳了起来，手指"骡子"喊道："'骡子'，别嚣张了，读书村也组织一个'东路敢死队'，咱们比一比！"

　　小龙也是铁杆捣蛋鬼，不过他个子比较矮，一直坐在前排，从体型上力气上他绝对不是"骡子"的对手，但这家伙受不起激，一激就跳。"骡子"对他那看在眼里，不过好不容易有了个对手，"骡子"还是很高兴，就满面笑容连声说好，当下与小龙约定下午放学后在路口决战一场。

小龙急匆匆约了小板、"萝卜头"，又来约我，我很为难，不愿意参加，因为"骡子"和我的关系处得不错，我俩一块儿制服了"蝈蝈"后，沾他的光，我在班里也威风了不少，多少算是号人物了，所以我下不了和"骡子"战斗的决心。但小龙哪肯放过我，说读书村的人必须一心，小板也在一旁帮着催我，无奈下我只好佯装答应，但是我说："'骡子'与我挺好，我可不能打头阵上。"

小龙满口答应了，说："我与小板、'萝卜头'先上，我们三个支持不住了，你赶快来支援就是。"

我口不对心地应承了，但我对"骡子"的力气很有点怯惧，答应的时候就想着该怎样溜走。

下午放学的时候，出了校门之后，"骡子"一声令下，他的敢死队马上一溜儿在南向的路口排开，七八个人，每人手中拿一根杨树条子，耀武扬威地乱舞着。"骡子"却是空手，这家伙双手叉腰，昂起了头呵呵大笑，向小龙喝道："你组织的敢死队呢，来吧来吧，我的人都手痒了，快来大战一场吧。"

小龙可怜得连我在内只组织了四个人，怎么是他们的对手呢，我催促小龙快走，小龙不甘心地瞅了"骡子"等人一眼，回头便走。但"骡子"那一方的人一齐手舞足蹈，放开喉咙大笑起来，有一个叫常亮的家伙跳了出来，跳到路边较高的豌豆地边，装腔作势来了个金鸡独立，然后挺胸凸肚，怪声怪气高叫道："小龙，你害怕了，赶来和我单挑吗？不敢来就是孬种。"

"骡子"笑吟吟地，一挥手，他那帮人齐声喊道："孬种小龙，不敢回头！哈哈。"

小龙气得暴躁起来，立刻弯腰低头卸下了书包，交给小板，就要冲上去。我与小板忙劝，小龙说："你俩别管，我只找常亮去单挑。"说着舞胳膊乱喊乱叫着冲了上去。

　　常亮个子不大，估摸不是小龙的对手。果然小龙一冲，常亮立刻就跑下了豌豆地，跑到他们那一伙后边去了。小龙一见气势大盛，腿脚不停一直冲了过去，一把抓住常亮，喝道："胆小鬼常亮，我来了，单挑吧！"用力一甩，常亮一趔趄，小龙顺势一绊一推，常亮就被弄到了。小龙得意非凡，旋转一圈，喊道："谁还敢上？快来快来！"

　　"骡子"怒起来了，眼珠子凶狠狠地转了转，一咬牙，挥手就喊道："一齐上，给我把小龙按倒，狠狠地打！"

　　他那一帮人立刻涌了上来，小龙哪有反抗的余地，迅速就被按倒在地，屁股马上就挨了几脚。小龙挣扎不脱，长声喊道："快来救我，快来救我。"

　　我与小板、王连举忙到路边折了杨树条子，大呼小叫冲了过去。"骡子"哈哈大笑，向他的人一挥手，说："好了，不打了，得胜收兵。跑。"

　　等我们冲过去时，"骡子"的人跑得一个不剩，欢呼着朝南去了。满身是土的小龙从地上爬了起来，恨恨不已。

　　此后"骡子"的敢死队专拣小龙收拾，往往是一拥而上将他按倒再胡乱打上几拳，就呼啸一声跑了。小板、王连举及我气愤不已，合伙警告"骡子"不许乱来，"骡子"却得意忘形，笑嘻嘻摆个弓步，做出毫不含糊的样子，说："你们不服气完全可以组织人来打垮我，空言警告我是绝对不听的。"

　　我们几个气急无奈，只好分头联络枣儿庄的男孩子，枣儿庄与我们同为东路，村大人多，这一联络，同班的吴良首先响应，帮我们联络了七八个人，加上比我们低一级的宽厚、老沾，比我们高一级的王连举，我们这一方就有十多个人了，比"骡子"的人基本多了一倍。我、吴良、小板分头对大家进行了一番战斗动员，众人欣喜不已，暗中都鼓了一把劲。

很快又是下午放学时间了，小龙、小板、宽厚、王连举抢先到了南向的路口。一会儿"骡子"的人马就趾高气扬地过来了，看见小龙、小板他们似乎有备而来，气昂昂地站在那儿，"骡子"奇怪地眨着眼问："小龙，今日你约到帮手了？"

小龙怒道："'骡子'，今日要让你尝尝挨打的滋味。"

"骡子"歪着头怪笑起来，笑罢装模做样挽挽袖子，挽好了袖子猛一挥手，高叫道："快冲上去干倒小龙。"他的人马冲了上去，但我与吴良早合谋好了，我俩从背后突然抱住"骡子"朝地下按，"骡子"的双手连腰一块儿被我抱得死死的，吴良则抱住他的腿使劲朝外扯，"骡子"挣扎不脱，情急下乱叫："快来救我，我被抱住了，万分危险。"

"骡子"的那七八个人回头一看又返身来救"骡子"，但吴良约好的枣儿庄的人一拥而上拦住他们，小龙、小板、王连举等又赶了上来，一番混战，"骡子"的人全部被打倒在地，"骡子"也被我们按倒了。小龙兴奋得跑来跑去，用脚踢"骡子"一方人的屁股，当踢到"骡子"时，这家伙狂叫起来，说："胆大包天的小龙，你敢踢我屁股，不怕我'骡子'的后蹄厉害吗！"

我与吴良听得大笑起来，一走神，"骡子"从地下爬起来了，撒腿就跑，边跑边叫："形势不妙，弟兄们，撤退撤退。"

此后又混战了几次，"骡子"的敢死队被彻底打散了，我们这一方的人马耀武扬威了几天，无形中也就解散了。但"骡子"口头上怎么也不肯认输，他说他忽然没兴趣玩这个了，正要找一种新的玩法，问我们敢不敢应战，小龙、吴良及我刚获全胜，斗志正旺，有什么不敢的，"骡子"就哈哈大笑，说："那就好，只要你们没被吓破了胆，我"骡子"就陪你们好好玩玩。"

　　但此后很长时间并未见他想出来什么新花样，没有了新花样，"骡子"也就显得落寞了，我们班平静了许多，当然，也寂寞了许多，不过，在此期间我的境遇十分不好，在班里渐渐地下滑，沦为二三流的角色。

焦老师

　　三年级的班主任姓焦，年龄很大，背微微驼着，但一双眼睛十分严厉，常常在上课的时候将眼光从老花镜的下方射出来，鹰隼一样盯一眼他认为不用心学习的人，被这眼光射中的同学往往一哆嗦，吓得立刻正襟危坐。

　　焦老师讲课喜欢拿着书本满教室游走，边走边讲，这时候他低着头，照着课本念一段，顺口再讲一段。但三年级时候我们的教室在学校的最后边，教室后就是卧地榆，它的旁边还有一片白杨树，好像还有野草野花什么的，那个卧地榆上常有一小群麻雀鸣叫着，扑棱棱上下乱飞，有时竟飞到教室的窗台外面，在那儿叽叽喳喳，这吸引了不少同学的眼光，若麻雀打起架来蹦跳飞腾着互啄，会把临窗而坐的同学看得聚精会神，浑然忘了已身为学生。

　　这时候焦老师仍是不紧不慢地讲着课，不紧不慢地挪着步子，好像一心一意地讲课，并未留意到同学们的异动。但当他走到忘情入神看麻雀的同学旁边，而那同学竟然还没有察觉，仍然歪着头，看得两眼放光，焦老师就迅速书交左手，右手快如闪电，倏忽而出，"啪"一声便是一个耳光。此时全班震动，悚然而惊。被打的同学立刻就被老师请出了教室，去后边来回跑着赶麻雀，但不许他出声，脚步也要轻巧。

印象里被打后去赶麻雀的学生还真不少，但都是男生，焦老师好像从没有打过女生，大概女生相对要听话得多，也比较守纪律，另外焦老师的耳光也确实太沉重了，我想一般女生是绝对受不起的。

我也"有幸"挨过他的一记耳光，脸上火辣辣地又烧又疼，但被他请出教室，在窗外跑着赶麻雀时我又高兴起来了，感觉这差事轻松惬意，和麻雀斗智斗勇也很好玩，我甚至想偷偷将窗子掀开一条缝放麻雀进教室，但慑于焦老师眼光的严厉、耳光的可怕，终于没敢实行。但是赶完了麻雀，自由自在地乱走一阵，在卧地榆的枝干上翻来翻去，又蹲在野草野花间仔细观察一番，欣赏一番，逗弄一会草里乱爬的小虫子，重温沟里割草的乐趣，那心情也十分不错。

每天早上的第一节课都是早读，语文课本上有一篇写景抒情的文章，好像是写走过竹林时看到的风景，里面有竹叶沙沙作响的话，当时同学们最爱读这篇文章，早读时拼了命一样扯着喉咙猛读，弄得教室里沸反盈天，根本听不清楚所读的内容，但自己读的内容自己能感觉到，往往沉浸在那种抑扬顿挫的感觉里，越读越有劲儿。

竹林的文章之后是一首诗一类的课文，应该是歌颂毛主席的内容。这篇课文教过，焦老师就郑重宣布要教我们写诗，他自己先做了一首给我们示范，记得前四句是：毛主席呀毛主席，我们永远拥护你，你给我们指方向，我们永远跟着你。示范过后他就命每人写一首诗，当作作文交给他。

那时候我们以为这种顺口溜就是诗，并以能作诗而自豪不已。

不上学的下午

农村的习惯是一天吃两顿饭，上午九到十点的饭叫早饭，早饭之前的时间即是早上，早饭之后到午饭的这段时间就叫中午了，午饭一般在下午两三点左右，午饭之后的时间方称下午。

农村的学校一般遵循这个习惯，小学生们上午到中午的放学时间恰好就是家中的吃饭时间。那个时候似乎没有什么学生负担过重的问题，因为一天只有早上、中午去上学，午饭之后，就是我们割草、放羊、玩耍的时间了。

但有一次中午放学时，班主任焦老师宣布说：根据学校的安排，每个班都必须搞一个节约角、一个卫生角，即用土坯在教室后边的两个角落分别砌一个三角形状的东西，一个放扫帚等物，一个放拣到的废铁等物，他目光炯炯地扫视着我们，问："谁愿意下午来带着工具给班里砌卫生角、节约角？"

立刻有超过半数的同学举起了手，当然我也举手了，能给班里做些事情，我们是很感自豪骄傲的，况且焦老师肯定会亲自来指导具体怎样砌，我们若干得卖力的话，说不定能得到他的表扬，能得老师表扬一次，十天之内心情都是轻飘飘舒坦激动的。

焦老师用眼光冷冷地扫过我们，举手的同学这么多，他的脸上却看不见一点激动欣喜，还是那副古板严肃的样子，但他冲着我们点了点头，这让我们感到了些安慰，接着他说了放土坯的地方，又叮咛一番打水和泥诸事的注意事项，就下令放学、排队出校门回家。

刚一吃过午饭，我就带了一把铁锨急匆匆朝学校赶，吴良已带了瓦刀、抹子来了，我俩便打水在教室后边和起泥来，接着"骡子"、小板来了，将土坯运往教室。当"大炮"、铁杨、红光三个人滚着铁环、嘻嘻哈哈进教室门的时候，我们已经将两个节约角砌起来了。

我们责怪他们三个来得太晚，累得我们满身出汗，他们三个不服气，指责我们砌得不好，泥皮不光滑，太不美观。我们四个大发脾气，就将瓦刀、抹子塞到他们手里，说："我们弄得不好，你们就往好弄吧，也该轮到你们干了。"

这三个家伙一愣，因为他们根本就不会瓦工活，我们这一方吴良却是个小瓦工，跟着当瓦工的爸爸学了不少手艺。趁他们发愣的当儿，我们一拥而上，将他们手中的铁环夺了下来，说："快去干活，我们去滚铁环，待会儿来检查你们干得好不好。"

"骡子"、小板与我一人抢到了一个铁环，高兴得眉开眼笑，当下冲出教室大滚起来，在各个教室之间转来转去地跑，吴良大声嚷叫着在后面追我们，说他刚才干活最多，必须将铁环让给他一个，我们哈哈大笑，说："你能追上谁就抢谁的铁环吧。"

吴良气恼下发狠猛追，小板被他追上了，两人抢起铁环来，我与"骡子"滚着铁环围绕他俩转圈，大声为他俩加油，兴奋异常，却没想到就在此时焦老师走出了他的房子，弯腰低头去我们教室查看工程进展情况。

估计"大炮"、铁杨、红光一定说了我们不少坏话，至少没给我们说好话。因为第二天焦老师就在班里点名狠狠地批评我们四个，说我们不干活光滚铁环，好逸恶劳，劳动态度极不端正。

与此同时"大炮"、铁杨、红光三个受到老师的高度表扬。这三个家伙高兴坏了，得意扬扬，老师眼光看过来时，他们赶紧挺胸抬头坐得端端正正，老师的眼光一走，他们就向我们几个挤眉弄眼作怪像，故意气我们，而此刻的我们真的委屈得要死，吴良与我的眼泪都开始在眼眶里打转了，继而欷歔起来。这时焦老师的目光转了过来，在我俩身上转来转去。

全班同学鸦雀无声。

焦老师的脸色越来越难看，目光越来越严厉，终于他暴雷也似的大喝一声，命令我俩站起来，咬着牙大声问："你俩不服气吗？"

吴良满脸通红，伸手抹了一把眼泪，同时摇了摇头。焦老师一愣，弄不明白这摇头是表示不服气还是表示服气，他就又把目光对住了我，那目光犀利、威严，充满了威慑力。我的心突突乱跳，胆怯之极，但同时心中一股倔强之气不断涌上来，让我有不顾一切豁了出去的强烈感觉，随着这种感觉，我的脖子不自觉地就扭了起来，估计脸上的表情也大是不敬。

果然焦老师大怒起来，手指忽然前伸箭一般指着我，铁青着脸大声喝问："小石头，你竟敢不服吗？"

我扭着头不敢看他的目光，但口中清清楚楚地说："不服！"

焦老师气坏了，当即将我赶出教室，指定了一个地方让我站那儿，宣布说："你一天不服，就一天不要上课，一个星期不服，就一个星期不要上课！"

我站在教室外面，气愤、委屈、伤心、仇恨各种心情纷至沓来，在心中盘旋升腾，一会儿咬牙切齿，攥紧两个拳头，似乎就要和人拼命的样子，一会儿又眼泪吧嗒吧嗒地乱落如雨，自怜自叹。最后我气恼下，擅自离开了老师指定的那个地方，来到教室后卧地榆的下面，坐在那儿的草地上，一个人边抹眼泪边小声饮泣。哭着哭着我就歪在那儿睡着了。

时间不长我就被一阵喊声和笑声弄醒了，我愕然抬头，身边竟围了一圈我们班的同学，有男有女，"大炮"、铁杨、红光三个家伙赫然在内，只是不见"骡子"、吴良和小板。原来焦老师下课后看我不在指定的地方，就命其他同学赶快找我，"骡子"、吴良等在教室内生闷气不动，其他人却非常认真地开始找了，一个人找见了我，大家就全围上来了。我歪着睡的样子一定很滑稽丑怪，他们就嘻嘻笑着大声喊醒我。

被这么多人笑着围观的我又羞又恼，怒气冲冲地问："喊我干什么？"

其他人见我发怒，全抿着嘴笑却不说话。"大炮"上前一步，满脸嘲弄的神态，故意扭屁股扭腰作无赖相，怪声怪气地说："焦老师说你砌节约角有功劳，让大家一起来请你，说你要是哭了，女同学必须给你擦眼泪。"

其他同学哄然大笑起来，女同学更是笑得前仰后合，边笑边嗔骂"大炮"胡说。"大炮"得意扬扬，又做了几个扭腰扭屁股的动作，以为炫耀。

我恼羞成怒，一骨碌就从地上爬了起来，上前一把抓住"大炮"的领口，咬牙恨道："节约角是我们砌的，我们砌完了你们才来，凭什么说我们光滚铁环不干活？"

"大炮"瞪眼说："放手！"

我说："就不放，和你去焦老师那儿讲理。"

其他同学一下子全静了下来，紧张地看着我们俩。

"大炮"怒了起来，威胁说我要不放手他就动手了，他明显比我要高一些，劲也比我大，但我此刻怒火中烧气势汹汹哪还管这些，扯着他就向老师房子所在的方向拉，"大炮"的拳头立刻抡了过来，我一个踉跄向后跌去，但随即如疯似癫地又扑了上来，与"大炮"厮打在一起。

厮打的结果以我的彻底失败而告终。我倒在地上，"大炮"扬长而去。当"骡子"、小板赶来将我扶起劝进教室时，我趴在课桌上痛哭失声，这时上课铃响了，教我们算术的何老师走进了教室，这是位年轻女老师，看着鼻涕一把泪一把大哭的我，她愕然不知所措，停了好一会才轻声问我痛哭的原因，我边哭边断断续续地将原因说了，何老师想了想安慰我说，她会将事情经过讲给班主任焦老师，接着她又批评"大炮"，"大炮"嘴里咕哝咕哝的、眼珠子乱转，一副不服气的样子，但他一声没吭，何老师说了几句也就不批评了，见我的哭泣已经停止，她就开始讲课。

何老师

　　我不知道何老师后来怎样向焦老师说明事情的原委，第二天焦老师在上课前又将我与"骡子"、吴良、宽厚表扬了一下，但显然很轻描淡写，对昨天批评我们的事只字不提，对我与"大炮"打架一事也只字不提，这件事到此似乎就结束了。

　　但"大炮"借着这件事身价倍增，嚣张了许多，一有机会就嬉皮笑脸对我进行挑衅，我奋力反抗了几次，次次惨败，每次惨败都使"大炮"的身价更增，而我却随着惨败渐渐地失去自信心。在班里我的境况越来越不好了，我只好沉默寡言苦苦忍耐，因为我不知道该怎么办。

　　这样子大概过了一个学期，到新学期开始后，"大炮"依然故我，以挑衅招惹我为乐趣，而我越来越木讷，除过不理他之外，几乎再没有别的反抗办法了。这让我很苦恼，甚至提起上学就感觉厌烦，虽然我仍旧每天都来上学。

　　我的遭遇不知道怎么传到了大龙的耳朵里，当时大龙上七年级，身强力壮，颇具威势，几乎就是一个大人了。有一次我们正上自习，巡回的老师刚走了一小会儿，大龙忽然独自一人进了我们的教室，一本正经地问："谁是'大炮'？"

全班同学愕然抬头，看看大龙，又扭头去看"大炮"。"大炮"是东王村的，并不认识大龙，当时也茫然不解，眼瞅着大龙问："谁找我？"

大龙就走了过去，皮笑肉不笑地问"大炮"："听说你很能打架，最爱打人，是不是？"

"大炮"涨红了脸，扭扭捏捏、支支吾吾，不知该怎样回答，窘得很狼狈。大龙就拧住他的耳朵，又问了一遍。"大炮"这次怒了起来，歪着头以手护耳，犟嘴说："我打谁了，我从来没打过架！"

大龙一沉脸，啪的一巴掌打了过去，说："以后你再欺负人，看我怎样收拾你。"

"大炮"脸上重重地挨了一下，顿时现出五道红印。但他敢怒不敢言，只是狠狠地瞪着大龙。大龙也不再睬他，做出威武的样子大摇大摆着出去了。

从这以后，"大炮"就不怎么招惹我了，在班里的言行也收敛了不少。不过，我的自信心好像并没因此而提高，我似乎已经习惯了在班里当一个二三流的角色，对班里的活动再不积极主动了，也不再奢望经常得到老师的表扬，自甘平庸，和一伙同为二三流角色的人物来往着，聊以度日。

时间不知不觉地渐渐过去，不知不觉间快到六一儿童节了，各个班级都忙忙碌碌地挑选人才排练节目，我们班也开始选人了，据说要搞一个舞蹈节目，不过，选人与节目排练焦老师都不管，因为他既不会唱歌，更不会跳舞，对排练节目一类事也不大感兴趣，所以，他委托何老师干这件事。令我意想不到的是，我竟然进了何老师的人选名单。

我为此事感动了好几天，感觉这是何老师对我善意安抚的表示，或许她还记得半年前我哭哭啼啼向她诉说委屈的样子，因此就借这个机会安慰一下我，重塑我的自信心，当然，这都是我一厢情愿的猜想，我按自己的猜想将何老师想象得十分完美，认为她有悲天悯人的情怀，认为她对焦老师的武断昏庸也很有看法，同时，她的歌唱得很好，舞也跳得不错，而焦老师既不会唱歌更不会跳舞，走路弯腰，动不动就咳嗽，老态毕露，比起何老师就像乌鸦和孔雀。何老师当时才二十多岁，走路轻快，相貌也很不俗，比她为孔雀，想来应该是妥切的，她绝不会反对。

　　我们班排练的节目是一个舞蹈，叫什么名字、具体怎样跳都不记得了，只记得其中男女对半，每天下午必须到学校来，由何老师亲自指导动作。能来参加跳舞排练的人估计心中都是很自豪骄傲的，至少我当时就是这种感觉，我认为我的霉运就要结束了，很快就要出人头地了。抱着这样的心思，我在排练时十分认真卖力，可以说倾尽全力，力图做得最好。

　　动作要领学完了，各动作之间的顺序我们也都记住了，何老师就在旁边看着，让我们从头至尾试跳一遍，她先哼舞曲的前奏，她手一挥，说声开始，我们就跳起来了。一遍跳完，何老师笑得前仰后合、乐不可支，却把我们笑蒙了，呆呆地站着发愣，不知道我们那儿跳错了。

　　何老师笑声未敛，就来到我面前，脸上是顽皮的开玩笑式的表情，说："你呀，记性不错，动作都记住了，前后顺序也记得一点不差，可是你为什么要出那么大的劲，像打拳一样？"

　　我呆愣愣说："我要跳得更好，不出力怎么行呢。"

何老师笑道："你看我怎么跳。"她就跳起来了，动作轻快灵活，神态曼妙，肢体柔软，飘飘欲仙的样子，的确很好看，可是我不知道她为什么跳得好看。何老师跳了几个动作就停了下来，歪着头问我："看明白了没有？"

我两眼茫然，摇了摇头，很为自己不明白而丧气。

何老师叹了口气，说："你过去没有跳过舞，那你小时候都干过什么？"

我想了想，说："干过很多事，割草、放羊、打老鹰、逮麻雀，还抓过黄鼠狼。"

何老师听过一口气说出这么多事情，又笑了起来，就问："那么逮过蝴蝶没有？"

这一问我信心大增，立刻说："逮过，蝴蝶飞得不快，用树条子就可以抽下来，用衣服捂一次可以捂住好几个。"

参加跳舞的男孩子女孩子都笑起来了，我红了红脸，不知道他们为什么笑，不过看他们笑得欢畅，我不禁也笑了起来。何老师这时说："跳舞的动作要像蝴蝶飞舞那样，很轻柔，这才好看，你的动作就像抡着胳膊打老鹰，又生硬劲儿又大，一点不像跳舞。"

其他孩子又笑了起来。我脸一红，忙低下了头，满脸羞愧，暗自下决心一定要好好改过来。接下来我们继续练动作，我极力想象蝴蝶飞舞时翅膀扇动的样子，把自己的两个胳膊想象成蝴蝶的翅膀，慢悠悠一闪一闪，这个时候班主任焦老师来观摩我们的跳舞练习了，看了一会他就皱起了眉头，指着我对何老师说："这，这，他怎么跳得这样难看？"

何老师叹气连连，说："他没有跳过舞，不得要领，不过他很用心，再让他学几天看吧。"

焦老师急道："那时换人就来不及了，我们班肯定拿不到名次了。"

我隐隐约约听到了他们的部分对话，知道老师对我的舞姿不满意，心里七上八下，又是担忧又是害怕，连忙把两只假想的翅膀舞得快了些，脸上也做出陶醉表情，似乎正飘飘欲仙的样子，但事实证明我这一切努力都白费了，因为第二天中午放学时何老师就找我谈话了，说我下午不用来了，可以干些其他事情。

我傻乎乎地不明白何老师的意思，眼睛瞪得大大地说："我不来怎么行，我的动作做得一点也不好，不练好动作，我怎么能去干其他事情。"

何老师努力地笑了笑，她似乎不知道该怎样给我说明白，想了好一会才说："我们换人了，时间太紧，明年的六一节我们搞早一点，那时挑了你来跳好不好？"

话说到这个份上，我自然明白了她的意思，我一声不吭地点了点头，蓦然感觉眼中泪水已经溢满，我连忙转过头去。这时候何老师的手抚上了我的头，轻轻地摸了摸，好像还说了句什么话，我却没有听清，我掉头便走，一路小跑出了校门。

王胖子

　　四年级的时候，焦老师退休回家了，我们班另外换了一个班主任，不过，我对这个老师的印象却不深，只记得他有四五十岁的样子，很精神，头顶早早地没了头发，关于他的事情却一点也记不起来了。

　　这一年我们班来了一个留级生，很是肥硕健壮，大家都叫他王胖子，有时干脆省掉王字，直接就叫胖子。胖子对这个称呼似乎很满意，没有一点反感的意思。我开始不好意思这样叫他，但见大家都这样叫，有一次忍不住也就这样叫了，不过怯生生的，生怕引起了他的不快，没想到胖子乐呵呵高声答应，还与我愉快地说了一阵子话。

　　胖子很能吹牛，不论说到什么事他总能慷慨激昂地发表一通高论。他对学校的老师极为不恭，和我们聊天闲谈时，将老师们个个说得十分不堪，甚至连校长也被他说得无能之极，宣称他一个人就能打倒三个这样的校长。说到兴奋之处，这家伙满脸兴奋、唾沫乱飞、手舞足蹈、豪情万丈。形容校长的可笑可恶之处，他极尽夸张渲染，难为他年龄不大，竟对校长的许多传闻逸事知道得那样多，在历数了校长的种种恶行和可笑之处后，胖子将校长比作臭虫，并口出狂言，宣称有朝一日他一定会捏死这只臭虫。

当时我们的校长个子比较矮，走路说话时也的确有点缩头缩脑的，胖子称他为臭虫，我们感觉这形容十分的生动贴切，因此大声喝彩，又拍桌子又鼓掌向他欢呼。此时的胖子就满脸放光、得意扬扬，自豪地挺胸扬眉，认为自己才是这个学校里不世出的大人物。

胖子的一系列言行很快赢得了大部分捣蛋鬼们的欢迎，许多捣蛋鬼甚至戏谑地尊称他为"胖哥"。不过，胖子的到来大大的抢了"大炮"的风头，"大炮"很是不满不服，但"大炮"除了胡喊乱叫耍无赖外，论风采魅力、论嘴上功夫，他哪一样也比不过胖子，在胖子挥舞着手臂大放厥词演讲时，"大炮"只能在旁边插科打诨借以捣乱，此外再无其他手段和胖子抗衡。

胖子胡说八道乱吹牛引起轰动效应后，他忽然来个大转弯，做出稳重深沉的样子，很认真很和蔼地找他认为有培养前途的人进行个别谈话。有一次他竟然找到了我，这让我很有点受宠若惊。

他在下课后将我约到教室后边，十分和气诚恳地询问我的家庭情况，又问我对朋友的看法，然后他就说："我早看出来你这人不错，小板也常说你好，你愿不愿意和我们大家都成为好朋友，大家互相帮助？"

我对他的意思并不明白，但我还是点了点头，说："愿意。"

胖子很高兴，就笑起来了，接着将小板、吴良、陈明远、明利等人说给我，说这些人已被他谈过话了，因此这些人都是他的兄弟，我可以放心地和他们交往，他下来会给这些人打声招呼，告诉他们我也成了他的兄弟。

我茫然地又点点头。

胖子就又问："你能不能搞到内档？"

我摇摇头，问他："内档是什么？"

胖子说："内档是架子车上用的东西，"大炮"家的架子车内档坏了，我要尽快给他找一个。"

我明白了，就答应找找看，若找到了一定尽快拿来给他。

胖子点点头，夸赞我几句，又安慰我说找不到也不要紧，因为他已经给好多人都打过招呼了，好歹总会找到一个内档的。

好像从这以后"内档"这东西就在我们班流行开了，人人关注，以有内档为荣，估计胖子也收到了许多内档，所以他再没有向我催问内档的事。但后来胖子又找我说："你家若要买缝纫机、自行车，就尽管跟我说，我一定能帮你搞到。"

我连连答应，他就说明利的爸爸在某个供销社当主任，搞到这东西很容易，许多紧俏东西都可以搞到。我听了不禁怦然心动，但那时候家里太穷了，这些东西也就是听听而已，不过想到自己竟有能搞到这些东西的朋友，内心还是暗暗有些得意。

不久学校要盖新教室了，木料有了，却没有土坯，说是东王沟里有许多房子拆了，土坯墙仍旧完好，学校就发动学生去沟里搬运土坯到学校，好像每名学生都给分配了搬运的任务，两个人一组从沟里向学校抬。胖子劲儿大，专门找我组成一组，每次他都走后边抬重头，感觉我累了，他就让我在沟边休息，他自己一人独自扛土坯上沟，这让我颇为感动。

不过令我不解的是，胖子却经常对我表示歉意，他说他给其他兄弟都帮了不少忙了，唯独没有给我帮过什么忙，我竟然连缝纫机也不买，这让他很无奈，他说他不知道怎样才能给我帮上忙。

我连忙恭维他，并说我的确目前没有什么事情要人帮忙，胖子想了想就问我："那你有什么心愿要我帮忙完成？"

我叹一口气，胖子忙说："不要不好意思，你直说就是，只要是兄弟、朋友，我是什么忙也肯帮的，就是将我这一身肉卖了，也要帮你完成心愿。"说着他又慷慨激昂起来，用手狠拍胸膛，脸上的表情及其豪爽。

在他一再催促下，我终于吞吞吐吐开口了，说我希望看到有人将"大炮"整得灰溜溜的，永远不再嘴尖皮厚地耍无赖。听了我的话，胖子仰天而笑，乐不可支，高兴得用手一个劲拍着大腿，说："好极了，好极了，我正要找机会收拾'大炮'呢，这家伙确实很讨厌，是个流氓人物。不过收拾他时，你动手不动手？"

我不知该怎样回答，黯然神伤，嗫嚅良久才说："我打不过他。"

胖子一挥手臂，豪气冲天，他狠狠地跺脚，说："不要怕他，永远不要怕任何人，对敌人更是要藐视，你放心，我会让'大炮'灰头灰脑的，我不但要整垮这家伙，还要让我的兄弟个个都扬眉吐气，高高兴兴，不受人的欺负。"

我心情好了不少，连声感谢他。胖子谦虚地直摆手，说："这不算什么，兄弟之间这是应该的。"接着他又夸夸其谈，说他的本领大得很，还有许多没有施展出来，让我以后跟着他好好学习，他会把自己的经验智谋都倾囊传授给我。

我不禁高兴起来，感激不尽，发誓说我已经下了决心，一辈子做他的兄弟，永不变心。胖子脸上露出了欢畅甜蜜的微笑，拉住我的手说："好，我就需要这样的兄弟。待我下来好好安排，先将'大炮'的嚣张气焰打了下去再说。"

地　道

　　胖子经过一系列的活动后，迅速在班内建立了自己的力量体系，约有三分之一的男生愿意奉他为首领，这其中有捣蛋鬼，也有倒霉鬼。胖子号召大家相亲相爱、互相帮助，大家也就这样做了，起码我们觉得大家是一个系统的人，在心理上十分亲近。

　　这个时候，学校挖了一条地道，说是备战备荒的需要，挖的时候附近各村都派了精壮劳力前来帮忙，六年级、七年级的学生们也停课参加劳动。地道挖成后，学校召开了一次庆功大会，给挖地道有功的许多人戴了红花，然后校长讲话，说帝国主义亡我之心不死，所以我们要准备打仗，打仗时他们若扔炸弹、扔原子弹，我们就可以进入地道躲避，以保存有生力量，接着校长宣布说要搞一次钻地道的演习，届时以班为单位，听见急促的铃声就集体进入地道。

　　这一宣布顿时引起一片欢呼，挖地道时我们就对这深入地下那么深、又从学校前边的操场直通到后边大榆树附近的巨大构造充满了好奇和惊异，但那时高级年学生与村子里的人整天忙忙碌碌在里边干活，我们被严禁入内参观，只能趴在地道口朝下望一望，如今好了，我们可以在老师的带领下堂而皇之地进去了，一下子进去那么多人，里面一定热闹非常。我们于是激动起来，一个劲鼓掌。

但后来却不知出了什么变故，那次集体进地道的演习又取消了，我们失望里唉声叹气一番，遂私下串联活动，要组织人下地道旅行一番。这时候胖子笑呵呵大包大揽，说人由他组织，当天下午就实施，并命我、小板、吴良、陈明远、明利等一众他的兄弟吃过午饭后必须马上到学校来，由他率领下地道。我们自然连声答应。

午饭之后，我们十多个人早早就来到了学校，哪知胖子比我们来得还早，他已经在操场边缘那个地道口等着了。见我们到齐了，他一挥手率先就踩着台阶朝下走，我们急忙跟上，兴高采烈地嚷叫着就朝下走。

下到最低处，北面有一个两尺宽窄、比我们稍高一些的洞口，我们排成队鱼贯而入，但向内只走了丈把远，眼前就是漆黑一团了，脚下有许多土坷垃、小土堆未收拾干净，时时拌得我们难受，在胖子的提醒下，我们只好手摸洞壁以脚试探着，小心翼翼地朝前走，一边走一边小声地说话，议论猜测此刻地道的走向，因为拐了几个小弯子后，我们已辨别不清东西南北了，不过，在黑洞洞的地下不辨方向就这样胡乱走，自有一种刺激和神秘，虽然我们多少都有点害怕的感觉，但因为人多，这种微不足道的害怕反使我们感觉十分兴奋，走了一会，我们便齐声大叫起来，这一叫，地道内回声四起、余音不绝，叫过之后，我们又哈哈大笑。

吴良正笑着忽然向右侧跌倒，他大叫起来："这儿有一个侧洞，快过来，这个洞好大。"

我们循声摸了过去，果然在右边有一个十分宽大的侧洞，我们转圈将侧洞整个摸了一遍，估摸着这洞足有一丈多宽，三丈多长。我们大感不解，问胖子："挖这个侧洞干什么用？"

胖子也不知道，嘿嘿笑着说："管他干什么用，咱们先在这儿休息一会，撒泡尿，然后继续前进探险。"这家伙说着就在侧洞最里面撒起尿来。

我们一齐表示不满，立刻抗议说："好臭，好臭，我们要晕倒了。"

胖子大笑，说："越臭越好，我这是留个纪念，下次别人来这儿闻到了我的尿臭，就知道我王胖子曾经到此一游。"

正说着，主洞处在我们行进方向的前方，隐隐传来一阵嗡嗡的说话声，我们一喜，均想："还有人钻地道来了，只不知来的是谁？"小板与吴良就跑出侧洞大声问："前边是什么人？朋友还是敌人？"

那边立刻传来一阵笑声，似乎有四五个人同时在笑，接着他们笑道："自己人，当然是朋友，我们会师了，快过来握手拥抱。"声音瓮声瓮气的，和回音一起传了过来，也听不出他们到底是谁。

这时胖子撒完了尿，冲到了侧洞口大叫道："什么自己人，少胡说，快报上名来，不然我们的土块就打过来了！"

那几个人慌了，忙喊："别打别打，我是'大炮'。""我是铁杨。"接着又报出了几个名字，竟全是"大炮"的那几个死党，他们报完了名，立刻反问："你们是谁？也快快报上名来。"

胖子不答话，却喊道："打！快捡土块。"他弯腰先摸起块土坷垃就打了过去，我与小板、吴良当下或拿土块，或手抓一把散土，冲到侧洞外就把手中之物奋力向对方掷去。

　　那边立刻传来中弹后的呼痛声及喝骂声，很快他们的土块就向我们掷了过来，但我们早躲到侧洞里了，哪能打得住。那边的一轮土块打过，胖子、陈明远、明利等又持土块到洞口狠打，他几个打完我与小板、吴良又接着打，不一会儿"大炮"几个就招架不住了，只听他们说："快退，快退，对方人多得很。"

　　胖子忙到洞口大喊大叫、虚张声势，喊道："追呀，快追，抓住'大炮'，好好修理'大炮'一次。"我们自然知道胖子的用意，遂同时出声大喊着追呀、打呀的话。"大炮"他们在喊声里逃走，估计一定狼狈万状，十分慌乱可笑，因为曾有两次跌倒后的惊呼声传了过来，接着他们的动静就越来越小，终于听不见了。

　　胖子急忙令我们从原路出了地道，返回地面，他下令说："现在各自回家。明天别人问起，就说我们今天下午没来学校。"

　　我们吃吃地笑，边笑边连连点头。

　　第二天早上我与小板一同到校进教室时，胖子、吴良、陈明远他们都来了，虽然早自习的铃声还没有响，不爱学习的胖子却拿着不知什么课本摇头晃脑地念。很快"大炮"、铁杨、红光几个也进来了，"大炮"、铁杨的额头上分别有一个大包。我心中高兴不已，忍不住便向小板微笑，小板也笑嘻嘻向我眨眼示意。

　　铁杨、红光坐到自己的座位上去了，"大炮"却径直走到胖子的座位边，怒冲冲质问胖子："昨天下午是不是你来学校钻地道了？"

胖子放下了书，一脸茫然，手摸着后脑勺做出极力回想的样子，想了好半天才摇摇头，说："没有，本来想来，但想地道内太危险，就没有来。"

"大炮""哼"了一声，说："我非找出是谁昨天来了，到时我要他的好看！"

胖子忽然大怒起来，手一拍桌子猛地站起，喊道："你要给他好看给我说干什么，想给我逞威风吗？我胖子岂能怕你！"胖子当即吆喝我们："小板、吴良、陈明远、小石头……都给我上！"

这一吆喝，威风凛凛、架势十足，颇有几分大将的威武风度。我们受他气势的感染，呼啦一声便一齐跳起，十多个人大呼小叫着就拥了过去，挽袖子伸拳头，做出要打架的样子。这下子"大炮"害怕了，忙解释道歉，说他并没有逞威风的意思，红光、铁杨见状也急忙跑过来劝架，闹嚷了一会，早读的铃声响了，胖子这才放过了"大炮"。

从此以后，"大炮"在我们班就威风扫地，再也不敢擅自作威作福了，他的死党如铁杨、红光等也渐渐离散，或者干脆投奔了胖子。从这以后，我基本上没再遇到大的威胁，一般捣蛋鬼们不看僧面看佛面，知道我是胖子的好兄弟，就都对我表示出善意和友好。我做胖子的兄弟做得很是快乐，很是逍遥自在，我的心情也是空前的好，嘻嘻哈哈和捣蛋鬼非捣蛋鬼们疯玩疯乐。

掐谷穗

钻地道那件事后不久，学校频繁地开了几次大会，说是要开门办学，走"五七"道路，于是连着两年的秋季我们只早晨上半天课，下午便由学校组织，一律到附近的村子去参加劳动。

好像同时有好多班去一个村子的，也有一个班单独去某一个村子的，记得当时我们都很兴奋，列队从学校出发时，一边高声唱着歌，一边使劲地迈着步子、甩着胳膊，极力想表现出精神饱满斗志昂扬的样子来。这时路两边的田地里风景如画，黄澄澄随风摆动的是谷子，白灿灿含笑沐浴阳光的是棉花，绿茵茵森林般耸立的是玉米，路边地头零散分布的柿子树上的柿子却全部是红的，红得晶亮，圆溜溜的就像一盏盏小红灯笼，红绿黄白各种色彩搭配得如此和谐生动，我们的队伍就在这图画里行走，当然，我们的歌声也在这图画里回荡飘散。但此刻我们并无心观赏风景，唱完歌后，最想知道的是去村上干什么，我们就相互探问打听，但大家谁也不知道，又不好问带队的老师，我们于是一边胡乱猜测着，一边东张西望地四处乱看，这一看，原野中平日那些熟视无睹的东西忽然都变得十分地新鲜有趣，在秋日的照耀下，棉花、谷子、玉米以及黄叶婆娑的豆子，都那么可亲可爱，它们或卧或站，神态安详喜悦，散出一缕缕迷人的淡淡香味，而田头地边，野菊花也一丛丛地开得热烈。

快到村口的时候，带队老师又命我们唱起歌来，当时我们刚学会"秋收"这首歌，"九月里九重阳，哎，收呀么收秋忙"，这歌很对我们的胃口，唱起来特别带劲，但一遍还没有唱完，生产队长就领着人来欢迎我们了，他将我们领到一个场院里，给我们每人发一个竹笼，说是请我们帮忙掐谷穗，接着就派人带我们赶往村外的谷子地。

一眼望不到边的谷子地，千千万万的谷穗随风而动，麻雀飞鸣着，一群一群掠过我们的头顶。带队老师发一声令，我们就排成一排干起活来，一只手提笼，一只手迅速掐下谷穗，放到笼里。印象中那谷穗好长，约莫有一尺吧，沉甸甸的，那谷子地也极大，一眼望不到尽头，微风起出，谷穗们一起轻轻晃动，发出沙沙的声音。我们干累了，就站在原地休息，看一群一群的麻雀飞起又落下，在谷地里觅食。这时候的麻雀数量十分可观，动辄成千上万，鸣叫着飞过我们头顶时，黑压压一片，双翅呼呼地鼓风，真有千军万马奔腾的气势，这时我们就立刻抛掷土块攻击麻雀，但麻雀们翅膀急闪，一扭身就冲上了高空，然后又铺天盖地地从高空俯冲下来，落入谷子地的另一处，疯狂地在谷穗上啄食。

半下午的时候，劳动就接近尾声了。此时夕阳斜坠，红霞满天，谷子地里笑闹声响成一片，我们在掐过谷穗的地方举行摔跤比赛或其他热闹事体，这种热闹事体是因地制宜临时想出来的，假如谷子地里边有成排的树木，我们会比赛爬树，地边若有水渠，我们会进行跳远比赛，即从水渠的这边跳向那边，跳得既远姿势又有创意的，自然大受别人的喝彩。这些活动以比赛为名，其实更像即兴式的表演或夸耀，引得我们兴致勃勃，十分地热衷投入。

往往在大家玩闹得最热闹的时候，带队老师的哨声就响了，哨声就是集合的命令，于是我们不顾脸上还流着汗、手上还沾着泥，急急忙忙一窝蜂就向集合地点跑，站成队伍。队伍站好了，生产队长在老师的陪同下就走过来了，队长嘿嘿笑着，手里拿着新买的铅笔、本子等物，一般他都说："同学们，你们辛苦了，给你们一人发一支铅笔、一个本子，表表我们的心意。"

带队的老师会立刻示意我们鼓掌，我们乱拍一通手后，脸上喜滋滋的，两眼放光，迫不及待就想伸出手去，但队长发铅笔、本子的动作却很慢，他好像极力欲显出斯文有礼的样子来，哪知道我们心急火燎的心情。现在想起来，似乎每个队长发东西时的动作都显得笨拙，脸上的笑容也憨憨的很是好玩。

晚上的劳动

　　渐渐地秋意越来越深，柿子叶全红了，一树树看起来就像燃烧着的巨型火把，谷子收完了，黄豆收完了，最后玉米也收完了，于是风冷秋寒，冬天就要来了。

　　秋冬交接之际是种小麦的时间，每家每户都有多少不等的自留地，但收过玉米的自留地必须翻耕才可以播种小麦，不然土壤板结，将大大影响来年的收成，不过各家各户不能动用生产队的畜力，只能自己出力用铁锨将土地翻松。

　　班上的胖子开动脑筋，适时组织了一支翻地队，有"骡子"、吴良、明利、陈明远、小板及我十多个人，我们自备工具，每天下午放学后商定去某一个成员家帮忙翻地，并约定在小麦播种之前将所有成员家的自留地都翻松一遍。

　　下午时候太阳的光线好柔和，我们扛着铁锨踏着日影就出发了，一般都是列队而行，显得威风凛凛。去谁家便是谁打头，进入村道时，这支小小的队伍很容易引来关注的目光，村道上晒太阳的老头老太太最是好奇，揉揉眯缝的眼仔细打量，又看不出个名堂，往往就问打头的："你们扛着锨，这一大溜人，去干什么呀？"

打头的就自豪地说道："去我家翻地。"

老头老太太们既羡慕又好奇，咂着嘴称赞一番。附近若有说老不老好发议论的滑稽男人，就会大笑呵呵，打趣说："了不起呀了不起，可惜你们这些人太小了，人小力气小，怎能翻动地呢，恐怕是借翻地来回饭吃的吧？"

听到这话，我们会在胖子的率领下马上还击，将铁锹朝地上一蹾，瞪眼说："那就去你家翻翻看，不挖地三尺，翻它个稀巴烂，我们就算是混饭的。"

打趣我们的男人笑嘻嘻的，连忙摆手摇头，说："那可不行，那可不行，将我家院子翻烂了，我回家就要给老婆跪搓板了。"

我们也就哈哈一笑，继续前行。斗嘴得胜后自然更加意气风发，我们假装出大大咧咧的样子，步子迈得更加有力，高声谈笑着，走进被帮忙者的家门。每个成员的家庭对我们的到来都是极表欢迎的，热情地安排茶饭请我们吃罢再去干活，可我们不肯，坚决要求先干活后吃饭，这个要求被同意后，我们就被领到地中，开始干活。

我们站成一排，一边飞快地翻地一边胡说八道、大吹特吹，这基本上是以胖子唱主角，他有半肚子的大道理，还有半肚子的逸闻趣事，又善能吹嘘，而"骡子"与他是最好的搭档，他们俩或一唱一和，或者胖子吹牛"骡子"补充，听得我们又激动又佩服。劳动就在这种热烈欢闹的气氛中进行，印象里我们往往在夜幕降临、月上东山之后，仍旧在地里卖力地干活，很多次吃饭都是在月光下进行的。

翻地活动结束后，胖子又组织了几次别的活动，但后来大家参与的积极性越来越低了，新鲜感一过，我们就以有事或太累各种理由逃避，胖子无奈，就放弃了这类活动。但他曾给我说过，说："我组织大家干活，是想密切好朋友的关系，活干得多少其实并不重要。"

我说："大家在你领导下，关系已经很密切了。"

胖子就十分满足地露出微笑，然后又趁机传授我许多与人交往的心得诀窍，我假装很虔诚地倾听，心里却飞快地转着其他念头，因为秋来家的小人书这一段勾起了我的兴趣，我对其他的事真的提不起神了。

秋来与小人书

这一阵子学校的劳动也是十分频繁，有时竟全天劳动，一节课也不上，比我高两个年级的秋来就在不上学也不劳动的下午时候请我去他家看书，夸耀说他又搞到了一大批好看有趣的小人书。

秋来与我的关系比较特殊，他是我最亲近的本家，比我大两岁，他家曾经与我家同一个院子达十多年之久，因此从懂事起直到上学，我几乎整天跟在他的屁股后边，各种各样的游戏都是他教给我的，他知道许多鬼故事及其他故事，他还有各种诡计，各种与人打交道或骗人的法子，可惜这些我都没有学到手，虽然他曾带着我实践过多次。

上学之前，我几乎从来没有见过书籍，或者说对书什么印象也没有，记忆中我家里片纸只字也没见到过，但上学之后，不知道从几年级开始，我却迷上了看书，现在想来，很可能是秋来的大量小人书首先引起我对书籍的兴趣。

秋来的姐夫在百里外一个地方的一家造纸厂工作，那家纸厂因为造再生纸，所以大量收购废旧书籍作为原料，废旧书中夹带有不少小人书，所以秋来曲曲折折得到了很多小人书，总共有二十多本吧，这个数字对我来说是个天文数字了，秋来就因此大肆向我炫耀，领我到他的家里，把那些书全拿出来给我过目，但不许我拿走，只能待在他家里看。他有一个很旧涂着黑漆的小木匣子，小人书整整齐齐地摆在里面，他将所有的书都取出来，在我面前按类别排成行，一本一本地点数。然后在我的惊叹羡慕里，他又迅速将书收拢，拿回匣子，只给我留下一本。我必须看完这一本才能向他换取另外一本看。

不过我看书的速度是极快的，不长时间就将秋来的所有小人书都看遍了，有些甚至看过数遍。秋来很生气，因为这样一来，他那个小黑匣子就一点也不神秘了，对我的吸引力自然大减，无奈下，他只好再去他姐夫家拼命地搜罗小人书。每当他又搞到了一批小人书，他的笑容就自豪无比，像个大人物一样，言谈之间带上些许傲慢，眼睛里闪烁着狡黠和得意，我就知道，他在等着我恳求他，于是我就马上恳求不已。

秋来这时候甜甜地微笑着，意甚嘉许，但他要先指挥我跑来跑去帮他干许多杂活，都是他父母吩咐他必须干而他又偷懒不愿干的那类小活路，比如扫净院子，给厨房抱柴草，拌草末喂猪或者去鸡窝收鸡蛋。我飞快地跑着就去干这些活，秋来一边看我干活，一边悠闲地转来转去，笑嘻嘻的，欣赏着我的忙碌。当我将这些杂活一干完，他就满意地笑了，然后迫不及待地领我进屋，急急忙忙去搬小匣子，把他搞来的那些又破又旧的小人书拿出来，像拿宝贝一样郑重无比，这家伙手捧着小人书，一般都要自夸自赞一番，介绍一番内容，在我羡慕惊奇的目光里，他陶醉无比，然后他从中挑挑拣拣地抽出一本给我看，最先给的都是最旧或最破的，但秋来仍要故意说："不许弄脏书，不许弄破书，不然就必须赔偿。"

我嘴里忙不迭地答应着，心却早钻进小人书里去了，秋来另外的啰唆言语，那是一句也听不到了。

这些小人书的内容庞杂无比，有讲鬼怪的，有童话，也有以孩子生活为题材的新奇故事，看得我如痴如醉，常常是书早看完了，但情绪仍沉浸其中，神魂颠倒，恨不能去书中一游，恍入那神奇神秘的境界。印象里书中的人物、山水、树木等都略有变形，显得遥远奇异，和现实世界大是不同，似乎自成一个世界，而其中的种种无不笼罩着一层怪怪的摄人心魄的东西，可惜现在将那些书的名字几乎全忘了，没有忘的，只是其中一本不太好的，叫作《井中"仙女"》，是写鬼怪的，故事不是很好，对它印象深是因为它的故事有点恐怖，那妖怪在井里伸出胳膊，越伸越长，胳膊最后竟达几十丈长，把背行囊经过的行人拉入井里。如今一闭上眼，那又黑又粗的胳膊还看得见。

看书与借书

看完了秋来家的书，就再没有书可供我看了，我没有书籍的来源，也不知道世上竟有许许多多有趣且好看的书，以为世上的书，也就是秋来家那么几本。

一个偶然的机会，我在偶然间发现了大龙有一本厚厚的小说，这让我惊喜莫名，大为振奋。那本书名早已忘记了，只记得我满脸讨好的样子向大龙借书，大龙却轻描淡写地拒绝了。我没办法，就找机会苦苦哀求，大龙经我哀求多次，很不耐烦，最后终于将书借给我了。

但这本书在我看后又被另外一个人借走了，辗转相传借了很多个人，等到大龙向我讨要书的时候，我却无论如何将书要不回来了，借我书的人总是推三阻四，每天都有新的理由搪塞，我也只好编造各种理由搪塞大龙，以求蒙混过关，但大龙比我大四五岁，经验自然也多，他很快就看出了我的企图，一怒之下他扣留了我的书包，宣称三天之内我不还书，就永远将我的书包没收。

我在惊恐不安中度过了三天，骗母亲说书包留在学校里。虽然那书最终没有还给大龙，但他后来还是将书包给了我，记得当时他一脸无奈的苦笑，用手指敲着我的头，瞪眼说："我的书也不要了，但你说实话，说了实话我就将书包还给你。"

我一脸羞愧和怯懦，低着头，声音小得像蚊子叫，吞吞吐吐将实情说了出来。大龙恍然大悟般嘘了一口气，随即大怒起来，说他亲自去找那个人要，那人不给他就动拳头打。他最后要没要来我已经记不得了，只记得从那以后我的信誉就没了，大孩子们有书都不愿借给我，我也自惭形秽，轻易不敢开口向他们借书了。

这件事之后不久，秋来、锁子等人都口口相传，说黑子家有一本书，叫《野火春风斗古城》，言谈之中说得极为郑重，似乎有这本书是件非常了不起的一件事。我听得羡慕非常，但我和黑子交往不多，我知道向他是绝对借不来书的，何况我还有借书不还的前科。

一个星期天，秋来去找黑子玩，叫上我一同去。他俩在黑子家的后院里大讲《野火春风斗古城》中的人物，我如堕五里雾中，茫然一片。最后他俩为书中的某一个情节争辩了起来，越争越凶，互不服气，黑子当即回屋取来了书，翻来找去以证明他的正确，后来他俩又将书放到一边谈论起来，看着那又厚又大的书，我既羡慕又眼红，但我终于没有鼓起借它的勇气。

但不久秋来搞到了一本叫《烈火金刚》的书，看完之后，惊叹无比，拉着我没日没夜地讲书中的故事，但我没看过这书，对书里许多人物的关系老是弄不明白，这让秋来很不满意。但我能不厌其烦地听他讲，甚至晚上就和他睡在一起听他讲，冲着这一点，他是不敢发脾气的。有时晚上我实在瞌睡得利害，听着听着就睡着了，他就把我摇醒来，热情地鼓励，要我不能睡觉，但我稍听一会儿又睡着了，弄得他没办法，有一次他甚至光着身子偷来他父亲的白酒，强迫我喝了一口，说喝一口就不瞌睡了。

秋来过足了讲书的瘾，将《烈火金刚》全部讲完之后，我恭维他几句，就要求他把书借给我看。这家伙一听我要借走，脸色就变了，为难得好像我要吃他身上的肉一样，犹豫了半天不说话，我说："我这些日子不厌其烦听你讲书，你若不借，下次就别想我再那么听话听你讲了。"他这才极不情愿地将书借给我，但命令我必须三天看完，因为他三天后就要还人家的，同时他反复叮咛，不许我将书转借别人，不然他会要我的好看。

我手中拿到了书，任何条件自然都答应，连考虑都不用考虑。《烈火金刚》虽然很厚，但我只看热闹，并不深究其中的故事，所以一个白天再加半个晚上就囫囵吞枣地看完了，看得我热血沸腾、不能自抑，我忙拿了书去找秋来，还了书就和他谈论书中的人物和故事，秋来不想我竟这么快就看完了，惊奇不已，高兴之下和我说了一个下午，提起书中的肖飞，我俩都佩服得五体投地。最后秋来说以后凡他能借到书看就一定也让我看。

秋来后来又搞到过《水浒传》和《创业史》，当然我也就沾光读了。但当我上五年级的时候，秋来就因故不能上学了，原因好像是他没有被大队革委会推荐上，此后我要找书读就很艰难了。

县　城

　　到了五年级上半学期，胖子辍学了，说他实在不爱念书，在学校也太无聊了，他要去外面闯荡，多见点世面，将来好干大事情。临走时他反复叮咛我和陈明远，要我俩一定好好学习，又叮咛其他人团结一心，不要让他团结起来的弟兄们散了。

　　我们那时很傻，也不知道该怎样说些惜别的话，对他的话只是连连点头。就这样胖子离开了学校，再也不回来了。

　　胖子走后不久，他笼络的那般弟兄就因群龙无首而渐渐散了，三个一伙、两个一堆地各顾各了，铁杨、红光又和"大炮"好起来了，这三个上学一路来，放学一道走，在一块嘀嘀咕咕，不过，"大炮"毕竟没有过去的锐气了，也轻易不敢挑衅，但他明显对我有仇视之心，因为我是对胖子最忠心的、也得到胖子照顾最多的人，只不过他需要一段时间恢复自己的自信心。

　　我因此感到了隐隐的危机，好在跟着胖子不知不觉间我还是学了不少东西，立刻就和小板、吴良两人走得很近，他俩究竟也在胖子手下待过，感情相近，和我也容易沟通，不过，和他们的关系总难显得特别亲热，我是说很难和他们发展成外人眼里很铁的那种关系，他们俩对搞关系的反应似乎比较淡薄。

从情趣上来讲，他们两个和我也不很一样，他们既不怎么爱学习，但又希望能学得更好一些，他们不是爱惹事捣蛋的人，但有了机会也很乐意热闹一番，这两人的为人也很实在，这是我希望和他们发展关系的原因。但我和胖子的本事差得太远，我没有胖子宣传鼓动时的风采，人格魅力上也不行，那么，我该怎么办呢？

蓦然间我想起了胖子组织的各种活动——钻地道，帮各家翻地、征集内档互通有无，等等等等，我醍醐灌顶般醒悟过来，我笑了，记得胖子当时也说过，搞活动是增加感情的最好办法。但我随即又蔫了，各种各样有趣的活动几乎让胖子组织完了，那个时候这家伙好像从不闲着，各种想法、点子源源不断层出不穷，可以说天天都有，我能想出什么好一点的活动以引起吴良、小板的兴趣呢？

一次与小板、"萝卜头"放学后同路回家，当时还是初春，杨树刚刚发芽，天气还很陡峭寒冷，"萝卜头"衣服单薄，冻得裹衣疾走，我们与他一起快步而行，边走边讨论语文老师出的作文题"理想"，"萝卜头"长叹说："我长大后，能去县城做一个淘粪的、扫路的，能天天吃饱穿暖，这就是最大的理想了。"

这一句话给了我莫大的启发，我知道小板、吴良两个也都没有去过县城，平日提起县城，他俩憧憬至极，向往之意溢于言表。

第二天课间我把要去县城看一看的想法告诉了小板与吴良，这两个一听果然兴高采烈、连声叫好，说他们早有这个想法，但一个人不敢去，好在如今我来组织，三个人完全可以去见识一下县城的繁华了。于是我们约好星期六晚上他俩睡在我家，星期天黎明时分大家就起床步行赶往四十里外的县城。

哪知星期六早上小龙却知道了我们的计划，找到我坚决要求一起去，我自然答应了。那天晚上大家各自给口袋里装了馒头，又分别向父母要了钱，就络绎来我家了。我母亲对我们去县城倒很支持，慷慨地拿出了三毛钱交给我，我大喜过望，喜滋滋地将小板等招呼进我的小房间，大家胡玩乱闹了一通，看看天色不早了，当即上炕脱衣，立刻就寝。

我们翻来覆去好半天也睡不着，小龙激动得在被窝里笑出了声来，吴良斥责他不许笑，赶快睡觉，小龙说："我听人家讲，县城里最好吃的东西叫胡辣汤，到了那儿我们一定要每人香香地吃它一大碗。"

小板连忙接口，说："胡辣汤算什么，县城的面包才是最好吃的，咱们必须每人尝一块才行。"

这样我们就又热烈地议论起来了，各人将平日道听途说得来的关于县城的一切都津津有味地讲了出来，说得县城犹如五彩斑斓的仙界，说着说着我们就困了，迷迷糊糊沉浸在仙界祥瑞的梦中。

我蒙蒙眬眬不知睡了多久，院子里的一声鸡鸣惊醒了我，忙抬起头来，只见窗上一片白光，我惊叫一声："天亮了，我们迟了！"

小板、小龙、吴良三个被我的叫声惊醒，一骨碌爬了起来就穿衣服，我们手忙脚乱地将衣服穿好，一齐开门出屋，却见满地月光，亮如白昼。小板、吴良喜道："没有迟，月亮才刚刚偏西。"

小龙说："现在就必须走了，胡辣汤是早上才卖的，晚了就吃不到了。"

我们踏着月光就上路了，翻过东王村旁的大沟，顺马路一直向西大踏步而行。路上一个行人也没有，万籁无声，好在月亮是那样明，照得马路犹如一条淌水的河流，我们的脚步轻快如风，在这条河面上飘飘荡荡，而此刻的感觉，恰如驭风而行般潇洒舒畅。

不知走了多久，月亮西坠的时候，马路将我们引入一片屋宇密集、楼房参差的地方。那楼房其实并不怎么高，最高的也就三层吧，但这也足以让我们叹为观止了。看月亮半衔山腰，而那山就在这儿最后突兀一次，便斜着腰身逶迤向西，越来越矮，蛇尾般的消逝于地平线上，于是我大声断言说："这儿就是县城了，我们来到县城了！"

众人一阵欢呼，雀跃不已。我们沿县城的街道便大步走了起来，那街道不足一里路长，街道上零散且昏黄的路灯在我们眼里是那么明亮，两三丈宽的街道在我们眼里也宽阔无比，可惜的是，这街道却杳无一人，所有的商店都关着门，这很让我们愤愤不平，直骂县城的人岂有此理、懒得出奇。

当我们大摇大摆在街道上走第三个来回时，扫街道的环卫工人出现了。小龙立刻上前询问哪儿是卖胡辣汤的地方，得到指点后，我们急步拐入一条小巷，因为大家都饿了。

小巷内有一家店铺刚好开着门，一个五十多岁系围裙的老头子将一只大煤炉子起封，尺把高的火焰冒了上来。几个年轻人端出一个大铝盆放在炉子上。铝盆里黏糊糊的不知什么东西腾腾冒着热气，香味随着那热气蒸腾上来，冲入我们的鼻子。

我们当即每人要了一碗胡辣汤。郑重其事地端着碗坐在桌上时，我们的感觉微妙极了。我们先凑近碗仔细端详一番，嗅一嗅碗中冒上来的热气，这才小心翼翼地舀一小勺品咂，奇怪，这东西一点也不辣，入口黏滑香腻、美味至极。我们不自禁地大赞，立刻勺子如飞，片刻间碗便空了。小板直埋怨碗太小了。吴良、小龙两个用勺子反复地刮着碗，确保不剩点滴。掌勺的那位老者笑眯眯地问："要不要再来一碗？"

　　我万分遗憾地摇头，说："再吃就没有钱了，我们等一会还要买面包吃呢。"

　　那老者与另外几个小伙子莞尔而笑。我们付过了饭钱，迈脚出门。外面的街道上人声渐起，已是天色大亮了。

　　我们在一个商店的高台阶上坐着歇了一会，天就大亮了。我们就跳下台阶慢慢走着，仔仔细细地观赏县城的街道。街道的路是柏油铺的，虽然坑洼不少，但比起乡村的土路不知好过了多少倍，于是我们赞叹一番。街道两旁的屋宇多数是一砖到顶，虽然有很多蓝色的手工砖，但也比乡村的房屋好多了，我们于是也赞叹一番。但渐渐地来来往往的人多了起来，这些人衣着整洁，走路的姿势也与乡村的姿势大不一样，这让我们很是自惭形秽，不免收起了旁若无人大摇大摆的走路姿势，我、吴良、小板甚至有些缩头缩脑的感觉了，但我们硬撑着，假装对城里的人不屑一顾。

　　终于各个商店的门都纷纷打开了。我们每个商店都进去溜达一圈，看着那些五光十色、琳琅满目的各色东西，我们不由眼睛睁得大大的，但那里的售货员却没一个理睬我们，直将我们视若无物，这让我们很是愤愤不平。我们就大声喊了起来，说："买四块面包。"

一个女售货员伸了伸懒腰，扭摆着臀部就过来了，扭摆的动作让我们感到袅袅婷婷、摇曳生姿，妙不可言，心中不禁叹道："县城的人到底不一样呀！"那售货员绽出优雅的微笑，斜倚着柜台，说："每块六分钱，你们的钱够不够？"

小龙底气十足地说："当然够。"啪一声将一毛钱拍在柜台上，那动作表情真像一个刚刚暴发了的百万富翁。我与小板、吴良忙模仿他，每人都将一毛钱拍在柜台上。可那售货员摇摇头，又说："每块面包一两粮票，再拿四两粮票出来吧。"

我们四个傻眼了，惶恐下你看我、我看你，羞惭无比，只好各自收回拍出的一毛钱，扭头便走。

不过，接下来我们却大大地露了一回脸。原来县城最南边依傍着山势建了一个公园，而进公园竟然一分钱也不要。我们逛完了所有的商店，又每人啃了两个馒头，就鱼贯而入，满怀欣喜进了公园的大门。满眼的亭台轩榭被冬青墙围着，见所未见闻所未闻的各种树木高低错落、盘绕虬曲，鸡蛋般大小的石头在脚下被精心地拼凑成各种图案，图案互相联通组成甬道，甬道弯弯曲曲在奇形怪状的树木间延伸，忽高忽低，遇到流水，甬道就变成了华丽玲珑的小桥，遇到高大的台榭，甬道就变成曲折多姿的深洞，洞内两壁有红油漆涂抹的扶手，还有奇奇怪怪的壁画。最后，这条甬道将我们引领到半山腰一个石洞下，那石洞高悬空中，有两三丈高低，嶙峋的石壁上挂了两条铁链子，以方便游人上下，不过，游人站脚处的外面就是万丈悬崖了，因此那儿虽站满了不少人，敢抓着铁链子攀登石洞的却寥寥无几，一个小伙子大呼小叫攀到半途又下来了，满脸夸张的恐怖表情，说："好可怕，好可怕，我是不敢上了，谁能上去？"

我们四个不禁笑了起来，齐声说："这有什么可怕的，看我们的，不攀铁链子也能上去。"

众人哪肯相信。我们四个怪叫一声，就向洞下的石崖扑去，手扳嶙峋处的棱角，脚踩石块的凸起之处，捷似猿猴、纵跃如飞，瞬间就攀到了洞口，下面的游人掌声如潮，我们更加故意卖弄，又钻进石洞，从洞的上方钻了出来。

那上面却是一个平台，平台之后林木森森，一色的青松翠柏，随山势的起伏泛起滔天的绿浪，壮观之极。俯视山下，小小的县城在棋盘般的田园里镶嵌着，像一个长方形的豆腐块，豆腐块内几条公路胡须一般伸出，向东、西、北三面无尽地延伸。这景色看得我们四个血脉偾张，壮怀难抑，不觉间心中就豪气激荡，欲要喷涌而出。我们当即对天长啸，啸罢踏脚狂舞，舞罢一齐挥手说："上山，上山，不上到最高的山顶，绝不罢休！"

我们连着登上了三个山头，但更高的山头络绎而出，峰峰相连、愈来愈高，在无尽的蓝天下铺展，我们终于气馁了，腿也实在困得走不动了，仰躺在山顶的荒草上，看白云悠然近在咫尺，看红日斜挂，圆如锅盖，我们一齐说："歇歇脚，下山回家吧。"

当太阳沉落到我们脚下时，山风渐起、松涛如怒，我们身上寒意遍生，只好一骨碌爬了起来，乘风下山。当明月升上树梢时候，疲惫不堪的我们方回到了各自的家。

洪刚与我

县城之行的确收获不小，我们四个为此兴奋了一段时间，在这段时间里，我们的共同语言忽然多了，感觉关系也近乎了，起码在别人的眼里，我们可以称作铁关系了。另外，县城里的所闻所见也为我们提供了很多谈资，惹得其他同学大为羡慕，得知这次活动是我挑头组织的，无形中我也提高了身价，当然，更重要的是我自感比过去有自信了。

这时候，我们学校调来了一位女老师，姓李，给六年级、七年级带化学，她将儿子洪刚也带来了，就插在我们班里。

洪刚中等身材，背微微有点驼，初来时话不多，老是一个人静静坐着，脸孔白白的，给我们一种文弱书生的印象，不过这家伙偶尔眼中闪出寒光，走起路来也很有些架势，给大家一种怪怪的感觉。渐渐地他与我们熟了，有时也领我们去他妈的房间玩，这才让我们知道他因为在十多里外的家乡经常打架，他妈才迫不得已带他到这儿上学。

我抓住时机迅速和洪刚成了好朋友，同时拉着他和小板、吴良也交往上了。但相对来说洪刚还是和我的来往多一些。

据洪刚自己讲，他曾"身经百战"，和无数的小混混、无赖流氓及其帮凶较量、厮打，当然，最后是他一个一个地战胜了他们、收服了他们。这话是一个星期六中午放学后在教室他讲给我的，当时别的同学都回家了，教室里就我们两个人，我仿照胖子的办法找他谈心，欲多了解一点他的情况，然后感觉可能的话，就准备设法和他结成死党。

洪刚将他身经百战的事情以无可置疑的口气说出，说得一本正经，虽然他说时脸上带着笑，想尽量说得轻松一些，但还是对我产生了震撼，我不由对眼前这个貌似文弱书生的人刮目相看，或者说多少有点肃然起敬的感觉，但我仍对他的话半信半疑，因为要和无数的混混、泼皮、无赖流氓较量厮打，这本身太可怕了，混混、泼皮岂是好对付的，无赖、流氓就更可怕了，我脸上怀疑的表情引起了洪刚的不满，他很不高兴地问我："你不信？不相信我的话？"

我连忙说："不是不是，我是想，你怎么能打过他们呢，这些人都是很难缠的。"

洪刚就说："你不信就来看。"

我好奇怪，不知道他要我看什么。他却径直走到我面前，唰唰几下就解开了上衣的扣子，然后立刻脱了上衣，露出赤裸的上身，挺起胸膛来要我看。我惊呆了，只见这家伙的胸膛上、肚子上一片片伤疤。他又转过身去，背上也有好几片这样的痕迹。我大是惊讶，忙问："这都是打架留下来的？"

洪刚点头，满脸是那种"宁死不屈"的表情，眼光也寒意十足，看得我心里直发毛。我就说："可是，可是你一个人，你能打过他们？"

洪刚说："开头当然是一个人，打着打着人就多了，你就有朋友了。"

我一个劲摇头，又摇头又叹气，说："但是开头这段日子怎么过呢，要是你打不过人家，那不是整天要挨打么！"

洪刚咬着牙，狠狠地说："那就锻炼，整天锻炼，直到能打过他。你看。"他侧过身子，举起右臂，然后握拳曲臂，胳膊上一块雄壮的肌肉弹跳起来，尤其上臂处那个肌肉疙瘩更是引人注目，那是个圆弧形的突起，充满了力量。

我羡慕极了，站了起来凑近去仔仔细细地看，又用手捏了捏那个肌肉疙瘩，口中发出由衷的赞叹。

洪刚存心要卖弄到底，当下将长裤也脱了，只穿一条短短的裤衩，抬起右脚蹬在一条凳子上，做个姿势腿上发力，让我欣赏他腿上的肌肉，但我只看了一眼就不看了。我挽起自己的衣袖，也屈起胳膊，胳膊上皮多肉少，细得像一根烧火棍子，我用手捏着那上面软乎乎的皮肉，满脸沮丧、黯然神伤。洪刚就也过来捏了我的胳膊一把，说："不锻炼就没劲，肉都是松的。"

我苦笑着摇头，说："从没人教过我怎样锻炼才能劲大，另外，我打不过人家，就气馁了，虽然吃了亏，但想再打还是吃亏受辱，也就自伤自怨，提不起再战的决心了。"

洪刚立刻热情地鼓励我，给我打气，说："很多人都是这样，但等到你真正地胜一次，你的想法就变了，用自己的力量胜一次，让别人再不敢蔑视欺负你，你的自信心就有了，你的整个人也就变了。"

我点着头，对他的话表示信服，当即就请求他传授我一些高招，能打过人的高招，洪刚却说："那不行，你现在不是学招的时候，你必须先做些一般性锻炼，跑步、踢腿、俯卧撑什么的，等你身上的肉变结实了，有劲了，我再教你拔筋、蹲马步，最后才能学招。"

我连声答应，此后又约了小板，商定每天跑步上学，借以锻炼。同时还与小板、吴良在课间搞了许多锻炼手劲的活动，其中不许用腿用脚，纯粹靠两只手攀缘向上的爬树我们最感兴趣，并逗引得全班的大部分男生都参与了这项活动，每次一下课，我们就迫不及待地跑出教室，在外面相互比赛谁攀得最高，好在教室前边的桐树、教室后边的杨树都不太粗，也就胳膊粗细吧，一手就能把握。

我这样子胡搞了一段时间，感觉臂上手上的力量明显增加了不少，过去双手互换两三次就没劲了，现在却连攀几棵树还感觉饶有余力、生龙活虎。一种变化悄然在我身上发生，我走起路来有劲多了，随时都想挺胸做出某种威武样子，说话也有劲了，说到高兴之处，也敢哈哈着开怀大笑了。

学校里演电影

　　五年级下学期的一个礼拜天，我们学校里演电影，附近的村民孩童全都去看，我自然早早地就到了学校，小板、吴良他们也来了，明利、陈明远他们也来了，我们几个就到处疯跑，又翻窗子在教室里进进出出，兴奋且疯狂，玩得正高兴的时候，住在学校的洪刚与明磊招着手喊我，说有重要事情要和我商量。

　　明磊是教导处主任的儿子，也与我是同班同学，过去他与我交往不多，但洪刚来了之后，放学后的下午、晚上，以及礼拜天，学校就剩下了他两个，所以他俩就结伴玩耍，很快就极熟极好了。洪刚又与我相好，有时礼拜天他妈回老家了，他就约我来学校玩，这样我和明磊的关系也熟络起来。

　　听见他俩叫，我忙撇下其他人，飞跑过去。这两人带我到了明磊家，从明磊的床下拿出了十多本书，笑嘻嘻问我："这些书送给你要不要？"

　　我一下子懵了，好像没听明白他们的话一样，连声问为什么。洪刚就说："你看到没看到操场上多了什么东西？"

　　我想了想，摇摇头。操场的东侧多了副演电影的幕帐，此外好像一切照旧，再说我也真没有意神操场上的东西。

明磊满脸掩饰不住的兴奋，说："操场西南角放了一辆大卡车你难道没有看到？车上还有帆布篷子，想起了没有？"

我恍然大悟，好像操场的确有一辆汽车，在西南角最不显眼的地方停放着，但当时只顾着和同学们疯跑，不曾留意。明磊就说："这汽车是给县上的造纸厂拉废旧书的，里面什么书都有，我们俩上去捡了一些。等会儿电影开始咱们仨再上去多搞一些。"

原来这卡车的司机是洪刚的一个亲戚，路过这儿顺带进来看望洪刚的妈妈，车中有书的消息就是他告诉洪刚的，洪刚就约了明磊偷偷上车抱了些藏到明磊家里，后来他们看见我了，觉得我与他们也算是好朋友，况且我比较爱书，这样的好事不该瞒我，于是招手约我再次行窃。

这天晚上的电影我自然没有看，我们三个趁黑爬上汽车，来回跑了多趟，在电影结束前，总共偷到手大约百十本书，因为车中很黑，无法看清书的类别，我们只好在明磊家里鉴别后，再将不喜欢看的书送回车上，所以虽然每次都抱着一大堆书下车，但最后留下的，不过三四本而已，真正的辛苦异常。

我们将这些书分作三份，每人一份。当晚我抱着归了我的三十多本书回家时，心中的喜悦欢畅简直无法用语言表达，一路上我都唱着歌，脚步踏得铿锵有力，天上的月亮照着我，月光那样明亮柔和，我对着月亮喜笑颜开，感觉此刻我就像得胜而回、威风八面的大将军。

不过我仍感到一丝遗憾，百十本书我只得到了三十几本，太少了，这些书若能全归我可有多好啊！那我就是大富翁了，比班上任何人的书都多，秋来家里那区区几十本小人书也就不在我的眼里了，我会得意地招手叫他，说："来来来，看看我现在有多少书，都是你没有看过的。"想来那家伙脸上的表情一定诧异无比，会用手使劲地揉眼睛，不相信我真会有这么多的书。

后来我终于心想事成，不久就将那百十本书统统运到了我的家里，它们也很快在名义上归我所有。原因是明磊与洪刚两人并不真的喜欢看书，他们偷书只是感到好玩，逗一时兴趣，用这些书向同学们炫耀完毕，他们兴奋了一段时间后，便不大理会这些书了，将它们胡乱扔在家里的床下或某个角落。我与这两人来往密切，见此良机暗暗心喜，就采取借阅、交换等方式"巧取豪夺"，借阅就是借而不还，交换就是用别的东西换他们的书，他俩开始似乎对我的伎俩毫无觉察，漫不经心地就将书给了我，但最后他俩终于发现了我的企图，我很有些心虚惶恐，担心他们的嘲笑责怪，不料这两人极是义气，不但没有半句嘲笑言辞，反而将他们家里剩余的书全部都给了我，其慷慨让我十分感动。这百十本书便成了我最初的藏书，虽然现在这些书早丢失殆尽，但当时那种幸福感、成就感，至今我还没有第二次体验过。

校长 "臭气"

　　明磊与洪刚两人虽然不喜欢看书,可他俩各有自己的兴趣,明磊的兴趣是画画,而洪刚的兴趣是打拳练武。

　　大约在五年级的后期,明磊的画就很有名气了,他的出名源于一次偶然事件。当时是校长亲自给我们上政治课,而明磊无心听课,聚精会神地趴在桌上画校长讲课时的神态,画得惟妙惟肖,校长的滑稽表情让人忍俊不禁,但不幸的是他的画刚刚完成就让校长发现了,校长皱着眉头拿起画来看,然后恼羞成怒,立刻命明磊将画撕掉,当然,这张画在下课后马上就被别的同学拼贴复原了,在同学间争相传看,画上的校长很夸张地扭着头,噘着嘴,神情严肃,一副恨铁不成钢的样子,把这个大家经常看见的校长画得活灵活现。明磊因此画而名声大振,成了男女同学追捧的对象。

　　当时的校长姓什么叫什么都忘了,只记得我们班同学给他起的外号叫"臭气"。臭气校长的个子不高,好像一年四季都穿一身灰蒙蒙的衣裳,并且衣裳总是皱巴巴的,裤腿好像也不经意地提得很高,走路时总爱低着头,嘴里嘀嘀咕咕好像在念叨什么,十分奇怪,总之,他的斯文气很不够,似乎更像一个沉默寡言下田地干农活的落魄庄稼人，一点不像个教书的老师，当然更不像个校长。

学校每学期都有几次全校师生均参加的大会，照例校长必须讲话。"臭气"的讲话很有特点，先是双眼望天慢声细语地讲，这时候他的目光谁也不看，给我们的印象是他一个人在自言自语，由于声音太小，学生们没一人能听清楚他在讲什么，就在下面交头接耳地说闲话。但不知什么时候，校长的声音忽然间就大了起来，激昂无比，声色俱厉，吓得众学生一激灵，立刻竖起耳朵全神贯注地听他讲。这时候的"臭气"圆睁双眼，手臂挥舞，气势威猛无比，真有叱咤风云、扭转乾坤的威仪，但一讲完了话，退往台下，他立刻就泄了气般，恢复成原来无精打采的样子。

一次开大会，校长的讲话很长，同学们烦不胜烦，百无聊赖地等待着会完。我当时拿着笔记本，下意识地在上面乱写，写着"臭气"说什么什么了，又写"臭气"的头发有点乱，眼神很凶，等等。信手胡写时，校长的讲话已经结束了，台上的副校长又开始讲了，这时"臭气"到背着手在会场四周巡回，猛然看见在众多无所事事的学生中，有一个学生在认认真真地做着记录，校长就径直向我走来，露出难得一见的和善笑容，小声说："好啊，好啊，我刚讲的那几点你都记全了吗？"说着伸手把我的本子拿了过去翻看。

我惊得手足无措，只想着糟了糟了，我要倒霉了。校长一定会勃然大怒，让我马上作检讨或者会当众大声斥责我，我紧张得要命，抬头目不转睛地看着校长的表情。"臭气"将我的笔记本随手翻看了几页，但出乎我的意料，他没有大声呵斥教训，只是在还本子时，他向我作了一个十分厌恶的表情，轻声训斥道："你很无聊，我真想踢你一脚，抽你一个嘴巴。"然后他又到背双手，大踏步转往别处去了。

"臭气"给我们上课也很特别，他上的是政治课，我们那时可以说根本听不懂，特别是关于商品交换等内容，我们几乎可以说如听天书。但"臭气"好像并不管这些，他只管低了头在教室游走，边走边唠唠叨叨地讲，每句话之间也不停顿，虽然手中拿着书，但他从不看那书一眼，书只是用来敲打不认真听课的学生的脑袋。他敲打学生脑袋的动作很优雅，只轻轻一打，讲课的声音并不中断，游走的脚步也不停留，对这一打之轻，许多同学到现在仍心存感激，因为他的课，大家确实从来就没有认真听过。

我也遭受过他的轻轻一打，所以到现在我仍记得被打后他讲的内容："商品是用来交换的，没有交换是不行的，有人生产面粉；有人生产螺丝钉；肚子饿了螺丝钉不能吃，所以必须用螺丝钉来交换面粉。"

路畔的豆荚

　　五年级以后，捣蛋鬼们的恶作剧逐步减少，改成说怪话做滑稽动作，或寻找各种场合进行耍丑表演，他们所到之处往往笑声如潮，女生们也就渐渐地不怕他们了，个别大胆的女生甚至敢逗弄他们，请他们大出洋相以活跃气氛。

　　仲春时候，学校东面路畔的豌豆开花了，或红或紫，繁茂鲜艳。捣蛋鬼们欣喜异常，说可以偷豆荚吃了，摩拳擦掌地似乎豆荚已经缀满豌豆蔓了。不久豌豆花谢，嫩嫩的豆荚长了出来，薄薄的草青色，接着它开始变厚变鼓，这时就可以吃了，但这时看守它的人也就在路畔巡查了。

　　我们将书包挂在脖子上，任它在胸前荡来荡去，然后我们双手插在裤兜里，昂头挺胸往前走，目不斜视的样子，但我们眼睛的余光不断瞄向巡察的人，他的一举一动都在我们的观察里。

　　巡查的人懒洋洋极不认真，走来走去做做样子而已。因此我们总有机会快速地潜伏进豌豆地中，大吃一通后又往兜里装满，拿到班里来炫耀。

　　豆荚每每被偷，看守的人多次受队长严责后开始认真起来。一次小龙恶习不改，在看守的人转身时就扑入了豌荚地掩藏起来，看豌荚的气坏了，故意哪儿也不去了，专门站在路边等小龙出来。小龙摘了满满两兜豌荚，探头准备溜出来时，发现看守的人正一动不动地在路边等着他，这可吓坏了！若继续潜伏不走，肯定就要迟到，赶不上一大早的早操了，这几日校长"臭气"抓纪律，专门在早操时间抓迟到的人，被抓住后要在全校师生面前罚站、点名。想到这儿小龙也不顾什么了，冲出豌豆地顺路便向学校猛跑，看豌荚的人正在气头上，哪肯放过他，大骂着便追了上来，小龙拼了命般快跑，但那看豌荚的人身体看来颇为壮健，虽然有五十多岁了，鼓起了劲跑得也相当快，眼看着到了学校门口了，小龙还是甩不掉他，心中又急又怕。那人在后边吼道："你跑回家，我就追到你家；你跑到学校，我就追到学校，看你这小贼娃子以后还偷我的豌荚。"

小龙心突突地跳，情急智生，他也不进学校门了，猛向右拐下了路，沿学校的围墙向北跑，围墙外有两排小杨树，树间还长了许多杂草灌木，小龙灵活地左躲右避，上窜下跳，那个看守豌荚的人到底上了年纪，哪有他这般灵敏，看看追不上了，只好作罢。

小龙长嘘了一口气，侧耳听校内操场上脚步行进声，哨子声声，知道此时正在早操，也不敢从大门进校，无奈下信步沿围墙慢悠悠地向北走，走着走着忽然高高一堆土挡住了去路。小龙仔细一看，原来已走过了学校水井那边一大截，已到了学校的后半部分了。不知什么原因，这儿的围墙塌了一个豁口，土堆就是倒塌的那部分墙体。

小龙跳上土堆，肩膀刚好够到豁口，探头向内一看，是一排老师住的宿舍北面，从这儿进去，拐过宿舍背面的小道，向西一走就是自己的教室了。小龙喜不自胜，忙纵身上了豁口，细听四处无声，遂轻轻地跳了下来，拐出小道后，一溜烟就窜进了自己的教室。

墙上的豁口

　　小龙发现围墙有豁口的事很快就在捣蛋鬼中间秘密传开了，接着传到了其他班级，从这以后，校长再也抓不住迟到的学生了。连许多女生在迟到之后为了保住面子，也选择了从豁口处翻墙进入学校。校长"臭气"却不知道这个秘密，多日未抓到学生示众，就在早操后集训时宣称学校纪律大有改观。

　　那个豁口的位置的确比较隐秘，一般人很少去教师宿舍北面的小道，那儿长了许多乱树，两边出口还有许多垃圾。我印象中那个豁口一直存在了许多年，成了迟到学生的捷径。

　　我也从那个豁口上进出过多次，印象最深的是一个秋天，豁口处的墙外长着大面积的玉米，玉米快熟了，高过人头很多。那天早上不知为什么我竟起来晚了，远远看见校长在校门外逡巡，胆怯心慌下，不敢走正路了，忙拐入路边的阡陌，然后穿田而行，进了玉米地，向印象中的豁口方向摸索着行进。

　　一进入玉米的海洋，顿感周身轻松无比，玉米叶子刺啦啦地响着，玉米秆儿有红有绿，似乎隐隐散出甜味，蟋蟀之类的昆虫在脚下蹦跶着，在这儿谁能发现我呢，真自由自在呀！我一边欣赏着地中的景致，一边双手划拉开拂面的玉米叶子。正走得惬意，忽然身边不远处传来笑声，我吓了一跳，急向声音传来处细看，却见在长而宽的玉米叶子的遮掩下，隐隐有红颜色的衣服露出一角。我压低声音问："谁？"

那边的玉米叶子分了开来，随即露出两张女生的笑脸，竟是我们班的小霞和小云。我松了一口气，但随即满腹疑问，这两个一贯遵守纪律的好学生怎么钻到了玉米地里，我于是问："你们俩神神秘秘地来这儿干什么？"

小霞嗔道："哼，你才神神秘秘，你能来我们为什么不能来？"

小云耸一耸鼻子，说："走得那么大声，我们还以为来了一头牛，哼，想故意吓我们吗？"

我笑了，也大概明白了她们来玉米地的原因，但看着她们假装出来的嗔怪责难，还是忍不住说："好，好。我不吓你们了，你俩慢慢玩吧，不过小心獾和蛇，听说它们最爱在玉米地里窜来窜去游荡。"说了这话，我扭头就走。

两个女生吓坏了，尖叫起来："别走，等等我们。"

我掩饰不住心中的得意，偷笑着，却扭头装出愕然不解的样子，斥道："乱叫什么，故意招呼獾和毒蛇来吗！"

两个女生不顾一切跑了过来，心跳突突，呼吸急促，说："带我们一起走，我们害怕。"

我心里别提多得意了，嘴上却说："你两个真缠人，我要找个地方上厕所，你们跟着干什么，真是的。"

两个女生吓了一跳，连忙向后退了几步，但接着她们就发怒了，小云瞪眼跺脚，说："少骗人，你明明是去找那个豁口。"

小霞也又急又恼，说："我们在地里迷路了，你必须带我们找到那个豁口。"

我怪笑着，哼一声，说："求我带你们找豁口，还对我这么厉害，除非苦苦哀求我，那才可以。"

小云红了脸，气狠狠地，小霞则扑哧一笑，吐了吐舌头，说："好，好，求你了。"接着她把脖子一扭，下命令说："快往豁口那儿走，不然早操一下，到处是人，我们就过不去了。"

我也怕早操完了不好交代从此小道溜往教室，于是忙往豁口那儿赶，两个女生紧紧跟着我，生怕又跑丢了。

女生之间的战争

　　倒霉鬼的出头之日则是在五年级之后，这个时候鬼使神差一般，倒霉鬼忽然间聪明起来，学习成绩一个劲地攀升，很快就赶上了女生们，女生们好生奇怪，好像学习不怎么专心了，喜欢窃窃私语说悄悄话了，有时边说边咯咯地笑，当然，这样子比过去可爱了不少，过去她们太古板、太不风趣了，就知道埋头学习，不过，咯咯笑的结果是学习成绩的普遍下降，过去聪明伶俐、学啥会啥的女尖子此刻忽然就变笨了，很简单的道理她们翻来覆去就是弄不明白，倒霉鬼们好像一夜之间聪明了很多，一下子盖过了女才子，或者至少可以和女才子同领风骚，意气风发之际倒霉鬼们个个变成了聪明俊朗的小才子，惹得昔日的女生们羡慕不已。

　　这个时候，女生内部渐渐分帮分派，开始了或明或暗的内斗，在内斗中，各个帮派不断地分化重组，内斗也逐渐变得激烈。到了六年级之后，女生们经过一系列分化重组，由多个帮派演变成了两个帮派，一个帮派的领袖是刘叶叶，另一个帮派的领袖叫祝晓梅，这两个人既是领袖，自然是女生群里顶儿尖儿的人物，各领风骚，不论学习、相貌、风采、手段，都出类拔萃，但可惜的是她俩却相互不容，明争暗斗，各自领了一批支持者，和对方作殊死较量。

两派的争斗发展到白热化的时候，祝晓梅和刘叶叶互不说话，双方的支持者也互不说话，说是争斗，其实叫冷战似乎更准确。这个时候粗心的男生才发现了她们的异常，男生们大为惊奇，震惊之余开始喜滋滋地冷眼旁观起来。

当时祝晓梅当着我们班的班长，大权在握，呼风唤雨，这家伙个性比较泼辣，胆子也大，很有些男孩子的脾气和手段，她在和刘叶叶的对峙中看双方势均力敌、胜负难分，突然转向和男孩子们打起了交道，并且是先和坐在后排的那些捣蛋鬼们联络。

捣蛋鬼们又惊又喜，一时不知所措。这些家伙平时不爱学习，只喜胡闹，爱耍点邪门歪道，到了六年级的时候，他们已游离于"主流"之外了，颇有点无聊受冷落的感觉，虽然不忿，但也无奈，现在代表着"主流"的女班长忽然向他们伸出橄榄枝，大家在最初的惊讶之后，立刻就兴奋起来了，兴高采烈地舞手欢呼，迅速和女班长打成了一片。

劳动的时候，祝晓梅呼喝指挥，命令捣蛋鬼们干这干那，捣蛋鬼们嘴里不迭声地抗议反对，嫌让他们干得多了，但脸上却是笑眯眯的，一边说怪话一边就将活儿干完了。这些人无聊时聚堆胡言乱语，祝晓梅也偶尔插上几句，撩拨他们，虽然她的怪话不很地道，但这也足让捣蛋鬼们兴高采烈了，捣蛋鬼不长时间就将她认作同类，大力帮助她对付刘叶叶。刘叶叶虽然学习和相貌都好，但她比较骄傲，也没有祝晓梅的江湖味道，平时不大理睬捣蛋鬼，所以大家对她不怎么感冒，就在班里推波助澜地欺负她，说怪话讽刺她，或采取其他无赖办法整她。

刘叶叶的日子忽然不好过了，几乎每天都要遇到不愉快的事，支持她的那班女生也惴惴惶惶，境况不妙，度日如年，动不动就受捣蛋鬼们的挖苦嘲笑。每当捣蛋鬼们的行为或言辞过火过分、将要引起大乱子时，女班长就大声站起来，假装主持公道，不许捣蛋鬼们继续作恶，捣蛋鬼心知肚明是怎么回事，哄笑一声，眨眨眼做个鬼脸，说："好啊，班长下命令了，我们哪敢不听呀？"于是装模作样规规矩矩坐下，弄得受欺负的女生既难以下台，又不好发作，尴尬无比。一时间祝晓梅的人气旺极，气势高涨，压得刘叶叶一派抬不起头来。

这时候班主任出来主持公道了。当时的班主任姓张，给我们代数学课，是个兢兢业业对数学十分精通的老师，张老师虽是个男教师，但十分地看不惯祝晓梅的做派，对她和捣蛋鬼们混在一起更是深恶痛绝，估计刘叶叶在境遇最糟糕的那段日子也向张老师告过状，因为此后她那一派的人大受老师之宠，成群结队出入老师的办公室，或告状，或出谋划策，使得老师对班级的状况了如指掌，总能既准又狠地抓住祝晓梅及捣蛋鬼们的把柄，进行打击。

张老师脾气暴躁，作风严厉，直接在班里猛批捣蛋鬼们的卑劣作为，然后痛斥班长祝晓梅和他们一唱一和，扰乱班级。狠抓之下，捣蛋鬼们气焰顿敛，蔫头蔫脑不敢胡作非为了。刘叶叶一派的人开始抬起头来，上自习时三五个扎堆研究习题，下课或放学后呼朋唤友嘻嘻哈哈一路同行，故意张扬，整天做出快乐无比的样子，十分活跃。相比之下，祝晓梅一派的人情绪低落，谨言慎行，生怕不甚惹出乱子，引来老师的痛斥。

祝晓梅此时干了一件很不明智的事。大概她是想来个绝处逢生吧，欲挑起一件热闹事情重振捣蛋鬼们的士气，将同学们的注意力重新转移到自己身上，以此对抗刘叶叶一派的大欢乐表演。也可能她只是出于一时的玩笑，别无其他意思。但当我看见我桌斗里的纸条时，我还是愤怒了。

　　纸条是我自习时间取书时无意发现的，上面说某个女同学对我有意思，请我下午放学后在教室坐等，这人就会来找我谈心。条子大意如此，是以第三人称的口气写的，我满脸疑惑地迅速将条子看完，慌慌张张地又将条子塞进桌斗，欲好好理清一下思路思考条子的事，这时候我后排座的几个捣蛋鬼就笑起来了，我扭回头看，"骡子"、小马等人满脸喜气，俯身凑近我，神神秘秘地说："你有好事了，我们好羡慕呀！"

　　接着我桌斗里出现条子的事就在班里传开了，不论男生女生，看见我都是一脸怪笑，弄得我十分狼狈，大怒下我就找"骡子"等捣蛋鬼们算账，但他们赌咒发誓，说绝对不是他们干的，要说谎话就天诛地灭。

　　当时我在班里算是忽正忽邪、既正又邪的人物，说正，是因为我的学习还相当不错，对学习也抓得很紧，说邪，是因为我和"邪派"人物打交道比较多，行事自由散漫，说话胡言乱语，不像个规规矩矩的好学生。可能我当时邪性发作了吧，在找不到始作俑者的情况下，我拿了条子走到教室前边的讲台，高声叫嚷要同学们肃静，然后我将那条子大声念了一遍，说"谁写的条子，赶快来给我承认，既往不咎，不然，我就不客气了。"

　　我这样一搞，教室内顿时鸦雀无声，大家露出惊异的表情，你看看我，我看看你，然后就都轻声笑起来了。我满身轻松走下讲台，心想："这样一搞，我就从尴尬处境里解脱了，不然，这玩笑开得越神秘，弄得我包袱越大。"

不知是谁告的密，第二天张老师就知道了这件事。张老师声色俱厉地将写条子的人谴责了一通，最后限三天之内，要此人自动出来，自己找合适的时间向全班同学作检查。当天下午自习课时祝晓梅就自动上台作检查了，这家伙手拿着一张半纸的检查稿，边念边笑，念完之后还向全班同学三鞠躬，说惹得大家不能专心学习，故以此致歉。

祝晓梅做完检查后，班里的气氛活跃之极，虽然各人都坐在自己的座位上，但到处是交头接耳、嘿嘿笑着窃窃私语的场面，议论的话题很令人气愤：祝晓梅为什么要给小石头写这个条子呢？有什么目的，是拿小石头开涮还是别有用意？

这天下午我因故没去上学，这些情节是后来别人说给我的。所以当第二天早上我踏进教室，面对全班不约而同射向我的似笑非笑的目光，我大感奇怪，尴尬地摸摸后脑勺，问："你们看什么？"

我这一问，前排的女生立刻捂住嘴，同时低下了头吃吃地笑，后排的捣蛋鬼们却伸长脖子向我作怪脸，说："你出名了，你就要发达了，到时你必须提携我们这些穷弟兄。"

全班的人都哈哈大笑起来，我也随着傻笑，说："那是自然，那是自然。"然后我尽量做出轻松自如的样子走向座位，走过祝晓梅身边时，她似嗔似怨地瞪了我一眼，脸上微微有些发红。

我满心疑惑，知道班里一定发生了什么事情，此时也不好多问，心想下来再慢慢打听。但第四节数学课时，张老师就宣布撤掉祝晓梅的班长职务，说下个礼拜安排时间另行选举班委会。接下来我自然知道了事情的全部经过，感觉我无意间对祝晓梅造成了伤害，心中隐隐对她有点抱歉，但她表面仍然谈笑自如，假装对撤掉班长并不怎么在意。

"密谋篡权"

　　撤掉祝晓梅班长职务的第二天下午，按老习惯两节课后接着是两节自习，"骡子"悄悄约我郑重其事地说，有重要事情要和我讲。自习时间老师巡查过后一般就不回来了，此时"骡子"向他打了个手势就悄悄溜出了教室，几分钟后我也溜出了教室，转到教室后面，"骡子"果然在那儿踱来踱去等着我，我问："什么事情搞得这么神秘？"

　　"骡子"满脸严肃，说："大事，班里最大的大事，我们到学校外面去说吧。我有一个重要想法要说给你，现在你必须挺身而出了。"我对"骡子"的故弄玄虚很感好笑，但想他说的事肯定和重选班委会有关，不禁颇感好奇。于是我俩来到学校的最后面，爬上墙角的大槐树，翻过学校的后墙。后墙外是一大片玉米地。玉米有一人多高了，郁郁葱葱的，我俩来到玉米深处坐下，"骡子"就说："下个星期选班长，你想不想当班长？"

　　我搔着头，郑重地想了想，问："我能当上？"

　　"骡子"一挥手，气魄很大，说："只要我全力支持你，你就能当上。"

我摇摇头，"骡子"的实力我知道，捣蛋鬼们如今各自为政，"骡子"早是孤家寡人一个了，他起不了什么作用了。我叹了口气。"骡子"却煞有介事地分析说："女生们分成了两派，互相拆台，男生里你的学习不错，捣蛋鬼们对你也不反感，如今只有你的希望最大了。"

　　我说："怎么不反感，'大炮'就对我十分反感。"

　　"骡子"笑道："'大炮'早在班里没有影响力了，你和洪刚搞上关系后，这家伙就不敢轻举妄动了，怕他干什么。"

　　原来洪刚遇到机会，就将他与小混混、小泼皮战斗的经历大讲一通，其中夸张的成分估计不少，或者还有虚构的地方，但大家没有亲见，谁也不知道真假，只知道听着热闹刺激，但这样一来，洪刚的形象无形中树立了起来，谁敢再小看他、挑衅他，加上他又与我、吴良、小板、明磊紧紧地抱成一团，更增加了他的分量，当然这其中我也沾光不少，"大炮"这家伙也不敢轻易地向我挑衅了。

　　我将班里的形势仔细琢磨了一番，此刻鬼迷心窍，感觉我倒真的很有希望，班里学习好的男生倒有好几个，可他们全是规规矩矩的好学生，既没野心、活动的圈子也极小，我这人虽然不成器，文不成武不就，又比较胆小，但我亦正亦邪，和各方的人物都有接触，虽然爱胡闹，人却没坏心眼，所以除"大炮"外，不论男生女生对我都不讨厌，或许觉得我顽皮却有亲近感，只是怎样把我想当班长的意思告诉他们呢？

　　"骡子"打个哈哈，说："简单，简单，我早想好了，捣蛋鬼们由我打招呼，我再给祝晓梅透透风，让她给她那一派的女生打招呼，其余的人你让你们村的小龙、'萝卜头'他们去招呼，你不用操一点心，就大功告成了。"

原来"骡子"和祝晓梅不但同村，而且是邻居，说得上话。当时我的头脑就发热起来，当班长的心思大大地膨胀，想着只要女生中间有人支持我，男生的问题向来不大。但小龙一贯是独来独往的，虽然和我也算不错，我却不知该如何向他开口。我的脸皮比较薄，虽想当官又觉得央求别人助自己当官很是卑鄙，我吞吞吐吐将这心思说给"骡子"。"骡子"大笑，说："你们一个村的话还不好说，就说你要为村里争光，争取做一任班长，他是你们村的，当然要大力支持你了。"

我郑重地想了想，然后重重地点头，又和"骡子"密谋一番后，我俩重新翻墙返回学校，进教室的那一刻，我感觉我就像个做贼的人，而满教室的同学都是我要偷窃的对象。

此后几天"骡子"那儿是暗暗地活动，倒不见什么动静，小龙这家伙在自习课上却公开乱喊了，先用手指节敲着他同桌小霞的头，说："这次选班长，若不选我哥们小石头，就把你每天打三次，把你的辫子也揪下来拴狗。"

小霞躲闪着，踢小龙一脚，一边翻白眼一边笑，说："滚，滚，班里就数你讨厌。"

小龙呵呵笑着，又转身对后边的亚丽和陈孟说："班长选谁你们知道不知道？"

正低头写作业的亚丽、陈孟忙点头，说："知道，知道。"

小龙满脸得意的笑容，说："知道就好，到时可不要忘了。"然后离开座位，到处游说或威胁，或利诱，替我张罗选票。

这个时候，我连忙借故躲往教室外面，放学后我说小龙，说你这样搞弄得我很难堪，小龙嘿嘿一笑，说："那我就注意方法，不过男生好说，女生骄傲得很，不敲打她们不听话。"

一个星期后，班委会的选举如期举行，个人的具体得票情况不得而知，但老师宣布刘叶叶、明磊、我、小霞、陈孟五个人当选，接着老师对五个人进行了分工，刘叶叶班长，明磊副班长、小霞学习委员、陈孟体育委员，我吗，当上了劳动委员。

我沮丧到了极点。"骡子"、小板等却给我打气，说："刘叶叶当了班长，她能指挥动我们？班里的事还不是你说了算，打起精神，好好干，好好干。"

刘叶叶却并不打算指挥男生，她只利用有利的形势笼络女生，班主任又帮着她，时间不长，祝晓梅那一派的女生纷纷变节投降，转到了刘叶叶旗下，最后弄得祝晓梅几乎成了孤家寡人，除了两个铁杆女生死不投降外，其他女生全成了刘叶叶的人，和祝晓梅划清了界限，断绝了外交，再不往来。

篝火晚自习

我没当上班长，心情难受了几天，但我很快又高兴起来了，因为班上每有重大活动，班主任张老师召集班委会布置任务时，他总是特别关照我，几乎一切事情都交给我做，刘叶叶的班长好像只是个名目，但她似乎对当个空头班长也很满意，只要能笼络住女生，不让祝晓梅有翻身的机会，她就很开心了。

我好像一下子成了班里的老大，叱咤风云，全盘指挥，一时威风凛凛，踌躇满志。当然，我手下也收罗培养了几员大将，他们是吴良、"大炮"、铁杨、红光等等，算是我的嫡系班底，"骡子"、小板这些家伙只能偶尔利用，他们是不愿受人束缚的，并且他们自认为拥戴有功，此刻装出一副高人模样，所以只能将他们当"客卿"看待。

我得意了一阵子，但我忽然发现情况并不如我想象得那么简单，刘叶叶在班里的分量竟然越来越重了，最后重得我不得不严重地关注，认真对待。刘叶叶不简单呀，我真是错看她了。

原来此时刘叶叶几乎将所有女生都笼络成了她的死党，在女生堆里，她是一呼百应，并且她们相互很团结，除过学习，就是叽叽喳喳地说笑打闹，一派天真烂漫，吸引得我的人如吴良、"大炮"等羡慕不已，老爱偷偷地看她们，我召集的活动他们也就不怎么积极了，我深深感到了危机。但更为糟糕的是，我感到她们对我也有极其强烈的吸引力，这些家伙善笑善嗔，活泼娇憨，说笑玩闹时一片娇俏可爱，可是她们和我们不相往来，是截然不同的两个世界，虽能看见她们的人影，听见她们的笑声，却无法参与其中，体验享受那种快乐。因此我感到寂寞难耐、无聊透顶，我想，吴良、"大炮"等和我的感觉差不多吧！

排遣无聊的办法就是和"骡子"等捣蛋鬼们胡闹，变换花样以博取笑声，吸引别人的目光。

很快冬天就到了，因为高中必须通过考试录取而不是过去的推荐，因此学习任务越来越重，学校安排了晚自习，早上上学时天也极黑，鸡叫两遍就得起床，不然迟到了是要被罚站的。

我、小板、"萝卜头"三人到校的路最远，我们三个也就起得最早，一路小跑到学校时，教室的门还没有开，里面黑洞洞一片。当时学校要盖新教室，买了许多白桦作檩条，就堆放在我们教室外面。我们几个就动手将白桦皮揭下来，翻窗子进入教室，然后点燃白桦皮烤火，接着"骡子"、黄强、明利他们就来了，见我们烤火顿感有趣，也忙揭树皮引火，在教室内至少点上三堆火后，我们就敲着桌子唱起歌来，越唱越投入，声音也越大。

这时候女生们就陆陆续续进教室了，见火光明亮，听歌声悦耳，女生们也感觉新奇有趣，就笑嘻嘻站在自己的座位处看我们的表演。小板曾有几次吆喝她们加入合唱，她们却死活不肯唱，气得小板大骂："小娘们，该打！"

点火渐渐地成了习惯，晚自习时老师巡查过后，"骡子"、小板他们就将火点起来了。那个时候没有电灯，煤油灯的光芒自然无法和熊熊的火光相比，同学们在闪烁的火光里写作业，别有一种浪漫的情调，人人都感觉有点激动，于是边写作业边谈笑，气氛轻松有趣至极。

这时候出了一件事。捣蛋鬼等着别人的作业做完后好拿过来抄，就一边照料火堆一边聚堆烤火，小声胡言乱语地玩笑，火堆在教室后边的墙角，捣蛋鬼们正得意之时，忽从上面掉下来一件黑乎乎的东西，扑棱棱乱动，吓得"骡子"、小板等惊叫一声，跳了起来。全班都被惊动了，一齐涌向后边看。只见小板手拿一片树皮拨拉那黑东西，"骡子"也搞了根小竹棍帮忙，那黑东西忽然展开翅膀，吱吱吱尖叫，"大炮"、铁杨急喊道："蝙蝠，蝙蝠。"

那东西头如老鼠，翅膀是长而薄的皮膜，的确是蝙蝠无疑，但它是从哪儿掉下来的呢？大家一起抬头向墙角处的屋顶看，这一看齐声大哗，惊得嘴都合不拢了：那儿，密密麻麻，挂着不知多少蝙蝠，正蠕蠕而动，不断地你抓我、我抓你，攀爬上下。

女生们吓得大睁眼、半张嘴。捣蛋鬼们却兴奋得大呼小叫，忙从扫帚上抽出竹条子，跳上课桌抽打蝙蝠，蝙蝠吱吱声大作，连抽几下，就雨点般地掉落地下，其他男生忙拿小簸箕将蝙蝠铲起来，从窗口扔向外面。

余下的时间大家都无心学习了，议论的中心自然是蝙蝠，捣蛋鬼们喜气洋洋，从蝙蝠说到狼和老虎，又从老虎说到神仙鬼怪，越说越形象越逼真，说得女生们一个个头皮发麻，心儿乱跳，脸色一会儿白一会儿青。

不知不觉下晚自习的铃声就响了。捣蛋鬼们说鬼谈怪，意犹未尽，围着火堆迟迟不肯离开。女生们收拾好了书包，三三两两结伴欲走，但一出教室门，外面黑咕隆咚，寒风吹得地下的干树叶子剌啦剌啦地响，女生们一紧张，忽然满身都起鸡皮疙瘩，急急忙忙又跑回教室，惊魂未定下，喘着气相互低声埋怨。

捣蛋鬼们这下子高兴了，大笑呵呵，手舞足蹈，说："女士们不敢回家了，好啊好啊，来陪我们一起说鬼吧，到半夜时候，我们出去抓鬼给你们烤鬼肉吃。"

女生们闻言吓得打哆嗦，遂一齐嗔怪责骂，捣蛋鬼们哪怕人骂，反而越说越来劲儿。此时我的作业早做完了，但我故意不走，一方面看女生又怕又怒又笑的样子很有趣，另一方面，这是个机会，打破两极分割的机会，我满心期待着要有所作为，但我自认为此时必须拿点架子，她们不来求我我就自告奋勇，这可有点失身份了，那不是表明向刘叶叶投降了吗！

有许多胆小的男生也不敢走，半个钟头之后，刘叶叶召集了十多个女生，同时跑到班主任张老师的办公室里求救。不长时间张老师就在他的办公室外喊我，我一跃而起奔了出去，满心欢喜问张老师："怎么了老师，找我有事？"

这时女生们团团围了过来，满脸期待。张老师皱着眉头，将一根手指放在嘴角，想了想对我说："晚自习下得太晚，女生们回家很不安全，你组织一下，三五个男生一组，分头将女生送到家，好不好？"

班主任竟用商量的口气和我说话，太给我面子了，我连忙说："行，按老师说的办。"

张老师笑了笑，拍拍我的肩膀，说："你不错，好。那么快去安排人吧，路上小心。"

女生们眼巴巴地看着我，我此刻感觉自己就像个将军，威风八面，我对她们一挥手，说："都跟我来。"那些女生也不吭声，乖乖地跟着我就走，就像一群可爱的小绵羊。

"骡子"、小板、吴良、"大炮"、铁杨、红光等一众男生听说送女生回家，没有不愿意的，当然小板等嘴上还要喊冤枉，装出天大的委屈和不平，说："女生平时又不理我们，抄个作业她们也摆架子，凭什么送她们？"

女生们笑了起来，说："别喊屈了，以后天天让你抄就是。"

"骡子""大炮"等却姿态极高，拍着胸膛说："护送女同学是我们的无上光荣，小石头，把最艰巨的任务分给我们吧，哈哈。"

我按胆子大小又照顾同路顺路的原则将男生们分成了四个组，命同路的女生跟着他们，又命男生必须将每个女生送到家门口，等喊应了她们的家人后方许离开。众男生欣然答应，七手八脚将火堆熄灭，女生们也自觉帮忙扫除灰烬，一切停当后，四个组的男生就招呼同路的女生，意气风发地出门，自然我也在其中的一个组。

明月相送

晚自习后送女生回家渐渐约定成俗，男生们热情得很，离下晚自习还早得很，他们就预做准备了，"骡子"首先发明了用桦树皮做火把，高高举着在前开路，小板等人将弹弓也拿来了，说这是打鬼的利器。女生们乐得享受，她们似乎也习惯了，认为男生送她们理所应当，所以晚自习一下，教室里就热闹起来了，女生们笑吟吟催促男生赶快上路，男生们高声答应着，却迟迟不走，他们挑挑拣拣，要找到一块足够长的桦树皮，还要用小刀将树皮的下端削成手把的样子，说这样才更像个火把。

一般下晚自习大概就是九点左右吧，但在寒冬的农村，这时候路上根本就见不到行人，我们的火把在黑漆漆旷野的小路上蜿蜒，玩闹嬉笑声、歌声随着火把前行，此情此景回想起来仍让人留恋不已。当然，这中间发生过很多故事，不过，大部分故事发生在有月亮的夜晚，或许是月光朦朦胧胧，神秘感更强，所以人们对月光里的事情记得更清楚一些吧！

我这一组男生有小板、"萝卜头"，吴良四个人，护送的女生是小霞、陈亚丽、罗芊芊、陈梅花、陈芳娟五个人。一天晚上月色迷离，小板执火把吆喝前行，我与"萝卜头"等在后面唱歌，不一会小霞、陈亚丽等女生也加入了我们的合唱，我们翻来覆去将"月亮在白莲花般的云朵里穿行"一个劲唱，可能歌词和当晚景色很相似吧，我们几个不自觉地唱得很投入，"萝卜头"晃着脑袋，几乎唱得声嘶力竭了，但这时小板打断了我们，小板回头喊道："都别唱了，住嘴，有情况！"

女生们吓得一激灵，直往后退，歌声自然就停了。我忙上前问："怎么了，有什么情况？"

小板用手指着左边麦地的深处，说："那儿有个黑影子。"

我们几个顺小板的手指看去，果然见到一个大黑影子，那黑影似乎慢悠悠地还在动。几个女生慌了，说："那黑影又没惹我们，我们还是快回家吧。"

就在这时，那黑影忽然发出叫声："哞，哞。"声音悠长苍老，像是有无限幽怨伤怀，在寒夜的月光下听起来分外凄凉，充满一种沧桑感。小霞吓得拉住我的胳膊，哀恳我说："那黑影子那么大，它好像正在伤心，我们快走吧。"

但这时小板已将火把交给了吴良，他掏出弹弓对那那黑影子就射了一弹，月光里哪有什么准头，不过这一弹惹麻烦了，那个大黑影子竟慢腾腾地向我们走了过来。我这时也有些发慌，急忙大喊："快拾土块，打！"

四个男的忙弯腰捡拾土块，然而大家失望了。天寒地冻，路上哪有土块可捡。无奈下我说："快跑，先跑进村子再说。"

小板、吴良在前，五个女生居中，我与"萝卜头"断后，一阵急跑，累得气喘吁吁，眼看就到了村口了，两个人影却从村口出来了，那两人大声问："放学的学生，看见路边有牛没有？”

小板、吴良一齐摇头说：“没有，没有。那边地里只有一个妖怪，又黑又大。”

那两个大人同时说：“那黑影一定是牛，这家伙挣断缰绳跑了。”遂问明了黑影所在的方位，急急忙忙前去寻找。

我们几个恍然大悟，顿感松了一口气，细想下那黑影的叫声的却是牛声，不过刚才太紧张害怕了，竟没有想到那是头断了绳子出来流浪的牛。

还有一次送小霞到了她家的门道里，叩响门环后里面有了应声，我们遂送罗芊芊回家，哪知没走几步，一棵大树后忽发出阴森森的笑声，罗芊芊吓得钻到我们几个中间不住哆嗦，小霞也吓得从她家门道飞跑过来。小板拽起弹弓对着那棵大树，我问：“谁在笑？”

那笑声又重复了一次，我感觉周身汗毛都竖了起来，头皮发凉发炸。这儿虽住了七八户人家，但面对的是一片麦地，并不在村道里，而且当晚残月微明，一切东西都只能看出个模模糊糊的轮廓，我们的树皮火把又烧完了，这笑声又是如此的阴冷怪异，但我此时有什么办法呢，只能强撑着，使自己的声音不致明显地发颤，我向着那大树问：“你是谁？”

大树后一个明显故意压抑着的声音慢腾腾说：“我是我，你不知道我是谁。你是小石头，我要取你的命。”

我惊得周身打个激灵，似乎头发根根都竖了起来，便欲转身逃跑。但这时我旁边的小霞忽又气又笑地骂了起来：“不要脸的‘蝈蝈’，滚出来，你装神弄鬼想死呀！”

一听到“蝈蝈”的名字，我立刻恐怖全消，也高声骂了起来。

大树后马上传来了"蝈蝈"那种特有的赖皮笑声，接着"蝈蝈"的影子出现了，向我们哈哈哈大笑三声，说："好啊，开个玩笑就将你们吓成这样了，真是几个窝囊废。"

我与小板、吴良等冲上去抢拳就打，"蝈蝈"怪叫一声，抱头鼠窜，跑进了小霞隔壁那家人的门里。一问小霞，才知她与"蝈蝈"是邻居。大概是这家伙在院内听见了我们的声音，又或是他从外面游逛回来发现了我们，这才躲在树后搞恶作剧吓我们一吓。

当然，其他三个组也各有自己精彩的故事，可惜他们的故事我现在想不起多少来了，只记得第二天早上各组的男生就兴高采烈地相互吹嘘各自的精彩故事，女生们也聚堆喜滋滋地述说交流各自经历的事情。此时虽然男女间的界限仍然存在，但坚冰已经打破了，男女间的交流再不用遮遮掩掩地进行了，当然也不需要打着闹着进行了。此后吴良、洪刚、明磊、小板他们可以理直气壮地参与女生们的说笑了，我与"骡子"等人组织的活动也可以公开邀请女生们参加了，刘叶叶的"独立王国"终于瓦解了。

明磊的画

  班里的气氛日趋轻松和谐，男生女生之间的交往变得正常了，并且越来越频繁，说说笑笑、玩闹不忌，刘叶叶虽然傲慢异常，但此时对男生们的善意玩笑一般也不恶语相向了，她手下的一众女干将如小霞、罗芊芊等已和男生们全无隔阂，甚至可以说打成一片了，因此大受男生的好评。小霞收作业本时遇到抗拒不交或拖延迟缓的捣蛋鬼，往往采取一边娇笑、一边软语相求的方式，捣蛋鬼们见她态度这么好，也不好意思过多刁难，或抄或做，赶紧完成任务；罗芊芊在遇到特别难解的习题时，也偶尔会找我或陈蒙求救，当然，我与陈蒙自然是知无不言、言无不尽，无论如何要让她满意而归。

  但这种轻松融洽的局面没能维持多久，学习的压力越来越大了，无论男生女生都普遍感到了吃力，除过下决心不准备考高中的捣蛋鬼外，其他同学终日伏桌做题，玩闹的时间玩闹的心情都少得可怜。

  好不容易到了星期六，可以轻松一下了。这天也没有晚自习，下午放学后大部分老师就离校回家了，于是明磊约我说："晚上来我家玩，吴良也在，咱们仨可以好好乐一乐。"

我连忙答应，明磊是我的老朋友，为人又很随和温厚，和他在一起总是很愉快，所以我在半下午的时候就叫了吴良赶往学校，在明磊家不客气地吃了一会儿水果，明磊就笑嘻嘻将他的画稿拿出来了，说请我们欣赏、批评。那是十多张人物素描，画的都是我们班的男生，有"骡子"、小板、洪刚，当然也有吴良与我，我们脸型上的特点都被他稍稍夸张了一点，然后画了出来，因而看起来既亲切又好笑，看得我与吴良哈哈大笑，乐得东倒西歪，连翘大拇指夸明磊的手艺高。

　　明磊受到夸赞，嘴里虽一个劲谦虚，脸上却笑开了花，探手过来指指点点地说他画中的妙处，我们俩似懂非懂，但假装很懂，对他的解说频频点头，表示同意，明磊于是越发高兴，催促我俩快快看完，然后他压低声音神秘地问："我还有一些画稿，是画女生的，你们看不看？"

　　我与吴良精神一振，齐声说："看，看，快拿出来。"

　　明磊笑道："看可以，但你俩看了可不能跟别人说。"

　　吴良看看我，我说："当然不说，你怕什么，快点拿出来吧。"

　　明磊满脸是笑，迫不及待地就转身进了里间，一阵翻腾之后，他捧了七八张素描出来了，脸上兴奋之中混杂着羞答答的神情，说："这几张画我谁也没让看过，不过不让人看，我心里又憋得慌。"

　　我伸手去接他的画稿，明磊却说："别急，待我先关了门，你们就可以静下心来看了。"他说着飞快地奔到门边，两脚将门踢上，然后咣当一声关了门，这才过来将画稿交了给我。

　　吴良立刻凑过头来，我的眼睛也笑起来了。因为第一张画稿上的人物就是大名鼎鼎的刘叶叶，这家伙脸部的线条很简洁，眼眉细细的弯弯的，清秀而圆润的轮廓被两根细细的线就勾勒出来了，但妙的是她的鼻子微微上翘，眼神隐隐露出凶光，既冷又傲且凶的样子惟妙惟肖，我与吴良不禁大叫起来，使劲捶打着桌子，连声高叫，说："像极了，像极了，这家伙就是这个样子。"

明磊乐得合不拢嘴，说："你俩再看看第二张，第二张才是我最得意的。"

我将刘叶叶的画像又看了几眼，这才轻轻揭过，第二张画稿露了出来，吴良叫了一声："小霞，是小霞。"

只见画纸上一张稚气未脱的圆脸，脸上两个大得异乎寻常的眼睛，眼睛大睁着一动不动，但我们感觉它在扑闪，嘴角微微上弯，似笑非笑，狡黠而单纯，我与吴良看得一时都说不出话来。明磊笑着问："这张怎么样，你们俩给好好评论评论。"

我们俩能说什么呢，这张画画出了很多东西，但我们当时说不出来，除过说好、说逼真外，我们再无别的语言形容画的妙处和神韵，明磊就说："小霞下午也来学校了，现在还在教室里做作业呢。"

此时忽传来敲门声，明磊急问："谁？"

门外扑哧一笑，说："快开门，问你要东西呢。"

明磊惊道："是小霞，快把画收起来。"这家伙慌里慌张将画稿拿过去一卷，顺手塞到桌子里，然后才示意吴良开门。吴良早在门边站着，就眨眨眼，猛然将门打开。

小霞一脚踏进门来，说："削铅笔的刀子拿来，咦，屋里两个人，你们俩在干什么？"

吴良在她背后嘿嘿地笑，细声慢语地说："小霞，你来了，你好漂亮。"

　　小霞回头一看，笑了起来，跺脚说："讨厌，无聊，你们三个在干什么？"

　　我说："什么也没干，我们在想小霞的大眼睛，正想着你就来了。"

　　明磊脸红红的，似乎很尴尬，又似乎是担心我们说出了他画女生像的秘密，一个劲向我与吴良眨眼。小霞一边捂着嘴笑，一边将我仨分别看过，说："你三个今天不正常，发神经了？我还是快走。"

　　这时明磊已将铅笔刀递了过来，小霞接了，回头便走。吴良看赵小霞的背影，用拳乱打自己的头，说："走了，看不成了，快将那东西拿出来给我看！"

明磊与洪刚

　　明磊与洪刚都是我那时最要好的朋友，但我对洪刚的印象好像更深一些，明磊温和，总是善意地微笑着，除了画画，对什么事情都无所谓，洪刚却不是这样，

　　这家伙笑起来也有股冷冷的味道，举手投足竭力模仿练武之人，言谈举止都有股霸气。他是在四年级的时候转学插进我们班上，他妈妈当时正做我们的化学老师，对同学十分严厉，所以大家对洪刚在陌生之外难免带些敌意。

　　但洪刚在与我们的交往中不经意间说过，说他过去曾打过无数次架，手下也有一帮子小混混，不知他讲的是否真实，但当时这话有极大的威力，引得许多人对他肃然起敬，虽然此后也没见他有什么恶行，但大家仍旧没人胆敢惹他，他在谈笑间以几句话就建立了自己在班里的地位。

　　洪刚与我的交往是明磊牵的线，好像是某个星期六，洪刚的妈妈回几十里外的家中去了,洪刚一人睡在她妈妈的房间里，无聊之际，就请明磊做伴，明磊又拉上我。那天晚上我从家里拿了许多红薯，洪刚将红薯放在脸盆里插电煮熟，然后我们边吃边胡说乱道，天上地下地海吹，最后说到打架上，洪刚神采

飞舞，吹嘘自己的腿脚如何灵活，拳头如何有力，又挽起衣袖裤子，请我们看他一条条结实的肌肉，不知道明磊当时是什么感觉，只记得我当时羡慕之极，掩饰不住满腔热望，当即向他请教练武的法门。

洪刚也没拿架子，就教了我如何拔筋，如何行者起坐，如何踢腿，明磊也在一旁笑嘻嘻地照着做，但屋子太小无法练习，我们仨就跑到了操场上。月光下的大操场明亮如水，靠墙的一角不知为何堆了很多麦草，我们先绕操场跑了几圈热身，然后拔筋踢腿冲拳蹲马步搞了一通，最后我与明磊两个都累得不行了，又舍不得离开操场，就仰身躺倒在麦草上，看洪刚一个人表演拿大顶。

操场上除了我们仨，再就没有一个人了，值班的老师只有一个，还在离操场很远的后边住着，估计他要么再改作业，要么就睡着了。操场上万籁俱静，明月高悬，月亮边的云又白又软，一动也不动。终于洪刚也玩累了，过来躺在我们旁边，我们三个就大声唱起歌来，先唱《国际歌》，再唱《兰花花》《秋收》，越唱越投入越激动，将《国际歌》唱得悲愤无比，将《兰花花》唱得伤心不已，最后我与明磊终于唱得声嘶力竭，不得不停了下来。

这时候洪刚低声另外哼起一支歌来，音调怪异，但也相当悦耳动听。明磊忙问："这是什么歌？"

洪刚说："这叫二流子知情歌，是我们那儿的下乡知青传唱的，你俩要不要听？"

我俩同时出声，说："要，要。"

洪刚认真地清了清喉咙，又用手揉了揉喉结那儿，就小声唱了起来："在那遥远的地方，有位好姑娘，她那明媚鲜艳的小脸，好像红太阳……"

一首歌唱完了，我与明磊却一言不发，呆愣愣地望着天上的月亮出神叹气。洪刚用肘碰了碰明磊，问："好听不？不说话在想什么？"

明磊嗫嚅了半天，最后才吞吞吐吐地笑着说："我们班的女生都不拿皮鞭，她们若这时候拿树条子来抽打我们三个，那可多舒服呀！"

洪刚与我都大笑起来，接下来的话题自然是谈论女生了，我挨个儿将班上的女生分了三大类：可爱可亲型的，可恨可憎型的，愚蠢丑怪型的，然后逐个给她们打分，可打着打着明磊与洪刚争执起来，明磊坚持要将小霞在可爱可亲型里打最高分，洪刚却要将最高分给罗芊芊，我心中也愿意小霞得最高分，便劝解洪刚，洪刚理直气壮地说："小霞本来能得最高分，但她的两个虎牙我看不惯，罗芊芊的牙齿可比她的好看多了。"

明磊说："我最爱看虎牙，有虎牙一笑起来多好看，罗芊芊各方面都好，但经常不笑，好不容易笑一次也是羞答答的，这一点不好。"

这种争论自然什么结果也没有，争执一阵，也就算了。回房子的时候，洪刚说："明天枣儿村演电影，我们去罗芊芊、小霞她们家玩，好不好？"

我与明磊大为兴奋，立刻赞同这个提议。

乡村电影

　　枣儿庄的电影在村西头的大场上演，所谓大场，就是麦场的剩余部分。半下午时分大场上就聚了许多人了，我与洪刚、明磊到村东头小霞、罗芊芊她们家分别去了，她们两人却都不在家，说是被另外的同学叫走了。我们仨无奈去了村西头的吴良家。

　　在吴良家玩到黄昏时候，我们四个又一起到了大场上。电影的银幕已经挂好了，虽然场上或坐或站了好几百人了，但据说离开演还早，因为片子还在另一个较远的村子里，等那儿演完了才能将片子拿来。

　　我们无聊地在人堆里穿来插去，希望遇见本班的同学，正东看西瞅时候，忽听南边一个土墩旁一群人齐声大叫："洪刚、石头，快过来，过来。"

　　我扭头一看，只见"骡子"、小板和我们村已经不上学了的黑子、锁子还有"骡子"村上的几个半大的小伙子——年龄和黑子他们相仿——一齐招手叫我们，我们忙跑了过去。"骡子"上前一步，大笑哈哈，挺胸凸肚地将洪刚向黑子几个介绍，说："这就是我兄弟洪刚，为人义气，身有武功，哈，这是我们村的老胖，也会几手。"说着"骡子"向他旁边一个胖乎乎的半大小伙子一指。

那叫胖子的人十分倨傲，就蹲在土墩上，眼神冷冷的，将洪刚上下看了一番，问："你会几手？"

看来这胖子来意不善，我替洪刚担心起来。洪刚却若无其事地站着，一副见多识广的样子，说："是学过几手，为这个专门拜过师的。"

那胖子忽地站了起来，走下了土墩，说："好啊，那愿不愿陪我玩一玩？"

洪刚问："怎么玩？"

胖子说："玩摔跤。"

黑子、锁子等一本正经地围了过来，对洪刚说："只是玩玩，没别的意思，不许乱踢乱打。"

我忙说："黑子哥、锁子哥，那你们两位做裁判，不管谁输谁赢，不能再继续纠缠。"

"骡子"大大咧咧摇着手，满脸自信，说："不会的，不会的，有我在呢，谁敢胡乱纠缠！好了，摔跤开始。"

胖子与洪刚瞪着眼，相互走近，忽然同时伸出双手搭在对方的肩上，"骡子"扬手高叫道："开始了，注意注意，不要到西边，那儿有土块。"

胖子与洪刚两个前推后拉、左摔右扯，极力要将对方弄倒，但两个人的劲儿大小似乎在伯仲之间，拉扯推搡的简单动作起不到什么作用。这时周围拢上来了不少人，齐声叫喊为双方助威。"骡子"笑嘻嘻地在圈子内巡回，请看热闹的人后退，不要侵占比赛双方的地盘。

胖子有点发急了，倏忽贴近洪刚，伸出左腿插向洪刚两腿之间，洪刚连忙后退一步，接着伸出右腿，用力将胖子向右扯，想要绊倒他，但胖子硬向左挺，扯不过来。两人来来去去斗了多个回合，谁也奈何不了谁，都有些泄气，"骡子"好像对这类事经得多，十分内行，此时怪笑一声，高竖大拇指，说："高手，高手，两个人都是高手，不分胜负。"说着走入两人之间，双手互分，说："好了，好了，比赛结束，你两个以后就是好朋友了，握握手。"

　　胖子与洪纲很尴尬很笨拙地握了握手，围观的人无聊地摇了摇头，散开了。此刻天已经全黑了，人的五官也看不清楚了，寒气阵阵，场上等待看电影的人一边跺脚一边埋怨，但却不肯回家。明磊悄悄对我说："好冷，再到吴良家去吧。"

　　吴良喊"骡子"同去，"骡子"却不去，我们四个就并排出了大场，悠悠荡荡没走几步，身后忽有声音喊道："站住，往哪儿去。"

　　我四个立刻站住，迅速回头，因为听到声音我们就知道是谁了。回头看时，果然是小霞，她的旁边还站着罗芊芊两个。我们几个怪笑起来，说："干什么，邀请我们去你家吗？"

　　小霞说："有个人想见你们，你四个敢不敢去？"

　　明磊说："我们只想去你家，另外那个人见不见都没关系。"

　　洪刚说："我四个人怕过谁，走走走，见谁也不怕。"

　　小霞笑道："不怕就好，那跟着我俩走。"

　　村道里黑魆魆的，我们跟着小霞和罗芊芊进了一家门前有棵粗大槐树的人家，凭印象好像这是陈梅花的家。到了里屋，小霞掀开西侧房子的门，吃吃而笑，向里面说："来了。"

屋里顿时一片女生的笑声，我头皮发麻，嘀咕说："多少人在里面呀，好可怕。"明磊也吐舌头，说："女生们发起狂来，我也很可怕。"

但洪刚已大踏步进去了。小霞再后推我与明磊、吴良，说："快进，你们进去，我的任务就完成了。"

我们几个缩头缩脑进了门，却见房内北侧一张大炕上，坐了满炕的女生，她们一个个笑嘻嘻的，用嘲弄的眼光看着我们，领头的自然是那个刘叶叶了，这家伙坐在最里面，用被子盖了腿，翻着白眼笑，说："你四个难请得紧，小霞和芊芊的鞋都跑脏了，你四个是不是每人赔一只鞋？"

洪刚立刻弯腰做出脱鞋的样子，说："我把两只鞋都赔给芊芊。"

罗芊芊羞红了脸，立刻转身面墙而站，不过想来脸上仍是带着笑容。

满炕的女生全大笑起来，刘叶叶用手指找我们，大声说："那小霞的鞋谁赔？"

洪刚说："我只有两只鞋，小霞的鞋应该是明磊赔吧。"

大家的目光一下子对住了明磊，明磊红了红脸，不知该怎样说话。吴良和我就说："你若不愿意赔，我俩一人脱一只鞋下来赔，好不好？"

明磊想了想，理直气壮地说："小霞、罗芊芊是替刘叶叶跑路找人的，鞋脏了该刘叶叶赔，为什么要我们赔？"

一众女生一愣，洪刚、吴良及我恍然大悟，一齐叫了起来，说："明磊的话有理。刘叶叶你凭什么派人叫我们，我们又凭什么就听你的话，你让我们赔什么就赔什么？"

一众女生又一齐转头笑吟吟地看刘叶叶，要看她如何反应。刘叶叶脸上的窘态一现即逝，她立刻扭起脖子、瞪着眼，说："我是班长，当然有权叫你们，我一叫，你们不是一个个乖乖地来了，还厉害什么！"

众女生大声喝彩起来，称赞刘叶叶说得好，有气魄。刘叶叶骄傲地挺直身子，似笑非笑地看着我们，问："你们还有什么话说？"

我们四个互看一眼，一齐笑了起来，我极力模仿"骡子"大笑时的狂妄，明磊与吴良则是怪笑。就洪刚的笑相对正常一些，这家伙脸皮很厚，边笑边说："我是冲着罗芊芊来的，他们仨是冲着小霞来的，刘叶叶，你嘛，"洪刚一个劲地摇头，却故意不说下去，我们三个假装笑得东倒西歪，说："洪刚把话说完，让自认为能指挥动我们的人也难受难受。"

洪刚却不说了，只张大了嘴做出要呕吐的样子。明磊、吴良与我嘿嘿直笑，乐得心花怒放。能让刘叶叶难堪丢面子，特别是在众女生面前难堪丢面子，我们自然大感兴奋快慰。因此我们一边笑，一边看着刘叶叶，看她如何恼羞成怒、柳眉倒竖、凶相毕露，看一个傲慢自大的美女被羞辱，的确乐趣多多。

哪知刘叶叶向洪刚翻了个白眼后，不怒反笑起来，向小霞、罗芊芊娇笑道："男生都是这么粗俗，不过看在他们曾送过咱们的份上，就原谅他们算了，好不好？"

罗芊芊笑一笑，说"好"。小霞却说："别人都可以原谅，坚决不能原谅明磊，有人说他偷偷地画咱们。明磊，你画了没有，老实交代？"

明磊一下子脸红了起来，语无伦次，结结巴巴，说：
"没有，没有，我怎么会画女生呢？有人造谣害我，你们可别
相信。"

我与吴良懵头懵脑，不知是该帮明磊还是该看他的笑话。
幸好刘叶叶发话了，这家伙得意扬扬，一副居高临下的
样子，说："算了，看明磊这么老实，就不为难他了。把咱们
的东西拿进来赏给他们。"

女生们一齐笑了起来，热烈地鼓掌，接着，门帘一掀，陈
梅花笑嘻嘻地进来了，手中托着一个盘子，盘子里整整齐齐放
着许多漂亮的圆珠笔，红绿蓝白各种颜色都有，看得我们几个
的眼睛都直了。

我用手摸着后脑勺，傻乎乎地问陈梅花："这么多笔哪儿
来的，拿它们来干什么？"

刘叶叶说："有人送你们的，每人一支，你们要不要？"

明磊、吴良两个也直摸后脑勺，脸上是又喜又难为情的
样子，憨憨地问："谁送我们的？"

刘叶叶傲慢地翘起了下巴，说："去了青岛的陈小梅，你
们还记得吗？"

我呆了一呆，猛然跳了起来，惊叫道："怎么会是她，她
回来了？"

这个陈小梅，就是我三年级时候的女同桌，我曾经故意向
她泼水，希望能与她打一场架，那场架虽然终于没能打成，但
她曾是我们班最优秀的女生，所以一经提醒，我、吴良、明磊
立刻就想了起来，只有洪刚来得迟，不知道她是谁。

其实陈小梅并没有回来，据说是她爸爸回来有事，她不知

怎么的忽然想起了这儿的同学,就托他爸爸带了这许多圆珠笔。陈梅花是她的堂姐妹,所以将笔转交给大家的任务就落在了她的身上。刘叶叶却是借了这件事故弄玄虚,不过她这一手耍得好。我们每人拿了一支笔,心中喜滋滋的,也就对她少了很多敌意。

　　当晚去看电影时已经开演了一小会儿了,电影的名字和内容我都忘了,看电影前的这些事倒还记得清清楚楚。

明磊吹笛

晚自习还没有开始，不过天已经黑了，月牙高悬在秃树疏枝的上方。学生们陆陆续续来了一些，教室里的树皮篝火已经点燃，红光闪烁，照得教室一片明亮，明磊高坐在一张课桌上，手持一根横笛吹奏，我、洪刚、吴良、小板、"骡子"等绕他而坐，抬头羡慕地看着，小霞、罗芊芊等女生则在前边几排面后而坐，似笑非笑地看着明磊吹笛。

明磊摇头晃脑、幽幽咽咽地吹了一曲，然后放下笛子，郑重其事地问我们："什么歌？"

我们一齐摇头，茫然不知。明磊就又卖力地吹了一遍，然后再问："听明白了没有？"

我们仍旧茫然地摇头，明磊一脸失望，说："不吹了，你们又不用心听。"说着跳下了桌子。

小板、吴良连忙挽留，说："再吹一遍，再吹一遍，这次我们一定认真听。"

明磊装模作样地为难了一番，然后就又坐下来吹了，这次吹得慢，各音符连接不起来，倒像击打乐那样一下一下不连贯，但这次"骡子"听出了点名堂，笑了起来，说："好像是《走西口》。"

明磊一下子跳下桌子，高兴得口也合不拢，拉住"骡子"的手乱摇，说："感谢呀感谢，你终于听明白了。"

"骡子"得意地晃着头，明磊满脸笑容，手指着我、吴良、小板等，恨道："你几个真笨呀，这么简单的曲调都听不出来，感觉太差，太差。"

小霞、罗芊芊她们在前边抿嘴而笑。我与吴良无奈地摇头，小板挺起腰来，一脸坏笑，说："你吹的那叫什么笛呀，我们几个忍受痛苦硬听了下来，你不感谢，还敢说我们笨。"

这时前边的小霞悄悄对罗芊芊说："对牛弹琴。"罗芊芊、陈梅花几个忍不住就要大笑，连忙捂住嘴，掩住笑声。

小板转身瞪眼，呵斥道："女娃娃多嘴多舌说什么？"

话刚出后，小龙活蹦乱跳地进了教室，急问："谁多嘴多舌？"

小板向小霞一指。小龙就一步跨过去，手做鹰嘴状向小霞头上一啄，小霞嗔道："走开、滚远，要你来掺和什么！"

小龙哈哈大笑，向小板夸耀说："怎么样，她是我早就制服了的，只要啄一下，她就不敢多嘴多舌了。"

众男生一齐大笑，小霞也抿着嘴笑，边笑边伸出手猛将小龙一推，说："滚远，永远也不睬你。"

小龙被推得向前跨了几步，正要做个威武状找回面子，忽然看见了明磊手中的笛子，眼睛就亮了，问："你的笛子，你会吹笛？给我们吹吹好不好？"

"骡子"说："明磊正要找人来听，不过你必须唱歌，由明磊吹笛伴奏，这样明磊才能找到感觉。"

小龙高兴得摇头晃脑，说："好极了，我唱歌还从没有人给伴奏过，这机会难得啊，那我就唱了？"

明磊点点头，横笛放在唇边。小龙一张嘴就声若巨雷吼了起来，小霞、罗芊芊立刻举双手使劲捂住耳朵，小板、吴良与我也忙闪往一旁。小龙唱了几句，忽又停了下来，不满地问明磊："为什么不伴奏？"

明磊苦笑道："你唱得太高了，也太快了，我哪能跟上你。"

小龙怒道："臭技术，不会吹反说我唱得高。"上前一把夺下了笛子，凑到唇边装模作样地吹了起来，噗、噗、噗根本就吹不响，小龙却假装自己已经吹响，随着噗噗声的大小左摇右摆，似乎很投入很激动的样子。吹着吹着他自己笑了，说："我的技术更臭，还是明磊吹吧。"就又把笛子交给了明磊。

豆荚盛宴

　　我到现在都不明白为什么在孩童之间偷窃会成为一种乐趣，内心丝毫不受成人世界道德的谴责，成年人因生活所迫或其他原因当盗贼，在"作案"之前，或许多有冲破心中道德束缚的痛苦，估计心理上的斗争应该是比较激烈地，不然就不会有"铤而走险"这个词了，可是小孩子们干起这类事时是欢天喜地的，绝无一点心理上的负担，这是西方人所谓的"原罪"呢，还是小孩子在没有进入成人行列前，世俗的道德对他们鞭长莫及，他们只遵守来自生命本初的原则？或许不同地方不同时代的小孩子在这一点上的表现完全不同，不管怎么说，在我的童年时代，在我所认识的小孩子之中，他们无不以挑战承认的道德为乐趣，而最常做又做得最兴高采烈地，便是偷东西。不过这中间有个微妙极难察觉的现象，似乎小孩子们在潜意识里，认为偷公家的东西例如偷生产队的东西是应该的，而偷私人的东西则是受鄙夷谴责的，这种潜意识或许我们当时并没有留意到，但现在想起来，那种观点根深蒂固，指导着我们的所有行动，并且一直延伸到我们的少年时期。我所说的豆荚盛宴便是其中的一个例证。

当时是春末的一个星期天，按道理可以不来学校，但一些好学的学生如平方、刘叶叶、小霞等还是照常来，一些假装好学实际是凑热闹的如吴良、如我也来了，我俩是受洪刚与明磊的要求来的，洪刚与明磊并不怎么爱学习，但星期天大家都不来了，他俩好生无聊，就以来学习为名邀请我们陪他俩。我俩别无他事，同时对星期天空荡荡甚至连一个老师都看不见的学校很感神秘好玩，于是就来了。

刘叶叶、小霞等女生坐在前边几排做习题，好学的平方也坐在前排，我们几个坐在后边几排也做习题，只有明磊例外，他在专心致志地画画。教室里静悄悄的，没一个人说话，但一个多钟头后，大家做题的兴趣就减退了，开始出现窃窃的私语声，然后私语声渐渐变成小声地谈笑，最后前排的小霞、罗芊芊、陈梅花三个干脆将课本一撇，从书包里另摸出本什么书看起来了，那书明显是消遣类的课外书，因为她们三个人坐在一起看，三个脑袋挤得紧紧的，聚精会神，十分入迷的样子。

这时候刘叶叶也轻哼一声，打哈欠伸懒腰，接着就站起来了，笑着问："罗芊芊，你们仨看什么书呢，让我看看好不好？"

小霞答话了，说："不行。这是本讲恋爱的书，你看了就变坏了。"

陈梅花咯咯笑了起来，刘叶叶就佯怒说："好啊，不让我看我就抢，看谁能抢过谁。"

几个女生于是嘻嘻哈哈地你抢我夺起来，闹得满教室笑语欢声，这其中就数小霞笑得厉害，因为她拼命地护书，不让刘叶叶抢过去，刘叶叶就胳肢起她来，腋下、脖子前侧几下胳肢，小霞就笑得喘不过气来。

正画画的明磊被闹得心浮气躁，无法静心画画，于是猛拍桌子，大喝道："罗小霞，住嘴，再笑我就发脾气了。"

这一声断喝犹如一把剪刀，将几个女生的笑声齐刷刷剪断，小霞吐了吐舌头，做出惊魂未定的样子，说："好凶啊，吓死我了，我再也不敢笑了。"

我、吴良、洪刚此时早没心情做习题了，洪刚就提议说："咱们翻过那个豁口去偷豆荚好不好？"

我与吴良立刻叫好，马上就扔了书与本子，飞身出门。小霞却喊起来了："那片豌豆现在是我爸爸看守，你们几个不许去偷。"

洪刚回身说："乱喊什么，谁看守还不一样，村上的东西，不偷白不偷。"

小霞跺脚大叫，说："但愿把你三个都让抓住，关在我们队上的猪圈里，让大家都去参观。"

我说："抓住了我们就说是小霞让我们来偷的。"

小霞气得噘嘴翻眼，无可奈何。我们轻松自如地翻过豁口，向东稍走一小段，四处一看，根本就没有看守人的影子，原来今日不上学，看守的人已被队长临时派了其他活儿了。我们仨大喜之下扑入地中。

胖乎乎嫩生生的豆荚长得好繁盛，两手并用下，不一会我们身上所有的口袋都装满了，但我们贪得无厌还嫌少，于是各自脱下衫子，又包了三包，这才撤离豌豆地，翻墙重回学校。

当我们兴冲冲地一头撞入教室时，教室内的人一个个都看得呆了。我们将三包豆荚高高举起夸耀一番。画画的明磊放下画笔，两眼发亮，满脸惊异，说："你们真行啊，竟偷了这么多，这下小霞的爸爸惨了。"

我们走过去，将所有的豆荚都堆放在明磊的桌上，然后绕着那堆新鲜香脆的豆荚手舞足蹈，说："可以好好饱餐一顿了，真壮观呀，几个女生是小霞的朋友，就不要来吃了。"

小霞说："哼，美死你们。我们几个非吃不可。"话这么说，她们几个却是不动，因为她们四个人正挤坐在一起看那本书，虽然被我们的豆荚勾引得早看不进去书了，却谁也不好意思头一个站起来向豆荚堆靠拢。

明磊伸手拈了两个豆荚放入嘴里，鲜得他连连赞叹，眉开眼笑说："真是好吃呀，我要放开大吃，什么也不管了。"我们几个于是都张嘴大吃起来，教室内一片咀嚼之声。

明磊忽说："我家里还有半瓶酒，你们喝不喝？"

我等一听有酒，很是兴奋，欣然允诺。明磊立刻去他家拿来了酒，那是一大瓶浸泡了人参的白酒，瓶体形状古怪，但比一般的酒瓶大了许多，估计至少可装二三斤酒。不过此时瓶内只有多半瓶酒。明磊说："我姥爷前一段来我们家住过，临走忘了拿他的宝贝，咱们几个可以享受一下了。"

我们几个除洪刚外，没有人喝过酒，对这东西既是敬畏又感到好奇无比，当下由洪刚带头，每个人抿了一小口，辛辣的味道让我们咳嗽连连，脸也红了起来，只好大口地猛吃豆荚，清凉滑软的豆荚一入口，酒的辛辣立刻就被化去，那感觉神奇曼妙得难以言讲，于是我们每人又抿了一口酒，然后再大嚼豆荚，感觉十分刺激兴奋、豪爽气派，豆荚的味道也似乎比平时香甜了许多，我们情不自禁地齐声大赞，说："真香啊！"

看书的女生这时早看不进去书了，不时偷偷地偏转头向我们这儿张望，接着就听见刘叶叶、陈梅花悄声对小霞说："去向他们要些豆荚，拿过来我们也吃。"

却听小霞说："我不去，他们要是不给，那多丢人。"

但随即小霞就被她们硬推了出来，然后刘叶叶、陈梅花又在她背上猛推一掌，小霞就这样硬着头皮来到了我们面前。

我与洪刚故意问："小霞，不好好看书来干什么？"

小霞红着脸，强忍住不笑，两手向前一伸，张了开来，瞪眼说："偷我们队上的豆荚，你们倒吃得这么香，给我拿一些，我们也要吃。"

明磊、吴良一齐说："没问题，热烈欢迎女同学来吃豆荚，我们的豆荚多的是，来吧。"

小霞本来是来讨要豆荚的，明磊、吴良却让她们一起来吃，小霞不知该怎么办，遂回头朝刘叶叶几个看，以目光征询她们的意见。

前边的女生都扭头看着我们这边，这时刘叶叶就笑嘻嘻说："若请我们来，我们就不但要吃豆荚，还要喝酒，舍得给我们喝吗？"

我们几个一愣，随即哈哈大笑起来。明磊又是瞪眼又是吐舌头，说："了不得啦，女生竟要喝酒，太可怕了！"我与吴良应和着说："可怕，可怕，女生们要翻天了。"

洪刚高兴得一把就抓起了酒瓶子，说："舍得，舍得，要是这瓶酒不够喝，我马上就去校长的房子再拿酒。今晚我给校长看房子，钥匙此刻就在我身上。"

刘叶叶、陈梅花、罗芊芊三个人笑眯眯对望了一眼，当下刘叶叶就打头走了过来，陈、罗两个迟疑片刻，也扭扭捏捏地过来了。

四个男生自动地站到了一边，留出另一边地方给女生们站，中间桌子上的豆荚仍然堆积如山，十分地壮观雄伟。我用酒瓶盖子倒了一杯酒递了过去，洪刚、明磊、吴良他们满脸堆笑，热情洋溢，舌绽莲花，乱语纷纷劝女生们快喝。在我们的劝诱鼓励下，四个女生半真半假、小心翼翼地每人喝了一杯酒，然后她们就脸红了，低头掩嘴吃吃笑个不停。我们马上对她们的壮举加以赞扬，当然，那赞扬的话极尽夸张，接着又劝她们吃豆荚，说："现在请吃豆荚吧，酒后的豆荚味道才是最香最甜的。"

女生们就动手吃起豆荚来了，小霞与罗芊芊吃得羞羞答答，刘叶叶与陈梅花虽不怎么害羞，但也吃得颇为文气。没吃得一小会儿，洪刚就又往瓶盖倒了酒，不厌其烦地大肆劝其酒来，平日笨嘴笨舌的明磊今天也会说话了，劝酒的话比洪刚说得还好。女生们架不住我们的热情，半推半就地又每人喝了一瓶盖酒。

这样一边吃着豆荚，一边胡言乱语地劝酒喝酒，几轮酒喝过，女生们一个个脸上放光，也不假装矜持文雅了，咀嚼的声音也响亮起来，同时对我们的胡说八道也开始大胆反击了，对我们的丑态也开始嘲笑捉弄了。我们要的正是这个效果，于是得意欢喜不尽，巧舌如簧和她们周旋，同时频频劝酒，当然，我们的酒也没有少喝。

明磊可能高兴得过了头，不知怎么地就喝多了酒，嬉皮笑脸地蹒跚着走到旁边的空处，说要唱一段《三滴血》为女生们喝酒助兴，接着就张牙舞爪地唱了起来，酒后的嗓子又哑又嘶，他唱得一个劲地跑调，偏偏他又唱得声音极大，有如马嘶牛哞，可以说要多难听有多难听。女生们听得抱到一起狂笑尖叫，我们几个也笑得直不起腰。

明磊就收势不唱了，狠狠地瞪着眼批评我们粗俗，欣赏不来他的绝妙表演，小霞冲了过来反击他，冲了两步却摇摇晃晃站了不稳，大惊失色下也顾不得挖苦反击明磊了，只管叫："我怎么了，地为什么摇晃起来了？"

陈梅花忙过来扶住小霞，要拉她坐下。小霞用手按了按额头，得人扶持似乎感觉好了点，就坚决不坐了，舞着手豪迈得像个将军，大肆嘲笑攻击明磊的演唱，说着说着，又胡拉乱扯，痛斥明磊有一次不交作业，连累得她受老师批评。

我们几个在一旁疯狂地鼓掌，极力颂扬小霞勇敢不畏权势，大义凛然值得学习，又帮着小霞痛斥明磊，将他的许多丑事一个一个揭发。气得明磊吼叫起来，一把从洪刚手中夺过酒瓶，说："喝我的酒，又来欺负我，不许喝了，我带家去了。"

我们吓坏了，连忙拉住他，检讨说我们也喝高了，所以胡言乱语胡说八道，然后我们立刻改口，说明磊是班里最好最好的好人，他的丑事都是我们即兴乱编的。明磊这才笑了。我们当即又批评小霞，说她攻击副班长是目无尊长、大逆不道，又说她为副班长一次没交作业就耿耿于怀，那是典型的小肚鸡肠、小人心理，遂由此断定她是小人、是汉奸、是女特务，十恶不赦，该当立刻杀头。

小霞气得就要扑过来举拳打我们，可她此刻晕眩得厉害，走不动路了，我们自然不用怕她。刘叶叶、陈梅花气愤不过，帮着小霞反击我们，但此刻的我们伶牙俐齿，区区几个女生哪是我们的对手，被我们一个个轮流批评驳斥，直把她们说得个个都不堪至极。其他三个女生笑得东倒西歪，说不出话来，刘叶叶虽然气恼不服，强撑着尖牙利齿地想胜过我们，但明显地大局已定，她一个人是无力回天了。

　　盛宴结束的时候，地上的豆荚皮已是厚厚一层，一瓶酒倒还剩下不少，但没有人敢再喝了，除洪刚外，明磊彻底醉倒了，其他六个人都是脚步虚飘，摇摇晃晃，但这时候每个人的话都多得说不完，连一向腼腆少言笑的罗芊芊胆子也大了许多，既说又笑，一改往日形象。

洪刚恋爱

　　豆荚盛宴之后，男生女生之间的坚冰已完全打破，班里的气氛也日趋融洽，男女之间的交流也很公开正常了，过去女生对男生的蔑视仇恨等情绪一扫而空。当然，这种好的氛围"大炮"、铁杨等无缘享受，因为这几个家伙越来越边缘化，班里的大部分事情都没他们的份，只要我、洪刚、小板等参与的事，他们也绝不掺和。

　　这段时间，不知因什么原因，似乎凑巧间我学会了打篮球，并大为热衷起来，想起了那次去县城的巨大收获，我遂忙不迭地请明磊、洪刚、小板、吴良、小龙、明利等一起打篮球，并搞了两次比赛，搞得大家忽然都对篮球热了起来，一有闲工夫就往篮球场上跑。

　　离中考越来越近了，老师不断地通过各种方法施加影响，要我们自加压力，多做习题，熟练掌握学过的内容，所以本可以不来的下午同学们却常常一来就是许多，只不过下午没有老师管，大家凭自觉学一会，要么扎堆去玩，要么直接就回家了。我们几个一般是学习一会儿，就到操场上大呼小叫地去打篮球。

一天下午，我们几个一齐到校，先在教室里作了一会习题，然后才相互招呼往操场走，洪刚却以有事为由不去，我们都没怎么在意。等我们在篮球场上跑累了，天色也就不早了。太阳已经快下山，西天上红霞横铺，灿烂如同锦绣在燃烧。小板、吴良、明利几个就说不打了，明天再继续。大家就收了篮球，各自拍打身上的尘土。

　　明磊笑道："我今天跑得满身湿透，到处都是汗，我要去洗一洗。"他就提了外衣，回他爸的办公室去了。小板、吴良、明利等将外衣搭上肩膀，叫我一同回家。我却牵挂着"骡子"下午带给我的一本书还在教室里放着，就请他们稍待，连忙赶往教室去取书。

　　当我一把推开教室的门，猛地愣了一下。天快黑了，教室的光线不怎么好，不过天上的红霞还在烧着，映照得教室内的一切还都看得见，只不过这些东西一律带些影影绰绰的红色。这种红色十分浪漫旖旎，而就在这浪漫旖旎的红色里，洪刚竟然与罗芊芊相对而坐，神态十分亲密，而偌大的教室，其他人早走完了，空荡荡地就剩下了他们两个。

　　他们俩虽相对而坐，中间隔了一张桌子，但两人的头都趴在桌上，所以两人间的距离很近，看样子，他们正在悄悄而亲密地说话。我的推门声惊动了他们。洪刚一转身看见了我，忙站了起来，和我打个招呼。罗芊芊也抬起了头，满脸红晕、满脸羞态，对着我羞涩一笑。

　　我满心疑惑地和洪刚打过招呼，又看见罗芊芊脸上的红晕时，不禁大吃一惊，一个劲地想："这两人在教室里干什么，这难道就是传说中的恋爱？他们俩竟然是在恋爱，那么在一起时他们不知都讲些什么话？"

当然我将吃惊及疑惑努力地放在心中，不让它们浮上我的脸，但我肯定它们多多少少已在脸上显露了些许，这让我很不好意思。好在洪刚做出大大咧咧的样子，毫不在乎我的表现，这家伙双手插入裤兜里，哼着歌就摇摆着出教室了。接着罗芊芊也收拾桌上的课本等物，准备走的样子。我取了桌斗内的书，逃跑一样就飞出了教室。

这件事后不久，明磊竟然也发现了洪刚与罗芊芊亲密地在一起说话的情景，在一个下午，我俩一同上厕所的时候，这家伙神秘兮兮、大惊小怪地告诉我说："不得了啦，洪刚恋爱了！"接着他将看到的情景描绘给我，我赶快将那天我看到的情况也讲给他，我俩相互交换完消息，都目瞪口呆起来，确信洪刚是真的恋爱了。

明磊就问我："你说，这恋爱是怎么回事？他们俩谈恋爱第一句话是说什么，那时候又羞又窘，这话可怎么能说出口呢？"

我将头摇得像拨浪鼓一样。他问的我要是知道就好了，要知道我当时还会大吃一惊吗，可是越不知道的事情越想知道，我就猜测说："很可能他们俩单独在一起时不用害羞的，想说什么就说什么，可是别人不到场，第三个人一到场，那就大大地害羞受窘了，所以恋爱必须避开人才能进行，不然谈恋爱的人为何总是要避开别人呢！"

明磊使劲地用手搔头，对我的道理好像不怎么信服，但一下子又找不出反对的理由。搔了一会儿头，这家伙却是心痒难耐，就笑着说："看洪刚的样子，谈恋爱一定很有趣很刺激，可是，罗芊芊却羞得满脸通红，看起来那么窘，那么不好意思。既然很窘很不好意思，为什么还要和他谈呢？"

我苦想半天也想不出合理的解释，我俩于是商量，决定明天找机会拉着洪刚问，他既然正在谈恋爱，当然能够解释清楚。

第二天下午恰巧小板、吴良几个没来，估计是昨天打球太累了，就偷懒了。明磊抓住机会与我一道去找洪刚，声称有重大事情，硬是把洪刚从教室拽到学校最后面的卧地榆下。这儿一般下午都寂静无人，最适合问那些不宜让人知道的事。

洪刚坦坦然然，等待着我们的问题，我与明磊却面红耳赤，吭哧了半天说不出来。洪刚不耐烦了，说："你俩搞什么名堂，有话快说，再这样我就走了。"

我与明磊忙张臂拦住，说："不能走，千万不能走。我们的问题有点古怪，所以我们在想怎样问你才比较合适。"

洪刚哼了一声，跳起身来坐在卧地榆上。我和明磊又踱着步想了一会，然后明磊嘻嘻笑着，说："我们俩一直弄不明白，如果一个男生和一个女生谈恋爱，是不是这个女生很害怕、很窘迫、很不情愿？"

洪刚大皱眉头，说："你杂七杂八地乱说些什么呀，女生不情愿那怎么能谈成恋爱，这事情你情我愿才能行，这种常识还用问吗！"

明磊支支吾吾地问："既然她们情愿，可为啥羞答答地要脸红？"

洪刚笑得噗的一声从榆树上跳了下来，手指连点明磊的额头，说："傻呀，真傻呀，傻到家了，女生人家爱羞答答地脸红你管得着吗，你愿意找个不脸红的女生去谈也行啊，你真不懂还是假不懂？"

明磊极狼狈地退了一步，歪头苦想，似乎仍然懵懵懂懂不明白。我连忙说："洪刚你别发躁，认真对待我们的问题，我们可是虚心向你请教的。你是好朋友，就得给我们讲清楚。"

洪刚耸耸肩，做个无可奈何的表情，似乎哭笑不得。我忙上前一步，趁机嬉皮笑脸地问："谈恋爱都谈些什么呢，起码得有个开场白吧？"

洪刚又用手点我的额头，恨道："你和他一样，也是没开化的，给你俩能讲出个什么名堂。我只问你俩，是不是很愿意和女生说话？"

我和明磊急忙点头。洪刚说："这不就行了，什么谈恋爱，胡说八道。"

明磊很为难的样子，扭扭捏捏地说："和女生说说笑笑，很是高兴，心中甜丝丝的，可是，也不能常说呀，说得多了，那不是就很不好意思了嘛。"这家伙边说边摸后脑勺，脸红红的，似笑非笑，可爱至极。

我也忙点头，表示同意明磊的想法。洪刚两手一甩，说："你俩要不好意思，谁有啥办法。一句话，你俩没长大，长大了就好了。"说着洪刚就走了，将我俩扔在那儿不管了。

我悠悠叹口气，想了想说："明磊，可能咱俩还没长大吧，不想这烦人的问题了。走走走，咱们打球去。"

明磊也叹口气，心事重重地随我往操场走。不过，打了一会儿球，我们又将什么都忘了，嘻嘻哈哈又高兴起来了。

祝晓梅复出

在与刘叶叶的较量中失败的祝晓梅那段日子的处境糟糕至极，几乎可以说是形单影只，因为到了最后她只剩下了一名女伴，不过祝晓梅没有一点沮丧的样子，进出教室时腰板仍然挺得很直，还常常把长发一甩，故意走出一种摇曳生姿的步态。课间、晚自习时间她与那名最忠实的女伴商讨作业题或者低声谈笑，有时也故意逗弄"骡子"、洪刚等人，惹起一阵笑声。

或者祝晓梅根本不在乎被孤立，或者她的这一切都是无奈下的举措，但在大多数同学的心里，认为她是度日如年、苦熬挣扎，有许多男生，例如捣蛋鬼"骡子"等，对她甚至有些同情的心理，若有机会就愿意帮她。

我那时候与她也常接触，不过多数接触是在有"骡子"或洪刚时进行的。她与"骡子"开玩笑或故意搞些小小的闹剧以活跃气氛，"骡子"就适时地将我拉进来，斗嘴也罢，胡诌也罢，玩闹一通。但我对这种玩闹并不投入，心有顾忌，因为祝晓梅的身份在班里相当于四类分子，我怕我与她太接近造成我在其他方面的被动，这种心思很有些怯懦自私，也不好对人说，但我发现，祝晓梅似乎对我的这种心理有某种感悟，她与我接触时，尽量悄悄地进行，不愿意让别的同学关注，当然，"骡子"是例外。

我、吴良或洪刚有时也去"骡子"家玩，在闲谈玩闹正高兴的时候，"骡子"会忽然说："晓梅这会儿也在家，要不要叫她来？"

我们自然不介意来一个漂亮女生加入我们的玩笑欢闹，何况在"骡子"家别人也不会知道这事。于是"骡子"飞快地出门，片刻间就要吆吆喝喝将祝晓梅叫来了，因为祝晓梅就住在她家隔壁。祝晓梅落落大方地微笑着走进来，"骡子"连忙大笑呵呵，装模作样将她介绍一番，说："祝晓梅女士大驾光临，那个寒舍生辉，哈哈，女士请坐。"

在一片笑声里，祝晓梅就自然地加入了我们的胡言乱语，但我能看出，她虽然极力模仿我们的言笑，但她总不大放得开，似乎内心深处的孤独与局促感时时在起作用，她为了摆脱这种感觉，极力装出很放得开的样子，但这样反显得她大方成熟得过了分，不像一个少女而更像一个成熟女性。这种感觉很微妙，不过我还是能感觉出来。

除过这种群体性的接触，祝晓梅和我也有不少的单独接触，她就坐在我的后边，要单独接触十分方便。我做习题累了，看书看不进去了，也有转身和她开几句玩笑的想法，却因种种原因很少这样做。除过她被人孤立、身份特殊外，还因为她长得漂亮，学习也不错，我怕我时时回头，会让别的人认为我是别有用心。但在自习课或晚自习时候，没留神时身后就有笔杆轻轻地戳我的脊背，我回头看时，祝晓梅就带点顽皮地羞涩一笑，然后将书本前推，俯身趴在桌上，声音低低地问我对某个习题解法的见解，这个时候，她的表情上看不出一点局促和孤独，笑得单纯无邪，的的确确一副少女形象。我至今都对这一点感到纳闷，弄不明白祝晓梅何以在"骡子"家里的表情言行那样大方成熟，而在与我单独相对时，其表情动作又是这样。

虽然她在两种场合的表现不同，但两种场合她都没有投入地笑过，或者说是忘我的那种酣畅淋漓地笑过，或许她的心中总有那道阴影漂浮着。这中间只有一次例外，让我看到了她在真正进入状态时的笑声。

那是一个星期六的下午，照例晚上没有晚自习，所以放学以后就不用来了。可我与明磊、吴良、洪刚、小板、明利等几个不知说什么说上了兴趣，竟舍不得离开教室。我们几个兴高采烈地争辩吵闹，争一会，又为所争辩的内容笑得直不起腰。最后太阳已经下山了，晚霞红艳艳地映入教室。我们几个不知为何停止了争论，却摇头晃脑一齐唱起歌来，连唱了许多首歌，累得我们声嘶力竭，但我们沉浸在那种情绪和氛围里，还想继续唱，就在歇气的时候，我们几个猛然发现祝晓梅也没有走，课本作业本摊在桌上，但她根本就没有动它们，她以手托腮，聚精会神地看着我们，眼中笑意盎然，似乎也沉浸在我们所创造的气氛之中。

我大是惊讶，问她："你竟然在这儿没走，我们的丑态你都看见了？"

明磊、吴良也嚷了起来，说："是啊，她免费听了这么多歌，我们却竟然不知道，太不公平了。"

祝晓梅笑了起来，笑得花枝乱颤，说："我不嫌你们唱歌影响了我学习，从头听到尾为你们捧场，你们不高兴还喊什么冤枉。"

洪刚拍拍胸膛说："我是早看见她了，不然我哪能唱得那么带劲。"

我与明磊、吴良等大笑起来。洪刚就说："欢迎祝晓梅加入我们的合唱。"

不过，我虽然对祝晓梅没有一点敌意，甚至还感觉很有乐趣地与她这么往来，但另一方面，我对极其讨厌她的班主任张老师相当敬仰，他不光课上得好，且有一种睥睨一切无所畏惧的风采，在当时我的眼里，他便是英雄式的人物了，洒脱自如，敢于担当一切，这样的英雄我还真见得不多，而这样的英雄竟对我表示欣赏，对我常常夸赞奖勉，使我心生感激的同时也不自禁的对他颇有亲近之意。

当时我在班上的学习成绩还算可以，应该在前三名之内吧，另外两名是刘叶叶和平方。平方两耳不闻窗外事，很少说话，也很少与人交往，是最最标准的好学生。刘叶叶呢，管不住班里的捣蛋鬼，大概正是因为如此，张老师对我才这么看得起，似乎将我作为班里的实力派人物给予一定的礼遇，我呢，也基本算是忠心而卖力，在班里的各种事情上都全力以赴，并且多数都办得令人满意。

可以说这个时候我是这个班级相当有影响力的红人，各代课老师对我也相当看得起，我在优哉游哉享受着红人待遇的时候，忽然发现了一个令我感觉奇怪的现象，祝晓梅在化学老师那儿得到的待遇要比我高得多，她俩的关系十分奇特亲密。

化学老师就是洪刚的妈妈，姓李。过去我因和洪刚多有来往，去李老师房间的次数不少，在那儿倒是常遇见祝晓梅，但从未留过神。她是去那儿请教老师有关化学上的问题的，而我，多是与洪刚鬼鬼祟祟搞其他事情的，所以我是礼貌性地和李老师打过招呼就溜了。但有一次，"骡子"不知为什么莫测高深地说了一句："晓梅和李老师的关系深着呢。"听了这句话后我略加留心，这才发现李老师待祝晓梅果然大大不同，有如母亲之待女儿，脸上的表情虽然掩饰着，但眼中怜爱横溢的目光稍加留神便看得出来。李老师虽是女的，但为人刚烈，作风严厉，对儿子洪刚呵斥责骂的表情甚至让我也感到恐惧，那么，她何以对祝晓梅那么怜惜欣赏呢？

或许她们两个都是要强的个性，因此惺惺相惜，或许是李老师对祝晓梅在班级的处境心怀怜悯，因而对她特别地好一些，这个问题似乎并不很重要，重要的是她们俩的关系又一次引起了我们班的"改朝换代"。

大概是七年级的下学期刚开始的时候吧，不知什么原因，我们的班主任突然换了，换上了一直教化学的李老师，即洪刚的妈妈，这一变化令全班多数同学震惊不已，因为这预示着或许有一场"大地震"就要来了。

果然李老师上任伊始，马上宣布班里风气不正、派系作祟，必须进行整顿。接着她又说班委会涣散无力，难以担起领导全班进步的重任，因此也必须改选。

在同学们或惶惑惊讶，或喜笑颜开坐等看热闹的当儿，李老师雷厉风行，马上邀请一些同学单独谈话，我首当其冲，被第一个叫进了她的办公室。

李老师精明干练，脸上的表情是凛然的，我怯怯地有点缩头缩脑地走进她的房门，她勉强挤出了一点笑容，但那笑容太短暂，随着她一开口，那笑容就马上消失了。她单刀直入问我："你觉得祝晓梅是个好同学吗？"

　　我忙说："是，是个好同学。"

　　李老师满意地点了点头，不过她眼中有股凌厉的光，她接着问："那么大家为什么要孤立她呢？"

　　这个问题太难回答了，我有些尴尬，马上就抬起手使劲地抓头，同时讪笑着，支支吾吾地说："这个，这个我也说不清楚，她们女生之间闹别扭，听说闹了很长时间了。"

　　李老师果断地挥手，咬牙说："闹别扭？随意就整同学，太不像话了，竟然连老师也参与进来整同学，你们男生对这个难道就没有看法吗？"

　　这一问，我不但尴尬，而且感到了某种难堪，只好胡言乱语搪塞，说我们很少和女生来往，不知其中详情，我们也未参与整人。说这些话时，我有些惶恐，因为我曾有意识地和以刘叶叶为代表的女生接近，并且前任班主任张老师明显对我青眼相加，而他们都是祝晓梅的"敌人"。这些情况洪刚无不知情，那么，李老师也一定也全都知道，这样一来，在她的想法里，我难道就成了整治祝晓梅的帮凶吗？可是凭良心讲，我并未参与过整治祝晓梅的行动，不过，女生们联合张老师孤立整治她，我也从未想过阻止，在她处于逆境时也从来没有想过怎样帮她一把，那么，我到底是个什么人呢，好人？坏人？半好半坏的人？

　　好在李老师没有继续深究这件事，她对我的窘态似乎也不屑一顾，毫未留神，只是双目炯炯地盯着我，问："我要重组班委会，让祝晓梅进来，你有什么意见？"

我一愣，老师竟这样问我，我能有什么意见，又敢有什么意见？于是我赶紧说："我完全同意，什么意见也没有。祝晓梅是很有能力的，气量为人都不错，想来很多男生都会支持她。"

李老师说声好，就放我出来了，然后又叫了其他人进去。明磊、小板、小霞、陈明远等等许多人被谈过话后，李老师便在晚自习时间宣布重选班委会。她事先已拟好了一个新班委会的拟任人选名单，当然，这份名单以高票通过，随后，祝晓梅就做了班长，明磊做了副班长，我照样当我的劳动委员，而刘叶叶下降等级了，只当了个学习委员，原来的学习委员罗小霞改行做文体委员了。

在李老师的主持下，班委会连开了几次会议，人人表态说要团结一心，不闹分裂，随后一切平静了下来，一如照旧，女生们仍旧和祝晓梅不说话，不过，男生们和祝晓梅的来往趋于公开化了，因为大家好像无形中感觉没有什么顾忌了。

祝晓梅当上了班长，言谈举止和过去似乎也没有太大的区别，或者有，但我并未留神道，因为她一复出，我对她的注意力好像就大大减弱了，另外，离中考的时间也越来越近了，我们的闲暇时间也越来越少了。

最后一战

　　离中考越来越近了，中考之后，我们就要各奔东西了，大家心中不免都有些依依惜别之意，但复习是如此紧张，老师布置了各种刁钻古怪的复习题要我们做，每天的题都是一大黑板，但老师们觉得这还远远不够，最后干脆油印了寸许厚的各科复习资料发给我们，我们钻在那厚厚的东西里，充满希望又充满苦闷和焦虑。

　　毕业考试过后，许多同学纷纷结伴去镇上照相，明磊、洪刚、吴良等也约我一起去，我胡乱编个理由拒绝了，因为我家太穷了，没那个条件。

　　洪刚、明磊、吴良几个照相回来后，又在明磊家聚会了一次，我当时正在教室做复习题，他们将我也硬拉了去。明磊拿出了许多桃子招待大家，我们说了许多豪言壮语，又说了大家永远是朋友、今后永不相忘的话，临走时明磊硬说我没去参加照相，实在可惜，就强行拿了两个桃子装入我的口袋。

　　我回到了教室里，又埋头于复习资料里。此刻如"大炮"、铁杨等不希望考上高中的人早已不学习了，他们每天还来学校，只不过是一种习惯，此刻他们仨聚在一起，不知在欣赏什么小画片，小声地笑着。教室里大约有不到三分之二的人，另外三分之一的人或是去找老师请教难题的解法去了，或是偷偷溜出去胡游乱逛去了，毕业试已考过，老师对学习较差的学生已经放任自流了。

我连着证明了几道平面几何的习题，头昏脑涨，抬起头来，正想轻松一会，背后忽然被硬东西戳了一下，我回过头去，祝晓梅将下巴支在桌子上，看着我诡秘地笑，我说："干什么？"

她手中捏了一个寸许宽窄的小纸包，悄悄地说："送你一个东西，要不要？"

我感觉蹊跷，就也小声说："什么东西？拿来我先看看。"

她将那纸包递了过来，我迅速拿了，转回身手伸进桌斗里，满怀好奇将纸包打开，里面赫然现出一张照片，极普通的那种一寸黑白半身照片，里面的祝晓梅笑意盈盈，颇有几分风采，我忙将纸包重新包好，极快地用眼左右一瞄，似乎并没有人留神我，我于是飞快地将纸包装入口袋，心中升起一种异样的感觉，我深深地吸一口气，正襟危坐，要将这种异样的感觉咀嚼一番、体会一番，这感觉有点甜甜的，但其中还有些别的怪味道，搅得我不得不仔细辨别一下。

但这时背上又被戳了一下，我只好又回过头去。祝晓梅仍用下巴支在桌子上，脸上笑眯眯的，刚才拿纸包的那只手张得大大的，平摊在桌子上，见我回头，那只手就一张一合。我奇怪地问："手一张一合什么意思？"

她小声说："你的呢？"

我一愣，随即明白了，她是要我的照片，但我没有照相呀，身上也没有任何能拿出手的东西，我的心情凄凉了一下，就装傻说："我的什么呀？"

她说："你拿了我的东西，难道不送我一样东西？"

我搔搔头，猛然想起我口袋里还有两个桃子，这两个桃子倒不错，又大又鲜艳，我忙从口袋里掏了出来，放在她的手上。

祝晓梅显然也没想到我会送她两个桃子，她一愣之后瞥了我一眼，随即笑吟吟地手一握，就欲回手把两只桃子收入桌斗，可能是她的动作太快了，也可能是两个桃子太大，她没有握紧，一只桃子从她的手中掉了出来，在桌上一弹，嗵一声掉到了地下。

全班学生的目光都向发声之处看了过来，我狼狈不堪地连忙回转身，将目光锁在复习资料上，不敢抬头。祝晓梅是怎样拾桃子的，众同学脸上又是怎样一种表情，我一无所知，我只感到我的心嗵嗵地跳，估计我的脸上也早红扑扑的了。

第二天早上两节数学、物理的辅导课下了之后，就是我们自学复习的时间了，大家先是静静地翻书，沙沙地写字做题，不大工夫就有了悄悄的笑声，交头接耳探讨习题的说话声，这时候"大炮"忽然站起来离开了座位，走到铁杨面前，笑嘻嘻地说："铁杨，要不要桃子，又大又甜的桃子？"

铁杨连忙说："要啊，要啊，快给我吧。"

全班的目光自然而然全集中到了"大炮"身上，间或也有个把人向我这儿瞅一眼。我又羞又恼，却不知该怎样反应，我直直地坐着，脸色铁青，表面上冷冷看着"大炮"表演，心中却是翻江倒海，羞惭万状，偏偏我又感觉对事态无能为力。

"大炮"又走到红光那儿，双手虚拟着送桃子的动作，那动作自然夸张猥琐之至，这家伙哈哈笑着，说："红光，两只大桃子呀，送给你吧，表表心意。"

红光扭头朝我看了看，没有说话，也没有假装找去接"大炮"的桃子。

我继续直直地坐在那儿，但我的目光在全班同学身上扫来扫去，"大炮"胡乱走动着到处兜售他的"桃子"，大部分人对他装作视而不见，似乎埋头在做习题。但有不少女生忍不住偷偷地捂住嘴笑，用眼睛的余光向我这儿看。当"大炮"终于停止了兜售，回到座位上时，我终于鼓起了勇气，噌的一声站了起来。

全班立刻停止了做习题，所有的目光全向我看了过来。我嘴角向下咧着、牙齿紧咬着，做出一种凛然的表情，大踏步走向"大炮"，大喝一声："'大炮'！"

"大炮"回过头来，冷冷地看着我，说："想干什么？"

我一巴掌就扇了过去，清脆的一声响过，"大炮"怒吼如雷，跳了起来，他显然没想到我这么快就动手，这一巴掌挨得不轻。这家伙脸上涨得通红，两眼冒火，挥拳就打了过来，我接住了他的拳头，向后一送，"大炮"一个趔趄险些栽到，幸好后面的桌子挡住了他。我没想到我和他的力量对比竟然在这几年里完全翻转了过来，顿时雄心万丈，气势如虎，而"大炮"脸上的愕然、心中的惊异似乎比我更厉害，他靠在桌子上咬着牙，既不扑向我也不后退逃走，显然他一下子拿不定主意，不知下一步该怎么办。

"大炮"这个样子更激起了我的气势，我似乎感觉自己力大无穷，就像一个巨人，我上前一步抓住他的衣领，问他："你刚才那什么东西送人？"

这家伙脖子一扭，恨道："你管不着，我愿送人家什么就送什么。"

我冷笑一声又是一个巴掌抽过去，他急忙伸手来挡但是没有挡住，紧接着我又抽他他干脆就不挡了，说："你有本事你就把我打死。"

我噼噼啪啪狠打了一通后，"大炮"的鼻血流了下来，他用手一抹，捻一个纸团塞住鼻孔，仍旧靠桌子站着，狠狠地看找我，既不逃走，也不求饶，更要命的是，我继续打他，他也绝不反抗，反而大声说："你有种就打死我，打不死我你就是狗娘养的。"

我又是几巴掌，他仍旧嘴硬，不肯求饶。我不知道打了他多长时间了，估计不会很长，但我当时的感觉长得很。我不知道该怎样下台，就这样停手太不完满了，继续打下去也毫无意思，打一个绝不反抗的人那感觉实在没劲、索然无味。

就在这时候祝晓梅悄悄地走了出去，没过几分钟校长"臭气"就进了教室，全班同学立刻低下头装模作样地翻书写字。校长冲着我大喝一声："住手，到我办公室来。"

我揪着"大炮"的领口不松，校长冲了过来一把就扯开了我的手，然后一拨拉我的肩膀，怒道："走！"又向"大炮"瞪眼说："你也走。"

我和"大炮"一前一后出了教室，进了校长的办公室，噘着嘴瞪着眼扭着脖子，校长喝一声"站好"，我俩就歪歪扭扭地站在那儿。校长气哼哼的，咬牙切齿地过来用指头戳了我额头一下，问："你为什么打同学？说！"

我把头向旁边一扭，不说话。校长又戳了我一下，喝令

"快说"，我把嘴向"大炮"一噘，说："你问他！"

校长显出一种极藐视的表情，瞪着我说："就看你不是个能成事的，哼！"他把头又转向"大炮"，问："他为什么打你？"

"大炮"也扭着头不说话，校长气得连连跺脚，怒道："你俩给我就在这儿站着，规规矩矩、不许乱动，看我怎样治你们！"说着他倒背双手，怒冲冲出门去了。

我与"大炮"顽强地站在那儿，继续扭着脖子，做出狠巴巴不共戴天的样子，一动也不动，但渐渐地我的腿觉得越站越累，胳膊和腰部不活动一下也感觉挺难受，无奈下我就稍稍活动了一下，但嘴无论如何噘不起来了，勉强噘起来也感觉根本没有早先的那种力度了，脖子也扭得又酸又困，我偷偷瞄一眼"大炮"，他此刻百无聊赖的样子，干脆连假装的噘嘴动作也不做了。我就想："校长快点回来吧，一人抽我们一巴掌，然后就放了我们吧。"

但校长直到最后也没回来，快要放学的时候，我们的班主任李老师来了，她将我狠狠地批评了一通，顺带也将"大炮"说了几句，就摆摆手命我俩回家。